Pour Clara

Pour Clara

Éditions Héloïse d'Ormesson

Nouvelles d'ados

Publié avec le concours de la
Fondation d'entreprise La Poste

© 2007, Éditions Héloïse d'Ormesson

www.editions-heloisedormesson.com

ISBN 978-2-35087-066-3

J'ai mes preuves. J'attends les leurs.
Clara

Clara avait 13 ans. Clara aimait lire. Clara aimait écrire. Clara nous a quittés. Brusquement.

C'est en l'honneur de Clara que nous avons voulu créer ce prix destiné aux adolescents qui aiment lire et écrire. Comme Clara.

Erik Orsenna,
président du jury

SOMMAIRE

Amandine Pohu

Le Monde d'En-Bas

À la jeune Clara, que j'aurais aimé connaître,
Et à ceux qui, comme elle,
sont victimes de la dure réalité de la vie...

La magie est un rêve espéré
Qu'on ne peut apprivoiser
Mais elle devient réalité
Pour ceux qui savent l'imaginer.

« *Je suis née le 20 janvier 1991.*
Montpellier, c'est ma ville, même si
j'habite Saint-Paul-Valmalle,
entouré de garrigues.
L'écriture, c'est ma passion !
Depuis que je sais tenir un stylo,
j'écris. Ça a commencé par de petites
histoires au CP et ça a continué avec
des nouvelles, souvent fantastiques,
et même des romans.
Devenir écrivain ? Oh que oui !
C'est un rêve que je compte bien
réaliser et je m'y attelle !
Cette vocation m'est venue
grâce à Philip Pullman, auteur
d'À la croisée des mondes,
à qui je voue une grande admiration.
Il est mon modèle.
J'ai participé au Prix Clara,
d'abord pour tenter ma chance,
mais lorsque j'ai pris connaissance
de l'histoire de Clara, j'ai été
vraiment touchée et j'ai voulu lui
rendre hommage du mieux possible,
montrer que je partageais la douleur
de ses proches. Je voulais juste
qu'on sache combien cette histoire
m'a bouleversée. »
Amandine Pohu

1

L'ACADÉMIE D'ÉBÈNE

Dans un paragraphe d'une quinzaine de lignes minimum, vous expliquerez clairement l'origine de notre cité.

Kerian soupira. La fin de l'année approchait et il n'avait aucune envie de travailler à ce genre de choses. Le contrôle d'histoire devant lequel il se trouvait n'avait rien de très intéressant. Kerian savait tout cela. À quoi bon le lui demander dans une copie qu'il jetterait aussitôt qu'on la lui aurait rendue ? Il perdait un temps fou alors qu'à cet instant il aurait pu se trouver à l'Académie d'Ébène. Malgré tout, il s'empara de la longue plume argentée qui se tenait penchée dans le porte-plume posé sur le bureau, et commença à écrire.

Notre belle cité, entièrement construite en bois ensorcelé, a été bâtie au sommet des immenses arbres de la forêt dite enchantée. Nous ignorons si elle existe depuis toujours ou si des êtres venus d'En-Bas auraient eu l'idée de sa réalisation. Nos explorateurs ont découvert bien des documents racontant la Catastrophe, survenue il y a plusieurs milliards d'années. C'est un des moments les plus importants de l'histoire de la Grande Cité : les êtres d'En-Bas, humains comme nous, ont été victimes de la Terre que les eaux ont subitement inondée. Face à ce phénomène terrible, plusieurs peuples ont décidé de monter habiter dans les arbres. Un document, retrouvé récemment par notre très célèbre explorateur Eilan

Legwemar, décrirait la genèse de la Grande Cité qui, au départ, était construite de bois non enchanté. Au fil des années, la découverte de la magie a permis la résistance de ce bois et le confort y a enfin été possible, car des sortilèges puissants assurent la légèreté de la Grande Cité. Ainsi, les arbres ne ploient pas et de grands bâtiments ont pu être érigés sans risque d'écroulement. Plus personne n'est jamais retourné En-Bas depuis la Catastrophe, car on suppose que l'eau y est toujours présente et notre peuple, ne sachant plus nager depuis de nombreuses générations, préfère ne pas s'y risquer de peur de se noyer.

Voilà qui devrait faire l'affaire, pensa Kerian en reposant sa plume et en prenant sa tête dans ses mains quelques secondes afin de retrouver un peu d'inspiration et de réfléchir à d'éventuels oublis. Mais non, il semblait qu'il avait tout dit. Il jeta un coup d'œil à la question suivante sans grand enthousiasme.

Dans un paragraphe argumenté, vous traiterez la question : « La Grande Cité est-elle la première puissance mondiale ? »

Enfin une bonne question ! Malheureusement, ce que l'adolescent avait à dire sur ce sujet n'était sûrement pas ce que le professeur d'histoire et géographie attendait. Mais peu importait, il voulait s'exprimer librement et mettre ses idées au clair. Sentant l'inspiration monter en lui, il reprit sa plume si rapidement qu'il fit tomber sa règle sur le sol. Tous les élèves levèrent les yeux de leurs copies pour le dévisager. Le professeur voulut observer ce qui se passait puis, voyant qu'il n'y avait pas grand-chose d'intéressant, se replongea dans sa lecture silencieuse, allant et venant entre les tables.

La question de la puissance de la Grande Cité est assez complexe, car il est dit qu'elle est la plus importante de toutes. De célèbres institutions y sont réunies : *l'Académie des sciences*, réputée la meilleure du monde et traitant des sujets les plus importants. Cette académie est répartie en quatre grands bâtiments. Le bâtiment M abrite la recherche médicale qui produit les médicaments les plus efficaces et regroupe les plus grands médecins ; le bâtiment R, les recherches scientifiques sur le monde ; le bâtiment A, l'astrologie ; et le bâtiment P, les mesures physiques. Les institutions d'archéologie et d'éducation sont les plus célèbres des alentours. La bibliothèque qui sépare ces deux institutions est la plus imposante et la plus riche de toutes. Elle renferme des millions d'ouvrages, dont de précieux manuscrits retrouvés par les archéologues. Y accéder est assez difficile, car elle est exclusivement réservée aux chercheurs et aux professeurs qualifiés.

De plus, on trouve dans la Grande Cité la seule académie de magie connue jusqu'ici : *l'Académie d'Ébène*. Peu de gens savent ce qu'elle renferme, car elle est interdite aux personnes n'appartenant pas à la Communauté Magique. Chaque année, un examen est réalisé pour savoir s'il nous est possible d'intégrer celle-ci. Tous, à partir de l'âge de quinze ans, s'y essayent et peu sont acceptés. Certains peuvent y entrer plus tôt, si on décèle chez eux des dons propres aux vrais magiciens. Mais cela n'arrive que très rarement.

Il se trouve que, par ailleurs, la plus prestigieuse école siège en cette immense capitale et que nous nous y trouvons en ce moment même pour notre plus grand honneur.

Ces quelques facteurs devraient être amplement suffisants pour prouver que la Grande Cité est la première puissance mondiale, surtout si on ajoute qu'elle est la plus visitée et la plus riche, et qu'elle est considérée comme la capitale mondiale.

Cependant, notre connaissance des alentours est très limitée et rares sont ceux qui ont pu aller au-delà du Pont d'Acajou que nombre d'habitants tentent désespérément de franchir. Il est formellement interdit de s'y rendre : l'accès n'est autorisé qu'aux explorateurs et archéologues ainsi *qu'aux magiciens. Peu de gens savent ce qui se cache dans cet autre « univers », car les personnes autorisées à traverser le Pont d'Acajou, lui-même ensorcelé afin que les petits curieux ne puissent pas le franchir, sont tenues de garder le secret, sous peine d'emprisonnement. Ainsi, ne sachant pas ce qui se trouve au-delà de ce pont, nous n'avons aucun moyen d'affirmer que la Grande Cité est la plus importante puissance mondiale. D'ailleurs, savons-nous si, sur le sol que nous avons quitté il y a très longtemps, il survit une quelconque île ?*

Ainsi, nous pouvons dire que la Grande Cité est la plus grande puissance <u>connue</u>.

La sonnerie avait retenti depuis déjà cinq bonnes minutes quand il eut fini d'écrire sa conclusion. Il se leva rapidement, rangea ses affaires en vrac dans son sac et s'empressa de rendre sa copie au professeur qui les regardait partir, se contentant d'un « au revoir » évasif lorsqu'un élève lui souhaitait une bonne soirée. Kerian sortit de la salle et se mit à courir vers les grilles du collège. L'adolescent devait arriver à l'Académie d'Ébène au plus vite. Il s'y rendait à pied chaque soir après les cours.

Kerian avait quinze ans. Son physique plutôt avantageux était jalousé par beaucoup de ses camarades, ce qui ne l'aidait pas à se faire accepter. Il avait énormément de mal à s'adapter car, de nature rêveuse, il passait son temps à s'imaginer que le monde autour de lui était totalement différent de celui dans lequel il vivait. Personne n'était de cet avis ; tous préféraient discuter de leur futur métier ou des sports qu'ils pratiquaient. Ainsi, la solitude restait le plus grand ami du garçon. Il s'était habitué à cela et appréciait de rester de longs moments seul, dans un des arbres encore non aménagés du Parc Blanc. Blanc parce qu'il était uniquement composé de bouleaux gigantesques. Cette cité lui semblait étrange, et pas si splendide finalement. C'était sans doute ce que lui reprochaient ses camarades parce qu'ils étaient comblés de vivre dans la capitale et s'en vantaient auprès de qui voulait l'entendre.

Bien sûr, le collège dans lequel ils se trouvaient était le meilleur, et de loin, mais ce n'était pas cela que recherchait Kerian. Ses parents ne le comprenaient pas plus. Souvent, il les avait entendus dire qu'ils ne savaient pas comment s'y prendre, que peut-être ils devraient faire appel à un des grands psychologues de l'Académie des sciences. L'adolescent se sentait incompris.

Un jour, il avait essayé d'escalader les Grandes Murailles de Bois dont on disait qu'elles entouraient toutes les cités, absolument toutes. Pourtant Kerian avait entendu des magiciens affirmer qu'il n'y avait pas de murailles de l'autre côté du pont. Et c'est sans doute cela qui lui avait donné envie de le franchir, ce pont : il voulait voir le monde. Car le monde ne désignait pas uniquement ce qui avait été construit pas les hommes pour survivre, mais ce qu'il y avait En-Bas, et aussi ce qu'il y avait au-delà du Pont d'Acajou.

Un jour, on avait découvert qu'il était doué pour la magie. C'était très rare, et encore plus de s'en apercevoir aussi tard, si peu de temps avant que l'adolescent soit apte à passer le test de sorcellerie. Il avait alors treize ans et demi. Il escaladait les Grandes Murailles de Bois, dans un lieu peu fréquenté, afin qu'on ne le surprenne pas. Et il était tombé. De plusieurs mètres. Une chute qui aurait dû lui être fatale. Alors qu'il savait qu'il allait mourir, il avait fermé les yeux et s'était imaginé voler. Et il avait volé. Sans ailes ni rien d'autre, juste aidé par l'imagination. Il s'était soudain retrouvé en train de flotter. Il avait alors ouvert les yeux et atterri sur le sol, sain et sauf, devant une jeune femme qui le regardait ébahie. Celle-ci s'était précipitée vers lui en lui demandant comment il avait réussi à faire ça. Il avait simplement annoncé :

– J'ai imaginé.

La femme n'avait pas hésité une seconde, elle l'avait conduit à l'Académie d'Ébène. Il avait été effrayé, dans un premier temps, par l'immense bâtisse sombre qui semblait dire de ne pas entrer sans avoir une bonne raison de le faire. Mais son accompagnatrice ne voulait pas le lâcher et ils étaient arrivés en trombe dans un immense hall baigné d'une faible lumière qui luttait difficilement contre l'épaisse obscurité qui y régnait.

– Je viens de découvrir un Magicien-Né! Vite, appelez le supérieur!

La femme qui se tenait devant eux pour les accueillir s'était dématérialisée et était réapparue une minute plus tard, accompagnée d'un homme d'une cinquantaine d'années, grand et élancé, portant une moustache noire finement coupée et revêtu d'un complet blanc qui jurait terriblement avec les ténèbres du hall. Il semblait à la fois étonné et inquiet.

– Anna, que s'est-il passé?

L'homme s'était adressé à la jeune femme tout en fixant de ses petits yeux noirs Kerian qui, totalement désemparé, ne comprenait rien, ne savait plus quoi faire.

– J'étais dans la rue, je marchais, revenant de l'Académie. Vous savez bien, Maître, que je passe toujours par l'allée des Bûches, car la circulation y est moins dense. Aujourd'hui, d'ailleurs, il n'y avait personne… Personne à part ce jeune homme. Il tentait d'escalader les Grandes Murailles de Bois. Je ne sais pas ce qui lui avait traversé l'esprit mais, lorsque je l'ai vu, je me suis arrêtée pour l'observer parce que les gens qui essayent de s'échapper sont souvent de jeunes rêveurs et nous savons bien que ce sont les rêveurs qui réussissent le test annuel de magie. Mais je me disais qu'il était trop jeune pour faire partie des nôtres et qu'il faudrait encore attendre quelques années avant qu'il ne soit en âge de se présenter. J'ai commencé à m'inquiéter parce que les Grandes Murailles de Bois, c'est quelque chose quand même! Alors que j'allais m'adresser à lui, il est tombé! Et puis, d'un coup, il s'est mis à voler et s'est retrouvé devant moi. Je lui ai demandé, enfin vous verrez vous-même, mais il semble qu'il ait «imaginé» qu'il flottait dans les airs… Je vous l'ai donc immédiatement amené.

– Et vous avez eu raison Anna, je vous en remercie infiniment. Il se pourrait bien que ce soit un de nos futurs grands magiciens. Mais je ne peux pas me prononcer. Il faudrait qu'on l'emmener dans le laboratoire des tests.

– Vous ne le prenez pas dans votre bureau ?

– Non, il vaut mieux procéder au test d'abord, car s'il s'avère qu'il n'a rien de magique, il aura vu l'Académie d'Ébène, et la Communauté Magique ne peut courir ce risque. Vous pouvez repartir tranquille, Anna.

– Merci, Maître. Au revoir !

La jeune femme s'était alors éloignée, insouciante, en sifflotant. Celui qu'elle appelait le Maître s'était tourné vers Kerian et lui avait demandé, comme s'il s'était adressé à un enfant :

– Quel est ton nom ?

– Kerian.

– N'aie pas peur, Kerian. Nous ne te ferons aucun mal. Tu veux bien me suivre ?

– Euh… Oui.

– Bien, alors viens par là.

Ils avaient quitté le sombre hall et étaient sortis de l'Académie pour se rendre dans une maison non loin, qui semblait petite de l'extérieur mais qui, en réalité, était immense. Elle était peinte en blanc, du sol au plafond, murs compris, et elle était composée d'une seule pièce, totalement vide excepté un fauteuil qui se trouvait en son centre.

– Va t'asseoir, je t'en prie, nous allons procéder à un test. Tu n'auras rien à faire. Il te suffira de rester naturel, comme si tu étais ailleurs. Il faut que ton esprit réagisse comme il a l'habitude de le faire quand tu te trouves seul. Laisse-toi aller à tes pensées, reste calme et tout se passera bien. Ça va aller très vite.

Kerian fit ce qu'on lui demandait, mais son attention restait focalisée sur ce qui venait de se passer. Il ne comprenait plus rien, se sentait perdu. Le hall l'avait terrifié. Lorsqu'il avait pensé devenir archéologue, c'était uniquement pour avoir la possibilité d'aller au-delà des cités. Il savait que les magiciens le pouvaient également, mais il n'avait jamais espéré en être un pour la simple et bonne raison qu'il pensait ne jamais réussir le test. Et aujourd'hui, on semblait lui dire qu'il était un Magicien-Né, ce qui n'arrivait que très rarement et était en général découvert dès l'âge de trois ou quatre ans. Or il en avait treize, presque quatorze ! C'était tout simplement impossible qu'il soit un magicien !

Il ne vit pas le temps passer et il ne revint pas tout de suite à la réalité lorsque le Maître l'appela. Il avait fermé les yeux instinctivement et, lorsqu'il les rouvrit, il remarqua que son fauteuil était entouré d'une sphère blanche qui semblait constituée de particules.

– Kerian ! C'est bon, tu peux sortir !

La sphère s'évanouit et l'adolescent se leva. Le Maître lui expliqua que les résultats seraient prêts le lendemain soir. Il lui demanda de l'attendre devant cette maison, après les cours. C'est ce que Kerian fit, beaucoup plus confiant cette fois-ci. Lorsqu'il arriva, le Maître était au milieu d'une discussion avec la jeune femme de la veille.

– Mais je te dis, Anna, qu'il ne sert à rien d'insister ! Les tests ne se trompent jamais ! Tu as dû avoir une hallucination. Peut-être que… Je ne sais pas moi. Tu devrais prendre du repos. Je te laisse une semaine de congés.

– Je vous dis, Maître, que je l'ai vu ! Je ne suis pas fatiguée, je n'ai pas besoin de repos ! Refaites-lui passer le test, il y a certainement eu un problème. Le petit était sûrement en état de choc.

– Il est impossible que la magie se soit trompée.

– Et moi, je dis que vous devriez réessayer ! Juste une fois, cela ne coûte rien, et après, je vous laisserai tranquille !

Tous deux s'étaient interrompus en voyant le jeune adolescent arriver. Ils avaient essayé de paraître calmes, mais leurs sourires faux en disaient long sur la violence de leur dispute. Finalement, le Maître accepta de refaire le test, et le lendemain, le résultat fut différent…

Kerian entra ainsi à l'Académie d'Ébène et devint celui qu'on surnommait le Magicien-Né-Découvert-Très-Tard : MNDTT. Mais cela, il ne l'apprit que plus tard.

2

Le Pont d'Acajou

Les rues étaient encombrées à la sortie des cours. Kerian avait pris l'habitude d'utiliser les chemins moins fréquentés, où se retrouvaient les groupes de lycéens qu'il valait mieux éviter. Mais le jeune magicien n'avait pas peur et ceux-ci avaient fini par comprendre le message. Ils ne l'embêtaient plus lorsqu'il se rendait à l'Académie d'Ébène.

Courant du mieux qu'il pouvait, il se retrouva bientôt devant l'immense bâtiment sombre. Celui-ci était constitué d'un grand nombre de salles, toutes affectées à une personne ou à une activité spéciale, et deux tours immenses étaient installées en son sommet. Kerian n'y était encore jamais monté. Il entra dans le hall, toujours aussi sombre, et s'adressa directement à la femme de l'accueil :

— Bonjour Yweliane ! Comment ça va ?

— Ah ! Le jeune MNDTT est de retour ! annonça-t-elle en souriant. Alors qu'est-ce que tu vas apprendre aujourd'hui ?

— Le professeur Ardiamus m'a dit que j'avais acquis assez de connaissances au cours de ces deux années. Je peux passer le pont.

— Aujourd'hui ?

— Non, tout de même pas. Il commence à me faire réviser dès ce soir. D'ici une semaine ou deux, selon mes performances, j'ai le droit de le franchir.

— Comme le temps file ! Je te revois encore arriver totalement bouleversé ici, avec Anna, et puis aujourd'hui tu es apte à traverser le

Pont d'Acajou! En tout cas, je suis contente pour toi! Mais ne perds pas de temps! Rejoins le professeur Ardiamus sans plus tarder. Il t'attend. Bon courage!

— Merci Yweliane! À bientôt!

Kerian s'éloigna, en souriant, vers les étages supérieurs. Une fois qu'il eut gravi les deux premiers escaliers de bois de rose, il se dirigea vers une grande porte. L'intérieur de l'Académie d'Ébène était loin de ressembler au hall dans lequel il était accueilli chaque soir. L'entrée avait été aménagée pour que toute personne étrangère à la Communauté Magique s'en sente exclue et s'imagine un endroit sombre, lugubre et quasi hostile. En revanche, au-delà ce hall, tout était décoré avec des couleurs chaudes. Des bibelots sur des petites étagères ornaient les murs juste en dessous de tableaux représentant soit des grandes personnalités du monde magique, soit des paysages imaginaires qui semblaient tous plus merveilleux les uns que les autres. Kerian s'arrêtait souvent quelques minutes devant l'un d'eux avant de rentrer chez lui où il retrouvait ses parents pour lesquels il n'avait jamais eu beaucoup d'affection. Il appelait cet instant «mon moment de rêve» et, lorsqu'il en parlait, les gens souriaient tendrement.

Le couloir qui menait au bureau de son tuteur était entièrement peint en orange. Un orange assez doux et chaleureux. Kerian aimait beaucoup cette couleur. Lorsqu'il entra, son professeur se tenait debout, dos à lui, lisant avec attention un vieux livre abîmé.

— Bonsoir jeune Magicien-Né. Comment te sens-tu aujourd'hui?

— Très bien, professeur.

— Prêt pour l'entraînement?

— Oh oui! J'attends cet instant avec impatience depuis vendredi soir!

— Je m'en doutais. J'espère que cela t'a poussé à réviser avec les manuels que je t'avais confiés.

— Bien sûr, mais pas autant que je l'aurais souhaité. Les contrôles sont de plus en plus nombreux vu que la fin de l'année approche.

– Je comprends, mais l'important c'est que tu aies éprouvé le besoin de feuilleter quelques cours. Nous allons d'abord revoir les bases. Voyons voir ce que tu as retenu de la création de champs protecteurs.

L'adolescent s'attendait à commencer par ce sort. Aussi avait-il pris le temps de bien s'entraîner chez lui, enfermé dans sa chambre. Sa première tentative ne fut pas assez puissante, mais la seconde lui permit de repousser les objets de plus en plus gros que lui lançait son professeur. Cependant, lorsque le tuteur décida d'envoyer un sort au jeune apprenti, le champ se brisa peu à peu comme une peinture qui s'écaille jusqu'à disparaître totalement.

– Bon, on reprend.

Kerian se concentra de nouveau et pensa avec détermination à se protéger. Aussitôt, la sphère se recréa. Le champ cette fois-ci était parfait et le professeur félicita son élève. Ils étudièrent ensuite des sorts d'attaque, puis de guérison et enfin de survie (afin de détecter à distance des réserves d'eau ou des vivres).

Lorsqu'ils s'arrêtèrent, il était déjà tard et Kerian aurait dû être rentré depuis longtemps. La nuit obscurcissait les rues, les rendant fantomatiques. Il s'empressa de rejoindre sa demeure et passa directement à la salle à manger où l'attendaient ses parents. Ceux-ci étaient en pleine discussion et, lorsque le garçon arriva, ils ne prirent pas la peine de s'interrompre pour le saluer et continuèrent à parler, l'ignorant. Habitué, Kerian fit de même, se servit un peu de salade et commença à manger silencieusement, plongé dans ses pensées, se voyant déjà parcourir le Pont d'Acajou.

Le lendemain, le professeur d'histoire et géographie leur rendit leur contrôle de la veille et Kerian fut ravi d'apprendre qu'il avait obtenu un 15/20. Cependant, dès que la cloche sonna, il jeta la copie dans la première poubelle venue, sans états d'âme. Tout cela l'importait peu. Très bientôt, il serait loin d'ici et il aurait tout le loisir de ne plus remettre les pieds dans cette cité maudite pourtant chère à la grande majorité de ses habitants.

Lorsqu'il retrouva le professeur Ardiamus dans la salle d'étude, il était préparé. Le cours fut le même que la veille. Cette fois-ci, il déjoua chacun des sortilèges dès le premier coup. Son maître le félicita et ils passèrent donc à d'autres sortilèges appris au cours de ces deux années. Il revint exténué chez lui et, ne prenant même pas la peine de manger, il se coucha et s'endormit immédiatement.

Enfin arriva le vendredi. Cette fois-ci, ce fut le Maître qui l'attendait. Kerian se demanda si cela signifiait qu'il allait franchir le pont le soir même, mais l'épreuve qui lui était réservée était tout autre. Ainsi, comme il le lui expliqua, il allait passer un test, différent en tous points de celui auquel il avait été soumis lors de sa première visite. Il allait devoir répondre par écrit à des questions pratiques et être ensuite examiné dans une salle située dans les étages supérieurs afin qu'on détermine ce dont il était capable. L'adolescent parut déconcerté. Il était loin de s'imaginer qu'il allait être mis à l'épreuve comme au collège et cela ne l'enchantait guère. Mais il n'avait pas le choix et il s'installa pendant que le Maître lui donnait les consignes et les inscrivait sur un tableau noir.

— Tu as une demi-heure.

Kerian se mit au travail. Les questions étaient toutes en rapport avec la magie et traitaient souvent de la meilleure façon de se sortir d'un mauvais pas ou de la réaction à avoir face à un inconnu dont on ignore le point faible.

Une fois la demi-heure écoulée, ils s'engagèrent dans les escaliers et entrèrent dans une grande salle où Kerian n'avait jamais été. L'adolescent se plaça en son centre, comme on le lui demandait. Le Maître partit en fermant la porte derrière lui, le laissant totalement seul. Aussitôt, les fenêtres furent drapées d'épais rideaux noirs et la pièce fut plongée dans la pénombre. Il n'entendait que le silence, ne comprenant rien à ce qui se passait. Soudain, il dressa l'oreille. Quelque chose approchait, lentement, sans faire de bruit. Un léger frottement qui ressemblait étrangement à un morceau de tissu balayant le sol. Il ne distinguait cependant rien et ne savait pas s'il devait agir ou rester immobile comme on le lui avait ordonné. Mais il ne tenait plus en place. En proie à la terreur, il se concentra. Il devait éviter d'imaginer ce qu'il adviendrait si jamais il jetait un sort à un membre de la Communauté Magique et les conséquences qui s'ensuivraient. Ils pourraient lui interdire de tenter de franchir le Pont d'Acajou sous prétexte qu'il n'avait pas tenu compte de ce qu'on lui avait ordonné de faire. Il se créa d'abord un champ de protection puis, certain que celui-ci le défendrait de toute attaque et qu'il était assez puissant pour entreprendre de jeter un autre sortilège, il se concentra cette fois-ci pour attaquer. Se fiant à son ouïe, il se retourna en silence et dirigea son esprit vers la gauche. Le sort jaillit instantanément, ligotant l'assaillant et le neutralisant. Il entendit un cri étouffé puis fit soudain volte-face : un autre bruit provenait de la droite. Il était toujours dans l'obscurité et ses yeux ne s'habituaient pas à cette pénombre. Le sort que lui lança l'assaillant rebondit sur son champ de protection et revint frapper l'expéditeur à l'estomac. Celui-ci s'écroula sous le choc. Kerian se sentait encerclé, il ne savait plus quoi faire. Finalement, il opta pour un sort par ondes de choc successives. Un cercle aussi dur que le fer se forma autour de lui et se propagea progressivement, heurtant tous les assaillants qui l'entouraient, d'un seul coup, en pleine poitrine. Kerian conçut alors un ligotage massif et tous les attaquants se retrouvèrent empêtrés dans des cordes, certains même dans des filets, ce qui ne manqua pas de le surprendre lui-même. Les rideaux se levèrent, faisant place à la lumière. Il put alors contempler une cinquantaine de créatures étranges se tortillant en vain sur le sol. L'adolescent était persuadé que tout était fini à présent, mais un bruit de pas derrière lui l'incita à se retourner et le sort qu'il lança ne manqua pas d'envoyer son adversaire à l'autre bout de la pièce. En observant mieux, il comprit que tout n'était pas encore fini. Le décor avait changé et il se trouvait au milieu d'un dense feuillage. À quelques mètres de là, il repéra une feuille remplie d'eau de pluie. Assoiffé par tant d'efforts, il se dirigea vers celle-ci, réduisant la puissance de son champ de protection, mais ne le retirant pas totalement, de peur qu'une nouvelle créature ne se jette sur lui. Il but à grandes gorgées et s'assit sur le sol pour se reposer un peu. Il remarqua au loin un gros rocher d'où se détachait une ombre assez déformée. En plissant les yeux, il constata que celle-ci n'était pas celle de l'immense roche et il bondit aussitôt, renforçant sa protection. Il déploya un autre sort et l'attaquant fut démasqué et frappé. Kerian était au bord de l'épuisement, son champ de protection commençait à vaciller. Il entendit à nouveau des pas derrière lui, se retourna brusquement et lança un sort de déséquilibre, incapable d'en faire plus sur le moment. Il entendit alors :

— Hé, petit, c'est moi ! Joli coup, mais tu as dû me briser quelque chose !

Il observa plus attentivement et vit que le dernier assaillant n'en était pas un. Il venait d'attaquer le Maître en personne. Il se confondit en excuses, devint tout pâle, puis désactiva son champ de protection et s'empressa de rejoindre le chef suprême de la Communauté Magique pour l'aider à se relever.

— Je suis vraiment désolé. Avec tout ce qui s'est passé, j'étais épuisé, je n'ai pas fait attention, je pensais que vous étiez une de ces créatures alors…

— Ne t'en fais pas MNDTT, je comprends. Merci de m'aider, c'est gentil à toi. Viens avec moi, tu as bien travaillé, tu vas prendre un peu de repos et après on discutera.

Il l'entraîna dans une petite salle du premier étage où avaient été installées des tables entourées de chaises. Kerian n'était jamais entré dans la cafétéria de l'Académie d'Ébène. Le Maître lui commanda un grand verre de sirop d'érable et demanda une petite liqueur pour lui. Le professeur Ardiamus ne tarda pas à les rejoindre. Il avait l'air inquiet et était essoufflé.

— Alors? s'enquit-il immédiatement en se laissant tomber lourdement sur une des chaises à côté de celle du Maître avant de commander lui aussi une liqueur.

— Alors, je crois qu'il est prêt.

— C'est vrai? Vous avez assisté à son test? Il s'en est sorti?

— À merveille. Il m'a même pris pour l'une de ces créatures et m'a lancé un sort de déséquilibre.

— Pour de vrai? demanda le professeur, amusé.

— Eh oui. Nous avons là un vrai Magicien-Né-Découvert-Très-Tard! N'est-ce pas MNDTT?

— Alors j'ai réussi? Je peux traverser le Pont d'Acajou?

— Eh bien, je ne vois pas pourquoi nous te l'interdirions plus longtemps, jeune homme, tu sembles tout à fait prêt. Tu devrais d'ailleurs remercier ton professeur, il s'est occupé de toi avec sérieux. Il t'a très bien formé.

— Oh, merci mille fois professeur, et merci à vous aussi, Maître.

— Je n'ai jamais vu un enfant si courageux et si talentueux de ma vie. Allez, tu peux nous laisser à présent, MNDTT. Profite de ta dernière soirée dans la Grande Cité et préviens tes parents que tu pars. Nous t'attendons demain ici même à midi. Entendu?

— Oh oui! Merci encore!

Kerian sortit de l'Académie d'Ébène, un grand sourire suspendu à ses lèvres. Il avait envie de courir pour se défouler, de rire à pleins poumons et de hurler sa joie à tout le monde. Il était hors de question qu'il parle de son départ à ses parents. Sa disparition ne les tracasserait pas tant que cela et il valait mieux qu'il n'ait pas à leur faire d'adieux.

Il ne rentra pas chez lui cette nuit-là et se promena parmi les bouleaux du parc, rêvassant. Le lendemain, il rassembla quelques affaires dans un sac et se mit en marche vers l'Académie d'Ébène. Un certain nombre de membres de la Communauté Magique était rassemblé devant le bâtiment. Dès qu'ils le virent, ils se mirent à murmurer. Tous l'accompagnèrent vers le Pont d'Acajou où se trouvait déjà le Maître.

– Bien, dit-il lorsqu'il fut arrivé, nous sommes fiers de te présenter le Pont d'Acajou.

C'était la première fois que Kerian l'approchait. L'accès lui en avait toujours été interdit et il n'avait jamais réussi à tromper l'attention des gardes. Il était aussi splendide que dans ses rêves. Un pont de couleur marron-rouge, sculpté de signes magiques, comportant deux rambardes pour prévenir des chutes malencontreuses, se dressait devant lui, gigantesque. Il était long de presque cinq cents mètres et on n'en distinguait que difficilement le bout. Les Grandes Murailles de Bois s'arrêtaient là où il démarrait. Cela étonna grandement Kerian qui s'attendait, il ne savait pourquoi, à les voir jusqu'à l'infini, mais il en fut d'autant plus excité. Son rêve le plus fou allait enfin se réaliser : il allait pénétrer dans l'Au-Delà. Il espérait discerner du pont le monde d'En-Bas et avoir le loisir de contempler l'eau tourbillonnante telle qu'on la décrivait dans les livres d'histoire. Il avait hâte de se retrouver seul. L'Au-Delà, c'était le test suprême. Lorsqu'il en reviendrait, il serait magicien en titre, alors que pour l'instant il n'était qu'un Magicien-Né-Découvert-Très-Tard, un apprenti. Dès son retour, les gens l'acclameraient et il deviendrait célèbre. S'il y avait un retour… Car peut-être qu'il pourrait vivre là-bas, dans l'Au-Delà, et ne plus jamais remettre les pieds dans la Grande Cité.

Le Maître s'adressa à lui gravement :

– Aujourd'hui, il a été reconnu que tu étais un vrai magicien. À toi de nous le prouver en revenant sain et sauf d'ici un an dans la Grande Cité. Nous t'attendrons. À présent, tu sais ce qu'il te reste à faire : brise le sort qui empêche tout visiteur de franchir ce pont. Bonne route et bonne chance !

Le professeur Ardiamus regarda son apprenti avec tristesse. Il l'appréciait énormément et un lien très fort s'était créé entre eux. Il serra le garçon dans ses bras, ce qui le déstabilisa quelque peu. Après lui avoir souhaité de revenir vivant parmi eux, il le laissa se concentrer. Le sort était très puissant et Kerian eut du mal à le briser, mais il finit par y parvenir et s'élança vers le Pont d'Acajou, sans un seul regard en arrière, plus heureux et plus excité que jamais. Il était enfin libre.

3

L'Au-Delà

C E QUI LE FRAPPA EN PREMIER, CE FUT LE SILENCE. Une fois sur le pont, le sort d'interdiction se réactiva derrière lui. On n'entendait plus ce qui se passait de l'autre côté. Les discussions des magiciens étaient étouffées par le sortilège. Cette quiétude créait une atmosphère particulière et Kerian avait l'impression d'entrer dans un autre monde. Il progressait lentement, profitant de chaque instant. Il se rendit sur un des bords, sans se presser, le cœur battant à tout rompre. Il allait enfin savoir comment était l'eau En-Bas. Cependant, en se penchant, il constata que le sol n'était absolument pas discernable. Il voyait uniquement des branches, toujours plus feuillues, qui s'étendaient jusqu'à ce qui semblait être l'infini. Un peu déçu, l'adolescent continua sa route. Son excitation était considérablement redescendue, tout comme sa joie. Il se demanda s'il était capable ou non de se débrouiller tout seul. Il faillit revenir en arrière et dire qu'il n'était pas encore prêt mais, se ressaisissant, il s'en voulut d'avoir souhaité retrouver la Grande Cité qu'il avait rêvé fuir depuis toutes ces années. À cette pensée, il sentit un élan de haine monter en lui et il marcha, plus déterminé que jamais, le long du Pont d'Acajou. Arrivé de l'autre côté, il ne put retenir une exclamation de surprise. Le paysage qui s'offrait à ses yeux était totalement sauvage. Bien sûr, il ne s'était pas attendu à trouver une immense cité, mais il devait bien avouer que l'idée que l'Au-Delà puisse être une jungle abandonnée où chaque arbre poussait comme bon lui semblait ne l'avait pas effleuré. Le Pont d'Acajou se terminait sur une immense branche de chêne qui menait à un tronc dont l'écorce était craquelée par endroits. Dans les cités connues, les écorces étaient impeccables, soignées par des magiciens qui veillaient à ce qu'elles restent lisses et douces au toucher. Dans la Grande Cité, chaque chose avait été créée pour que tout soit en ordre – même les plantes avaient été conditionnées pour se tenir bien droites. Le paysage qui s'offrait maintenant à lui paraissait un inextricable entrelacs de branches, de feuilles et de troncs noueux. Alors que n'importe qui dans la cité aurait trouvé cela répugnant, Kerian, lui, en était émerveillé. Il était certain que personne ne vivait ici et surtout que tout était intact. Exactement comme cela devait l'être avant que les hommes ne décident d'utiliser la magie pour rendre tout plus agréable. Aux yeux du jeune Magicien-Né, le désordre était beaucoup plus harmonieux que l'aménagement de la Grande Cité avec ses institutions toutes semblables. Ici, il n'y avait aucune plate-forme, rien qui puisse assurer l'équilibre. Aucun chemin n'avait été tracé ; pour avancer, il fallait escalader les arbres, éviter les branches mortes et toujours trouver un appui sûr. Voilà ce que Kerian appelait de l'exploration. Il partait à la découverte d'un autre monde, d'une autre Terre, d'un autre univers.

L'adolescent décida de se reposer un peu afin de reprendre ses esprits et de surmonter le choc qu'il avait eu en découvrant ce paysage sauvage. Il s'allongea de tout son long sur la branche, sentant le bois pointer dans son dos. Les mains sous sa tête, il observait, à travers le feuillage, le ciel qui ressemblait étrangement à une mer d'air où flotteraient de petites îles de coton. Le soleil, brillant de mille feux, aveuglait le jeune homme qui ferma les yeux. Il sombra instantanément dans le sommeil.

Il avançait seul sous un soleil cuisant, sautant de branche en branche sans grande difficulté. Laissant exploser sa joie, il riait de bon cœur. Alors qu'il progressait, il s'arrêta brusquement. Quelqu'un, qui chantonnait, se tenait un peu plus loin, se balançant sur une tige de lierre repliée et attachée à l'une des branches d'un gros arbre. Vigilant, il décida de s'approcher, doucement. Il put mieux distinguer la silhouette d'une jeune fille, plus ou moins de son âge. Ses cheveux d'un brun chaleureux brillaient au soleil. Elle ne semblait pas l'avoir remarqué. Il s'avança encore un peu et finit par arriver à sa hauteur. Celle-ci le regarda, stupéfaite de ne pas s'être aperçue de sa présence plus tôt.

— Salut! s'exclama-t-elle en sautant avec souplesse de sa balançoire et en arrivant accroupie sur la branche. Tu viens d'ici?

— Euh… Non… Non, je suis de la Grande Cité.

— Jamais entendu parler!

— Comment c'est possible? C'est la plus connue de toutes!

— Ah! Parce qu'il y en a plusieurs?

— Tu ne viens pas d'une cité?

— Non, pourquoi? Je devrais?

— Non… Non, mais si tu ne viens pas de là-bas, alors c'est qu'il y a des gens qui vivent dans ce lieu. Je croyais que c'était désert, moi!

— Ah, mais c'est désert. Je viens de tout visiter.

— Mais alors, d'où viens-tu?

— Moi, eh bien, de quelque part, par là-bas, annonça-t-elle en pointant le doigt à l'horizon pour désigner le soleil orangé qui se couchait à présent.

— Mais…

— Ne t'en fais pas, moi non plus je ne comprends pas très bien, ça ne fait rien. Tu as entendu ce bruit?

— Oui, qu'est-ce que c'était?

— Je ne sais pas. Je crois qu'on ne devrait pas rester ici…

Le paysage s'évanouit avec la voix de la jeune fille et Kerian se réveilla en sursaut. Le soleil était en train de se coucher, exactement comme dans son rêve, mais il n'y avait aucune trace de la jeune fille. Et en fait c'était un peu normal, car il n'avait fait que rêver. Considérant qu'il avait perdu suffisamment de temps à dormir, le Magicien-Né se remit en route. Il commençait à avoir faim, mais il préféra garder ses maigres provisions pour un jour où il n'aurait plus aucune ressource. Il se mit donc aussitôt à la recherche d'un arbre fruitier. Il avança sur la longue branche du chêne qu'il contourna soigneusement. Malheureusement, il n'avait pas la souplesse de la jeune fille brune de son rêve. Tout en avançant, il repensa à elle. Il n'avait jamais rencontré personne qui lui ressemblât et pourtant ses traits lui étaient apparus bien distinctement. Habituellement, lorsqu'il rêvait d'une personne inconnue, il ne discernait pas exactement son visage et là, il avait pu le contempler. Il ne se savait pas si imaginatif. La jeune fille qu'il avait vue en rêve était d'une grande beauté avec son sourire lointain et ses cheveux lisses. Il regrettait que ce ne soit qu'un simple songe et non la réalité.

Il était tellement absorbé dans ses pensées qu'il ne remarqua pas qu'il se trouvait au sommet d'un pommier. Lorsqu'il s'en aperçut, il commença à cueillir les fruits ronds et rouges, et récolta quelques morceaux d'écorce qu'il fourra dans son sac. Il s'installa alors sur une branche un peu en hauteur qui paraissait confortable et commença par les morceaux d'écorce. Ceux-ci étaient mangeables si on savait les préparer. Kerian avait entendu dire que les humains d'En-Bas n'en consommaient pas, mais ils avaient bien dû s'y faire depuis qu'ils vivaient dans les arbres.

Il commença par retirer la partie rugueuse de l'écorce. Il était certain que ce travail lui prendrait du temps, car les écorces sauvages étaient loin d'être les mêmes que celles de la Grande Cité, mais il ne se découragea pas. Il prit des pommes pour en faire une bouillie et en enduisit l'écorce lisse. La bouillie ramollissait le morceau de bois et le rendait comestible. Au début, il avait été très difficile pour ses ancêtres de s'habituer à cette nourriture, mais les nouvelles générations avaient désormais l'estomac adapté. Il enveloppa les écorces ainsi préparées dans de longues feuilles assez résistantes et les glissa dans son sac, prenant soin d'en garder une pour son repas. Il décida de se remettre en route et de manger tout en marchant. Kerian avait tout le temps qu'il lui fallait, mais il préférait s'éloigner au maximum de la Grande Cité et, de toute évidence, il n'avait pas sommeil.

La nuit était fraîche pour un mois de juin et le paysage obscur avait quelque chose d'effrayant. De nombreux bruits résonnaient, sans que l'adolescent ne sache de quoi ou de qui ils provenaient. L'inquiétude le gagnait et sa démarche était déjà beaucoup moins sûre. Il éprouvait un mélange assez étrange de sentiments. La peur de l'inconnu et l'excitation de l'aventure se confondaient. La lune, qui éclairait faiblement les arbres, leur donnait des allures fantomatiques voire des formes humaines. Ainsi, Kerian crut un grand nombre de fois discerner des hommes vêtus de noir et des créatures plus étranges les unes que les autres. Le jeune homme s'attendait à chaque instant à être attaqué et il restait vigilant, se méfiant du moindre grincement de branches.

Lorsque le jour pointa, il ne lui était rien arrivé. Or, si à l'Académie d'Ébène il avait été préparé à se défendre face à des créatures terrifiantes, c'était bien parce qu'il allait être amené à en rencontrer. Et pour l'instant, il ne s'était rien produit. Il était donc forcément suivi ; on essaierait de lui tomber dessus par surprise. Le garçon se doutait bien que s'il continuait à se méfier ainsi, il allait devenir totalement paranoïaque, et arriverait un jour où il se retrouverait complètement fou, se comportant comme un animal ou, pire, décidant de sauter pour savoir enfin comment était l'eau de la Terre et se noyant. Car, s'il était sorti de cette cité, c'était pour voir la mer. La mer l'avait toujours fasciné et il se sentait prêt à tout pour la voir, ne serait-ce qu'une seconde. Il avait d'abord cru qu'il pourrait la contempler dès qu'il serait sur le Pont d'Acajou, mais il avait vu ses espoirs déçus : ils se trouvaient tellement haut par rapport au sol qu'il était impossible de le distinguer.

Mais il continuait son chemin, imaginant que, plus loin, il trouverait un moyen de descendre un peu plus bas. En fait, il voulait trouver un endroit où s'établir pour ne plus jamais remettre les pieds dans la Grande Cité. Il cherchait l'emplacement idéal. Son professeur attendait de lui qu'il revienne avec plus de force, plus de pouvoirs magiques, mais également avec une autre âme. Parce qu'en restant seul pendant une année dans un lieu inconnu sans aucun être humain, il allait pouvoir se concentrer sur l'étude de la nature environnante, apprendre à connaître les animaux et les plantes, le ciel et la terre, les comprendre. Il verrait ses cinq sens se développer et son pouvoir se décupler. C'était ainsi qu'on apprenait la vraie magie : en se formant soi-même. Bien sûr, Kerian allait faire chacune de ces choses, mais il ne reviendrait plus. Il utiliserait sa magie pour survivre et s'attacherait à essayer de voir la mer ou à chercher des êtres humains rescapés, comme lui, de la Catastrophe. Mais il savait que tout cela demanderait du temps. Il fallait d'abord qu'il apprenne à rester calme et qu'il s'habitue à ces bruits de la nature. Sinon, il ne vivrait jamais en paix.

Ce ne fut que le lendemain qu'apparut le monstre. Le monstre, c'était en fait le premier mot qui était venu à Kerian lorsqu'il s'était retrouvé devant cette créature poilue, ronde comme un ballon et d'une laideur sans nom. Sa fourrure emmêlée et sale était grise, avec des reflets bleu acier, et lorsque le monstre était en colère – comme il semblait en être le cas –, de longues griffes acérées sortaient d'entre ses poils épais. L'adolescent était tellement écœuré qu'il ne pensa pas immédiatement à son champ de protection. Il resta immobile un certain temps, ce qui permit à la bête inhumaine de se jeter sur lui tout en sortant ses griffes. Une pointe grise se planta dans son épaule, le remettant immédiatement sur ses pieds. Le champ de protection qu'il créa juste après s'être éloigné du monstre lui permit d'esquiver une deuxième attaque. Cependant, celle-ci avait été si violente qu'il en avait brisé le sortilège. Faisant appel à tout son sang-froid, Kerian en créa un autre, cette fois-ci plus résistant. Sa blessure le brûlait. Le monstre l'avait profondément entaillé et il perdait beaucoup de sang. Il s'accorda quelques secondes de récupération avant de se concentrer pour trouver un moyen de se débarrasser de la créature. Inspiré par la bête elle-même, il tenta d'imaginer avec netteté une longue lance filant à toute vitesse vers elle. Lorsqu'il rouvrit les yeux, le monstre agonisait sur la branche, roulant sur lui-même. Quand l'animal tomba de l'arbre, Kerian put admirer la lance qu'il avait réussi à matérialiser. Il n'avait encore jamais tenté ce genre de choses. D'ailleurs, l'idée ne lui serait jamais venue si le monstre n'avait pas eu de griffes aussi longues. Il était fier de lui. Effaçant le champ de protection qui l'entourait, il alla s'asseoir contre le tronc noueux de l'arbre et cueillit un de ses fruits pour reprendre un peu de forces. La douleur le lança soudainement. Il observa rapidement les dégâts et vit avec horreur qu'il était trempé de son propre sang. Se dévêtant, il passa ses doigts sur le contour de sa blessure. Elle était profonde. Or il était trop épuisé pour tenter un sort qui l'aiderait à stopper le saignement. Il se remit immédiatement en route à la recherche d'eau. Il lui fallut attendre encore une demi-heure avant de trouver ce qu'il n'avait même plus espoir de découvrir. Devant lui, une crevasse dans le bois de l'arbre abritait les eaux de la dernière pluie. Il retira sa chemise et la déposa à l'intérieur avant de l'essorer. La branche était assez large et il put sans grande difficulté atteindre le cours d'eau et tremper son épaule à l'intérieur. La douleur au contact du liquide lui tira une grimace, mais il se sentit ensuite apaisé. Lorsqu'il se releva, l'eau était écarlate. Il reprit sa chemise et tamponna la blessure. Il sortit de son sac un morceau de tissu et banda du mieux qu'il put sa déchirure, serrant au maximum afin de stopper l'hémorragie. Tout seul ce n'était pas évident et il prit beaucoup de temps à faire son pansement.

La nuit commençait à poindre lorsqu'il se laissa tomber contre l'arbre, épuisé. Avec lassitude, il sortit de son sac une de ses écorces et croqua dedans à pleines dents. Il était affamé. Préférant se reposer plutôt que de continuer sa route, il s'installa du mieux qu'il put et tenta de trouver le sommeil. Mais celui-ci ne semblait pas être disposé à venir. La douleur qui brûlait le bras de Kerian ne s'apaisait pas et, à chaque fois qu'il sommeillait, un élancement le réveillait en sursaut. Il restait un long moment immobile, attendant que cela passe, les larmes aux yeux.

L'aube arriva après une nuit abominable de souffrance. Kerian n'avait pas fermé l'œil et il se sentait incapable de continuer la route. Il était considérablement affaibli et n'avait même plus la force de se lever. Il attrapa son sac au prix d'un immense effort et but de longues gorgées d'eau. Il sortit un de ses repas et se força à manger, sachant qu'il devait apporter à son corps la force de guérir sa blessure et de recréer les globules rouges perdus. Il mangea quatre morceaux d'écorce. Le dégoût qu'il éprouva pour ce repas le fit jurer de ne plus jamais avaler de pommes durant son voyage.

La douleur s'atténuant, il sentit une immense fatigue le gagner. Il ne lutta pas, heureux de pouvoir enfin entrer dans le sommeil qu'il avait guetté toute la nuit.

4

CLARA

Se tenant l'épaule par la main, il progressait lentement, s'appuyant contre les branches et faisant des pauses à chaque tronc d'arbre. L'envie terrible de tout abandonner pour rentrer à la Grande Cité le rongeait. Il voulait guérir mais, trop faible pour imaginer un quelconque sortilège de guérison, il restait dans cet état lamentable. Soudain, il entendit des pas, légers, derrière lui. Incapable de se défendre, il s'exclama inutilement d'un ton faible :

— Va-t'en ! Laisse-moi tranquille ! Je ne peux plus rien faire, épargne-moi !

— Bien joué pour le Birzöl ! Tu t'en es bien sorti pour une première fois !

Il reconnut la voix. Il se retourna. C'était la jeune fille brune.

— Qu'est-ce que tu fais là ?

— Ben, tu sais, le bruit qu'on avait entendu, c'était le Birzöl.

— Le Birzöl, c'est la bestiole qui m'a attaqué ?

— Oui. Ça fait mal, hein ?

— Ouais, ça m'a empêché de dormir toute la nuit.

— Je comprends. Viens par là, proposa-t-elle en pointant une branche d'arbre à côté, assieds-toi ici.

Kerian fit ce que lui disait la fille. Il se demanda pourquoi elle était encore là. Elle s'assit à côté de lui et commença à retirer le bandage qui enveloppait la blessure.

— *Je sais guérir ça. Je vais t'apprendre.*

— *Je sais faire.*

— *Ah oui? Tu préfères utiliser la sève de bouleau ou celle de chêne? Moi je trouve que la plus efficace, c'est celle de bouleau.*

— *De quoi tu parles?*

— *Tu m'as dit que tu savais comment guérir, non?*

— *Si.*

— *Eh bien alors?*

— *Mais moi je guéris avec de la magie.*

— *De la magie? C'est vrai? Tu es magicien?*

— *Magicien-Né, oui.*

— *C'est quoi un magicien né?*

— *C'est une personne qui a le don de la magie. Moi, on me l'a découvert un peu tard.*

— *Mais tout le monde pratique la magie d'où tu viens?*

— *Non, seulement ceux qui réussissent l'examen.*

— *Il y a un test alors?*

— *Oui.*

— *J'aimerais bien pratiquer la magie…*

— *C'est plus dur que ce que tu crois. Au fait, comment tu as été au courant pour le monstre?*

— *J'étais là. J'ai tout vu,* expliqua-t-elle en préparant un mélange verdâtre.

— *Tu me suivais?*

— *Ben oui. Je n'ai nulle part où aller et je t'aime bien, alors je te suis.*

— *Je ne t'ai pas vue pourtant,* s'étonna-t-il.

— *Je suis très discrète.*

— *Tu aurais pu m'aider! Et puis, tu as bien vu que je pratiquais la magie, alors pourquoi as-tu l'air étonné quand je te dis que je suis magicien?*

— *Bah, pour que tu me racontes. Voilà, c'est prêt. Tu as vu comment j'ai fait ? De la sève de bouleau, de l'eau, quelques fleurs fraîches et aussi un peu de poussière. Et j'ajoute une pincée de poudre d'écorce, ça aide à la cicatrisation.*

— *Comment tu sais tout ça ?*

— *Je sais, c'est tout, dit-elle en souriant. Je vais prendre un gros morceau d'écorce de cet arbre, ça fera l'affaire.*

Elle arracha le morceau de bois et commença à le mouiller plusieurs fois, en étalant le liquide sur la surface. Cela lui prit un certain temps, puis elle appliqua sa crème guérisseuse sur l'épaule du garçon et l'entoura de l'écorce humide qui, gorgée d'eau, adhérait parfaitement à la peau.

— *Ça devrait aller maintenant.*

— *Merci beaucoup.*

— *De rien, c'est tout naturel.*

— *Pourquoi tu fais tout ça ?*

— *Oh, pour rien. J'aime rendre service. Et puis ici c'est désert. Un peu de compagnie, ça me fait du bien. Pas toi ?*

— *Si, si.*

— *Oh, il est tard, je crois qu'on devrait se remettre en route.*

Kerian se réveilla. La première chose qui lui vint à l'esprit fut de vérifier s'il portait réellement une écorce autour de l'épaule. Ses doigts rencontrèrent une paroi rugueuse. Il sentit un sourire naître sur ses lèvres. Ce rêve n'en était pas vraiment un. Il lui semblait un peu trop réel. Jusqu'ici, il n'avait jamais rêvé aussi nettement. Et puis c'était quand même la deuxième fois en deux jours qu'il songeait à cette fille !

Lorsqu'il se releva, le morceau qui entourait son bras tomba. Fronçant les sourcils, il le ramassa, non sans douleur, et se rendit compte que ce qu'il avait pris pour de l'écorce n'était autre que du tissu. Celui-ci avait séché pendant qu'il dormait et sa consistance ressemblait beaucoup à celle de l'arbre. Il sentit la vague de bonheur qui l'avait animé retomber avec fracas. Un rêve. Ce n'était qu'un simple rêve. Il était seul, absolument seul, et il se créait un compagnon pour son voyage, dans ses rêves.

Toujours tracassé par ce songe, il eut l'idée, qu'il trouvait complètement stupide, de recréer la crème de la jeune fille brune afin de voir si elle fonctionnait vraiment. Il était persuadé que le résultat serait le même que s'il n'avait rien mis du tout, mais il préférait essayer. Il pouvait toujours espérer. Grimaçant de douleur, il prit son sac et partit à la recherche des ingrédients. Après les avoir tous rassemblés, il entreprit de préparer la crème. Celle-ci n'était pas aussi réussie que celle de sa jolie amie, mais il voulut l'essayer. Se l'appliquant du mieux qu'il put, il entoura la blessure d'une écorce humide et serra fortement avec de la corde.

Kerian reprit la route, la douleur s'estompant petit à petit. Il progressait lentement, faisant bien attention à ne pas glisser, car il savait qu'il était encore trop faible pour se retenir à une branche. Il regardait autour de lui, attentif au moindre bruit. Il se disait qu'il guettait un quelconque monstre, mais en lui-même il savait que la raison de cette méfiance était tout autre. Il cherchait un signe indiquant la présence de la jeune fille. Elle ne vint pas, il ne la vit pas, ne l'entendit pas. Cependant, sa crème fonctionnait à merveille et il retrouva ses forces au bout de deux jours. Ces deux nuits, il rêva, mais ses songes n'avaient aucun rapport avec la jeune fille, qu'il espérait pourtant revoir. Il finit par accepter l'idée qu'elle était le fruit de son imagination et qu'elle n'existait pas.

Une semaine passa, tranquillement. Kerian avait soigné sa blessure à l'aide de la magie et n'avait été attaqué que par de petites créatures dont il s'était débarrassé assez facilement. Un soir, alors qu'il sombrait dans les méandres du sommeil, il se retrouva de nouveau dans le décor qu'il venait de quitter.

La jeune fille brune se tenait devant lui, souriante.

— Ah! Salut! Comment va ta blessure?

— Encore toi? Mais c'est impossible! Tu es un rêve au final, oui ou non?

— À vrai dire, je me pose la même question. On dirait que oui...

— Je t'ai cherchée, mais je ne t'ai pas vue. Tu m'as menti quand tu as dit que tu me suivais!

— Bien sûr que non! Je te suis! Mais... c'est assez bizarre... Ce n'est pas pareil que toi, je pense. Ça ressemble un peu à ce rêve, mais en moins intense.

— Mais de quoi tu parles?

— De rien, laisse tomber. Viens, je voulais te montrer quelque chose!

Elle le prit par le bras et l'entraîna un peu plus près du tronc. Elle le lâcha ensuite et, à la force de ses bras, se hissa sur la branche qui se trouvait juste au-dessus de leur tête. Elle se remit debout et continua jusqu'à son sommet. Voyant que Kerian hésitait, elle s'exclama de là-haut:

— Alors, qu'est-ce que tu attends? Monte! Tu verras, tu ne seras pas déçu!

Il attendit encore un peu puis décida de la suivre. Il n'avait pas la souplesse ni l'agilité de la jeune fille, mais il réussit tout de même à grimper jusqu'à elle. Ils étaient au sommet de l'arbre. Elle lui montra un ciel constellé d'étoiles. Kerian ne l'avait jamais observé de si près. De là-haut, dominant l'habituel épaisseur de feuillage, il paraissait beaucoup plus vaste. Il étouffa un cri de stupeur. La beauté de la lune l'émerveillait. Une étoile filante disparut dans le lointain.

— C'est merveilleux!

— N'est-ce pas? Je le regarde tous les soirs. J'aime la nature. Et le ciel, il est tellement beau! Tu as de la chance de vivre ici.

— Tu es avec moi, pour le moment, non?

— Oui...

— *Alors tu as de la chance, toi aussi.*

— *Mais je ne suis pas vraiment là… Enfin je veux dire que je suis là, dans ton rêve, et je te suis la journée mais… Ce n'est pas pareil que toi, je n'ai pas l'impression de vivre ici…*

— *C'est quoi ce point brillant qui vient de disparaître en traînant derrière lui un halo de lumière ?*

— *Une étoile filante. C'est beau, pas vrai ?*

— *Splendide ! Je me demande pourquoi je n'ai jamais eu l'idée de monter jusqu'ici…*

— *Moi, de voir le ciel, c'est mon rêve.*

— *Et moi, c'est de voir la Terre.*

— *De voir la Terre ?*

— *Oui.*

— *Tu n'es donc jamais descendu de la cime des arbres ?*

— *Non, jamais. Pourquoi, toi si ?*

— *Pas ici en tout cas. Mais ailleurs, d'où je viens…*

— *Et il y a la mer partout ?* demanda Kerian plein d'espoir.

— *Il y a la mer, mais pas partout, non. Il y a l'herbe aussi et puis les montagnes, les plages, les déserts…*

— *C'est comment tout ça ? Raconte-moi !*

— *Plus tard. Pour l'instant, il faut redescendre. Voilà l'aube qui arrive et je sens que tu reviens à ta vie.*

— *Promets-moi que tu me raconteras.*

— *Je te le promets.*

Et en effet, Kerian se réveilla. Il ne comprenait pas pourquoi ses rêves avaient l'air si réels. Il voulait y croire mais en même temps cela lui paraissait inconcevable de discuter avec une personne venue d'un autre monde à travers ses rêves. Il était bouleversé. Il commençait à vraiment apprécier la jeune fille, il était même certain qu'elle saurait lui dire comment voir la mer. Il se rendait compte que tous deux ne savaient pas grand-chose l'un de l'autre et, pourtant, une amitié naissait, quelque chose qu'il n'avait que rarement éprouvé. Il avait le sentiment qu'ils se ressemblaient, l'un et l'autre, que, d'une certaine façon, ils se comprenaient.

Les nuits se ressemblèrent de plus en plus. La jeune fille brune revenait souvent, tantôt tous les jours, tantôt elle s'absentait quelque temps, mais il ne se passait jamais trois nuits sans qu'elle n'apparaisse.

Pendant ces rêves, Kerian apprenait beaucoup. Un jour qu'il s'était endormi juste après son repas de midi, il se retrouva directement au sommet de l'arbre. Elle était assise à ses côtés.

— *Le ciel est magnifique en plein jour, tu ne trouves pas?*

— *C'est vrai, mais je préfère la nuit.*

— *Moi aussi. J'aime les étoiles, les voir briller de toutes leurs forces alors que ce sont de simples points jaunes dans cet univers gigantesque!*

— *Tu m'avais dit que tu me raconterais la Terre!*

— *Oui, c'est vrai.*

— *Tu peux le faire?*

— *Bien sûr. Pose-moi des questions, ce sera plus facile.*

— *C'est quoi une montagne?*

— *Une montagne, c'est un immense amas de terre, recouvert d'herbe…*

— *Ça ressemble à quoi l'herbe?*

— *Aux feuilles, mais en moins dur.*

— *Continue, s'il te plaît.*

— *Parfois, à son sommet, il y a de la neige. La neige, c'est rare par ici. C'est de l'eau sous forme solide, c'est blanc et c'est froid.*

— *Oui, je vois.*

— *Eh bien, c'en est recouvert, les montagnes!*

— *Waouh! Et le sable alors?*

— *Le sable c'est souvent là où il y a la mer. C'est des grains minuscules, marron clair ou jaune. Il y en a des milliers! Ça glisse entre les orteils. Sinon, c'est dans les déserts, là où il n'y a absolument pas d'eau…*

Et Kerian se réveillait toujours de la même façon. Elle le prévenait et il se retrouvait sur un arbre, loin de ces paysages merveilleux qu'elle lui décrivait.

Souvent, ils regardaient le ciel, ensemble. Un jour, alors qu'ils le contemplaient encore une fois, Kerian lui confia son désir de voir la mer. Il expliqua à la jeune fille la Catastrophe et elle sembla très intéressée.

— *Tu sais ce qui est bête?*

— *Quoi?*

— *Qu'il y ait tant de végétation. Parce que d'ici, on devrait pouvoir voir la mer.*

— *Tu crois? avait demandé Kerian.*

— *Eh bien oui! Mais en regardant l'horizon, on ne voit que des arbres à perte de vue! À droite, à gauche, devant et derrière! Nous sommes totalement encerclés!*

— *Tu as raison. Mais si on ne peut pas le voir d'en haut, comment on pourrait faire?*

— *Il faudra le voir d'en bas, non?*

— *Je croyais que tu avais compris, la Catastrophe…*

— *J'ai compris: d'après toi, tout est inondé. Mais on peut quand même essayer.*

— *Je ne sais pas nager. Si on tombe, on est fichus!*

— *Oui, tu as raison. Après tout, c'est tellement bizarre que ce n'est peut-être qu'un simple rêve. Enfin, je te promets qu'on ira ensemble!*

Ils passaient d'ailleurs de merveilleux moments tous deux, se rapprochant un peu plus au fil des rêves. Ils escaladaient les arbres, riaient de bon cœur, parlaient pendant des heures entières. Ils étaient devenus tellement complices que Kerian attendait la nuit avec impatience et passait le cours de ses journées à penser à celle dont il ne connaissait toujours pas le prénom. Chaque fois qu'il s'apprêtait à le lui demander, elle parlait la première et l'entraînait dans des aventures merveilleuses.

Il en oubliait complètement de le lui demander. Après tout, ce n'était pas important, un nom. C'étaient les parents qui le choisissaient, pas la personne même. Alors un prénom ne dévoilait pas vraiment les gens, c'était une sorte de miroir qui renvoyait une image, claire, nette, mais pas la personnalité ni le caractère. De toute évidence, les apparences étaient trompeuses et il ne fallait jamais s'y fier.

Un soir, il s'endormit et retrouva presque immédiatement la jeune fille brune. Il parvint enfin à lui demander son prénom.

Après avoir gambadé un long moment parmi les troncs d'arbres, ils s'arrêtèrent, fatigués, et s'écroulèrent sur une branche, en se tordant de rire. Puis, se ressaisissant tous deux, ils restèrent un moment sans parler. Il avait tourné son visage vers elle et la jeune fille avait plongé ses beaux yeux marron dans les siens.

— Tu ne m'as jamais dit ton prénom.

— Tu ne me l'as jamais demandé.

— Eh bien, aujourd'hui je te le demande.

— Je m'appelle Clara.

5
NOSTALGIE ET RÉVÉLATION

KERIAN PRIT L'HABITUDE DE RETROUVER CLARA dans ses rêves. Ils purent même commencer à organiser de vraies excursions. Comme ils devaient se revoir tôt ou tard, ils prévoyaient un programme pour les soirs à venir. Ainsi, ils savaient à l'avance ce qui les attendait plus loin et connaissaient l'emplacement exact des monstres, des points d'eau et de la nourriture. C'était très pratique pour le jeune homme, car ce qu'il voyait en rêve se confirmait toujours dans la réalité. Ainsi, il lui devenait aisé d'éviter les créatures et de trouver de quoi subvenir à ses besoins. D'autre part, les facultés magiques de Kerian s'étaient développées au fur et à mesure qu'il progressait parmi les arbres et il en vint à la conclusion que ses rêves étaient une autre particularité magique qui lui était propre : il voyait en quelque sorte «l'avenir» dans ses songes. Néanmoins, il se posait de sérieuses questions au sujet de Clara. Il n'arrivait pas à déterminer si elle était le fruit de son imagination créée par ses simples pouvoirs pour ne pas devenir fou et mourir de solitude, ou si elle était une véritable personne venue d'un autre monde. D'ailleurs, il ne savait rien de cet autre monde. La jeune fille n'en parlait pas beaucoup et, lorsqu'elle le faisait, elle semblait si troublée par ce qui se passait qu'elle en devenait confuse. Kerian n'essayait plus de comprendre. Le mode de vie qu'ils avaient adopté lui convenait à merveille et alors plus rien n'importait.

Cependant, il vint une nuit où les deux amis s'aperçurent qu'ils ne croisaient plus d'arbres fruitiers depuis très longtemps. Les vivres se faisaient rares et les points d'eau quasi inexistants. En effet, la chaleur de l'été provoquait l'évaporation de l'eau. Bientôt il ne resterait plus ne serait-ce qu'une goutte dans ce paysage sauvage et désertique. Dans la Grande Cité, on avait remédié à ce problème en créant des citernes qui recueillaient la pluie et que les magiciens protégeaient de l'évaporation durant l'été.

Kerian était fatigué et affamé. Il savait qu'il aurait mieux fait de revenir sur ses pas, mais il se faisait violence pour ne pas céder à cette tentation. Revenir en arrière était contraire à tout ce qu'il s'était promis. C'était pour lui un échec. Car s'il se contentait de retourner vers la cité et ses richesses, cela signifiait renoncer et perdre la partie. Il devait aller jusqu'au bout, sans se retourner.

Clara trouvait cela un peu stupide et elle n'hésitait pas à le lui répéter lorsqu'elle le voyait. Mais un jour, il lui lança d'un ton énervé que si elle était sa conscience, elle n'avait qu'à partir tout de suite. Elle le prit tellement mal qu'elle n'ouvrit plus une seule fois la bouche de la soirée, mais elle ne partit pas. Le soir suivant, elle ne se manifesta pas, ni au cours des jours de la semaine. Kerian commença à se reprocher amèrement sa remarque. Elle ne refit son apparition que deux semaines plus tard et il s'empressa de lui demander pardon, se confondant en excuses qu'elle accepta aussitôt, rassurée.

Il n'avait à présent plus rien à manger, et il ne lui restait qu'une petite gourde d'eau.

— Pourquoi tu n'utilises pas la magie pour en faire apparaître ? demanda la jeune fille.

— Ce n'est pas si simple. La magie ne permet pas ce genre de choses. Elle permet de renforcer des objets, de se protéger ou de guérir éventuellement, mais elle ne crée rien. Toutes les choses magiques sont en fait, à la base,

purement naturelles. En y lançant quelques sorts, elles deviennent magiques, mais la magie n'invente rien de matériel. Tu comprends ?

– Oh, d'accord ! Je ne savais pas. Mais c'est dommage quand même. Et tu ne pourrais pas faire d'une simple écorce d'arbre quelque chose de comestible grâce à la magie ?

– Ouais, c'est une idée. L'ennui, c'est que si c'est possible, je ne sais pas comment m'y prendre ni quel sort jeter. Peut-être que ça viendra un jour, comme certains pouvoirs que j'ai acquis seul depuis que je suis parti.

Le lendemain, il essaya d'invoquer un sort qui lui permettrait de transformer l'écorce rugueuse en un fruit ou quelque chose dans le genre, mais sans résultat. Déçu et affamé, Kerian reprit sa route en espérant que, bientôt, il trouverait ce qu'il cherchait. Mais cela ne vint pas. La partie de l'Au-Delà qu'il venait de traverser avait déjà été parcourue par tous les sorciers, explorateurs et archéologues ayant franchi le Pont d'Acajou, et la nature s'était habituée à la présence d'humains marchant sur ses arbres et ses feuilles sauvages. Mais tous n'avaient pas pris le même chemin et chacun avait dû choisir un itinéraire différent. Et plus Kerian avançait, plus le paysage était sauvage, touffu. Il avait contourné les endroits où grouillaient des créatures inconnues et peu amicales, avait dû faire de nombreux détours, et empruntait à présent un chemin que personne n'avait suivi jusqu'ici. Des lianes pendaient des arbres, du lierre s'entortillait autour des troncs noueux, des branches sèches se mélangeaient à d'autres fraîches et de la mousse sortait de sous les écorces. Les arbres semblaient de plus en plus serrés au fur et à mesure de sa progression et cela était loin de le rassurer. L'obscurité se faisait plus dense, le soleil perçait difficilement le feuillage. Pourtant il continuait, sans s'arrêter, bien décidé à découvrir un moyen de voir la mer ou de rencontrer d'autres rescapés de la Catastrophe.

Affaibli par le manque d'eau et de nourriture, il avançait de plus en plus lentement. Il n'avait plus aucune réserve, mais découvrit bientôt de l'eau de pluie conservée dans un tronc. Une immense réserve d'eau était contenue dans une large branche dont l'écorce formait une vasque. Dès qu'il l'aperçut, il bondit jusqu'à elle et plongea son visage dans l'eau claire tout en s'abreuvant. Lorsqu'il eut pleinement étanché sa soif, il s'aperçut qu'il n'en avait qu'encore plus faim. Il s'allongea dans un coin, cherchant à s'endormir, impatient de raconter à Clara sa trouvaille. Il sombra dans le sommeil très rapidement, mais ne rêva pas de la jeune fille. Son songe lui importait si peu qu'une fois réveillé, il préféra l'oublier.

Il la revit le soir suivant et put lui raconter ce qu'elle savait déjà puisqu'elle le suivait. Tous deux décidèrent de fêter cela en allant contempler le ciel nocturne.

Le lendemain, et les jours suivants, il trouva de l'eau en abondance, mais ne rencontra pas un seul fruit ni même un champignon qui aurait poussé sur l'arbre. Il mangea un morceau des deux pommes qu'il avait trouvées en chemin, mais cela ne lui suffisait pas. Il aurait voulu bien plus qu'un simple morceau. Pourtant il lui fallait conserver des aliments afin d'avoir au moins une petite ration à chaque repas. L'adolescent avait considérablement maigri et il était trop tard pour faire marche arrière. Il sentait ses forces s'amoindrir. Un jour, il s'écroula sur le sol, évanoui.

Il atterrit auprès de la jeune fille. Elle accourut à ses côtés et vint l'aider à se redresser. Le soutenant, elle l'emporta vers une branche et tenta de l'installer dans une position confortable.

— Cela ne peut plus durer Kerian ! Il faut qu'on trouve une solution ! Sinon, tu vas finir par mourir !

— ...

— Je sais que ce n'est pas évident, mais essaie de trouver une formule, elle doit forcément exister. Tiens, bois un peu.

Elle lui tendit une gourde. Le garçon la prit sans rien dire et se mit à boire. Il se sentait encore très faible, mais allait déjà un peu mieux.

— Je veux revenir à la Grande Cité. Tant pis pour ma liberté, tant pis pour la mer, tant pis pour la magie. J'ai échoué, mais je ne veux pas mourir. Je veux rentrer.

— Tu sais comme moi que c'est impossible! Nous sommes trop loin du Pont d'Acajou. Maintenant, il nous faut continuer. J'ai vu de la vie dans un coin de la forêt. Des oiseaux, des écureuils… Et s'il y a de la vie, c'est qu'il y a de la nourriture. Ce n'est pas très loin, tu es capable d'y aller. Il faut que je te montre où c'est, d'accord? Allez, viens, appuie-toi sur moi, ne crains rien, tu n'es pas très lourd.

Elle l'aida à se relever et l'emmena vers la gauche. Lentement, ils arrivèrent dans un endroit où les arbres s'espaçaient et les rayons du soleil filtraient entre les feuilles.

— Tu vois, c'est là. Tu te souviendras du chemin?

— Je crois, oui.

— On n'a qu'à s'asseoir un moment. Voilà.

— Merci Clara, c'est gentil tout ce que tu fais pour moi. Sans toi, il y a longtemps que je serais mort. Ou alors j'aurais renoncé.

— Non, toi, tu n'aurais jamais renoncé, j'en suis certaine!

— Oh, et moi je crois que si! En tout cas, maintenant, grâce à toi, je vais pouvoir reprendre des forces.

— Oui, et d'ailleurs tu ferais mieux de revenir à toi. Parce que ce n'est pas un jeu, tu es évanoui tout de même!

— Je sais…

— Alors vas-y.

— Bon, d'accord. Mais j'aurais aimé rester avec toi plus longtemps.

— Ça ne fait rien. Moi, je préfère te voir vivant qu'évanoui. Alors fais un effort et essaie de te réveiller.

Le garçon dut se faire violence pour revenir à lui, mais lorsque ce fut fait, il regretta aussitôt d'avoir écouté Clara. Peut-être qu'ils ne se reverraient plus avant un long moment… Et puis, la douleur qu'il éprouvait à présent était épouvantable. Il était presque mort, affamé, maigre. Il se sentait misérable. Il eut beaucoup de mal à se relever et encore plus à se forcer à marcher. Il devait constamment s'appuyer contre les troncs ou se tenir à une branche pour ne pas vaciller et s'écrouler à nouveau. Il sentait la nausée naître au fond de lui et un mal de tête épouvantable l'empêchait de réfléchir. Il abandonna bien vite et se laissa tomber. Puis, décidant qu'il n'y avait pas de temps à perdre, il suivit le chemin que lui avait indiqué la jeune fille et, lentement, il le parcourut. Au lever du soleil, il atteignit l'endroit en question. Il attrapa alors un fruit qu'il croqua à pleines dents, savourant le bonheur de sentir quelque chose dans son estomac. Il mangea beaucoup et, le ventre assez rempli, ne tarda pas à s'endormir. Il fut réveillé par quelque chose qui lui coupa le souffle. Une créature ressemblant beaucoup à un fauve lui tomba dessus. Le fauve, dont le pelage gris était tacheté de sang séché, poussait un cri monstrueux. Il avait de longs crocs et des oreilles arrondies. Son museau était aplati sur son visage hargneux et il avait des griffes effrayantes.

Il n'eut pas le temps de comprendre ce qui se passait que la bête fonçait déjà sur lui en bondissant à nouveau. Par réflexe, Kerian se jeta sur le côté et fut ainsi épargné. Reprenant ses esprits, il se concentra sur un sortilège de défense et lança sa première attaque. Celle-ci n'eut aucun impact sur le corps géant du félin. Stupéfait, l'adolescent relança le sort, pensant l'avoir mal jeté, mais il eut le même effet. Avait-il perdu ses pouvoirs d'attaque? Il se tourna vers un arbre et lança le sort une nouvelle fois. L'arbre fut ligoté immédiatement. Kerian commença à se demander quelle sorte d'animal se tenait devant lui. Il préféra changer de sort et en lança un totalement différent. Il eut le même effet que l'autre. Cette fois-ci, le fauve bondit vers lui et la sphère de protection pourtant parfaite vola en éclats. Il la reforma aussitôt, de plus en plus inquiet. Comprenant qu'il ne pourrait se débarrasser de ce monstre qu'en ayant recours à ses mains, il se prépara à attaquer. Saisissant son sac, il en sortit un couteau et prit conscience qu'il fallait tuer ou périr. Ne voyant d'autre alternative, il brandit l'arme et avança vers la créature. Celle-ci sauta à nouveau sur lui, faisant dangereusement vaciller le sort de protection. Il attaqua encore et la sphère, une fois de plus, se brisa. La magie n'était plus d'aucun secours à l'adolescent. Il perdait beaucoup trop d'énergie et de temps à créer de nouvelles sphères. La seule solution était un combat singulier.

Il reprit sa respiration et fonça sur le fauve. La lutte fut violente. Le fauve était très lourd et usait de cet avantage pour écraser Kerian qui étouffait lentement. Le couteau avait volé à quelques mètres et le garçon n'avait plus aucun moyen de défense hormis ses poings et ses jambes. Il mit du temps à se dégager et à reprendre l'avantage, mais fut vite rattrapé par l'animal. Ils roulèrent ensemble tout le long des branches et, comprenant trop tard ce qui allait se passer, ne purent s'arrêter. Après le dernier arbre, il y avait le vide. Ils allaient tomber en chute libre. L'animal partit en premier et Kerian put se retenir à la branche, mais le fauve s'accrocha à sa jambe, plantant ses crocs dans la chair du garçon qui réprima un cri de douleur. Serrant les dents, il voulut secouer la branche pour faire lâcher prise à la bête, mais celle-ci lui faisait tellement mal qu'il préféra rester immobile. L'adolescent essaya de se hisser sur l'arbre, mais l'animal était trop lourd et Kerian avait l'impression qu'il allait tomber en emportant sa jambe. L'animal finit pourtant par lâcher prise et tomber, seul. Soulagé de ce poids énorme, Kerian monta sur la branche et s'écroula aussitôt, sentant la douleur le lancer. Il regarda en contrebas et vit le félin gris se débattre dans le vide.

Enfin débarrassé, le jeune homme rejoignit en boitillant l'endroit où il avait été attaqué et s'assit contre un tronc. Il mangea à sa faim et observa sa plaie. Elle n'était pas infectée et peu profonde, mais la peau avait été déchirée par les crocs puissants de l'animal. Ayant encore assez de force pour utiliser la magie, le garçon soigna sa plaie du mieux qu'il put, soulageant la douleur qui devenait insupportable. Il s'adossa à l'arbre et ferma les yeux en soupirant ; il n'en pouvait plus. À bout de souffle, il se sentit défaillir et s'évanouit. L'attaque de l'animal au pelage gris l'avait sonné, lui qui était déjà affaibli par le manque de nourriture.

Il se retrouva là où il était quelques secondes plus tôt, à la différence près que Clara était présente dans son rêve et que lui-même semblait mieux en point. Il savait pourtant que, de l'autre côté, l'attaque du félin l'avait terriblement diminué. Il avança vers la jeune fille en souriant avec lassitude et annonça :

— Bonsoir...

— Je suis heureuse de te retrouver en meilleure santé. Tu as déjà repris des couleurs et tu es moins maigre. Je dois te dire que tu m'as fait une sacrée peur ! Mais tu viens de te faire attaquer ! Je suis vraiment désolée. Lorsque j'y étais allée, il n'y avait que des créatures inoffensives. Tout est entièrement de ma faute...

— Mais non ! Ne dis surtout pas ça ! Tu as essayé de m'aider !

— Oui, mais si je ne t'avais pas montré cet endroit, tu serais enc...

— Mort ! Je serais mort ! Mort de faim. Et grâce à toi ce n'est pas le cas.

— Je t'ai livré à cet animal !

— Si tu ne m'avais pas indiqué cet endroit, j'aurais renoncé.

— Je sais que tu n'aurais jamais renoncé.

— Je pense que si. Mais en y réfléchissant, il aurait sûrement mieux valu que je renonce justement. Tu sais, je ne pensais jamais avoir à le dire un jour, mais la Grande Cité me manque. Elle était très belle. Je ne m'y sentais pas à l'aise, mais c'était parce que je savais qu'il y avait des choses au-delà et que tant que je ne les voyais pas, je ne me serais jamais plu dans cette cité. Aujourd'hui, j'aimerais y être et remplir mes fonctions auprès d'elle. Je pourrais exercer à l'Académie d'Ébène, peut-être même avoir un apprenti. Des gens que j'aimais, il y en avait plein là-bas. La Communauté Magique était tellement généreuse avec moi. On me proposait toujours quelque chose à boire, à manger, pour m'accueillir ;

on me comprenait. J'aimerais pouvoir y retourner à présent. Je crois que j'avais besoin de sortir pour mûrir et apprendre à aimer ce qui a été mon chez-moi toutes ces années. C'est un peu difficile à expliquer, mais…

— Oh, mais je comprends, dit-elle d'un ton triste. À moi aussi, ma maison me manque. Et encore, toi tu voulais quitter, la Grande Cité. Moi je n'ai jamais souhaité partir. J'y ai été forcée. Bien sûr, j'ai toujours rêvé d'autres mondes, j'ai toujours voulu vivre dans un paysage fantastique tel que celui-là, mais je ne voulais pas quitter ma famille, mes proches, mes parents, mes amis. Ma vie là-bas me plaisait. Et puis, je crois que j'ai compris, tu sais, pourquoi je suis ici.

— Pourquoi?

— Je me souviens de certains détails. Je me suis effondrée sans qu'on sache pourquoi. Je crois qu'en ce moment même, je suis à l'hôpital. Je ne reverrai sûrement jamais mes parents. Je les aime et ils me manquent. J'aimerais le leur dire, on ne le dit jamais assez. Leur dire au revoir. C'est tellement bizarre ce qui m'est arrivé. D'un coup, comme ça, je te vois sans te connaître et puis après… Je te rencontre dans tes rêves. Au début, tu as cru que j'étais le fruit de ton imagination, mais en réalité, ce n'est pas le cas. Je ne le savais pas moi-même. Je me demandais ce que j'étais vraiment. Depuis que j'ai perdu connaissance, je n'ai pas repris une seule fois conscience. Alors, bien sûr, je ne sais pas ce qui se passe là-bas. Et j'aimerais y retourner, vivre avec ma famille, tout en restant avec toi. Mais là, dans tes rêves, et lorsque je te suis, ce n'est pas pareil, je ne vis pas pour de vrai. C'est un sentiment étrange, je me sens un peu fantôme. Je crois que je suis un fantôme, oui, c'est ça. Et cette errance ne me plaît pas. Je veux de nouveau respirer, vivre… Je veux les revoir…

Kerian s'était tu, interdit. Elle lui avait parlé comme jamais elle n'avait parlé. Elle lui avait raconté sa vie là-bas, ce qu'elle n'avait jamais fait auparavant. Il s'était toujours posé des questions sans oser lui en faire part, de peur de la blesser. Et il avait attendu. Il n'avait pas imaginé que le moment des révélations viendrait si vite. Il était choqué, impuissant *devant la tristesse de son amie. En la regardant, il vit quelque chose briller sur sa joue et descendre lentement en laissant derrière un fil argenté. Clara pleurait.*

Sans réfléchir, l'adolescent s'avança et la prit dans ses bras, la serrant contre lui. Elle s'abandonna alors à ses larmes et se mit à sangloter sur l'épaule de son ami qui continuait de la tenir contre lui. Il ne disait rien, conscient que ses paroles seraient inutiles. Après avoir laissé s'écouler son chagrin, elle serait soulagée. Soulagée parce qu'elle aurait déversé ces larmes qu'elle retenait depuis tant de temps, soulagée parce qu'elle se serait confiée à quelqu'un qui partageait sa tristesse et la soutenait, soulagée parce qu'elle avait quelqu'un sur qui compter, qui serait toujours là pour elle et qui l'aimait.

Les minutes se succédèrent. Ils ne voyaient pas le temps passer. Clara avait fini par s'endormir, ce qu'elle n'avait jamais fait devant le garçon jusqu'ici. La nuit tomba. Kerian se savait évanoui et commençait à s'inquiéter pour son corps. Peut-être allait-il mourir lui aussi. Il semblait que tous deux en cet instant se trouvaient dans la même situation. Apparemment, elle était évanouie dans l'autre monde, lui aussi.

Il l'allongea avec précaution sur une branche et s'assit à ses côtés afin de veiller sur elle. De nombreuses questions se chevauchaient dans sa tête. Tout s'embrouillait. Il avait du mal à comprendre. Il parla à la jeune fille qui, endormie, ne pouvait l'entendre réellement, mais cela le réconfortait de parler.

— Ne t'en fais pas, Clara. Je serai toujours là pour toi. Même si dans l'autre monde, le tien, tu disparais, je resterai avec toi et nous continuerons comme si de rien n'était. Nous sommes liés à jamais.

Il veilla sur elle toute la nuit, mais lorsque l'aube s'annonça dans son rêve, il se sentit disparaître. La jeune fille ne se réveillait toujours pas. Il éprouva du remords à la laisser seule, mais il savait qu'il ne pouvait faire autrement. Profitant des dernières secondes qui lui restaient avant son réveil, il s'approcha de Clara et déposa un furtif baiser sur ses lèvres.

6

LA DISPARITION DES RÊVES

KERIAN AVAIT RAPIDEMENT GUÉRI et il se sentait beaucoup mieux. Il s'était déjà accordé quelques jours de repos durant lesquels il avait dormi et préparé des vivres à emporter. Lorsqu'il s'endormait, il rejoignait Clara. Tous deux se comportaient comme avant, faisant semblant d'ignorer les événements de la nuit de l'évanouissement du garçon. Celui-ci se gardait bien de lui parler du baiser qu'il lui avait donné, mais il lui semblait qu'elle l'avait senti. De toute manière, tous deux avaient choisi de taire cet épisode.

Les jours passaient, terriblement semblables les uns aux autres, et le jeune homme commençait à se sentir vraiment seul. Il aurait aimé voir Clara même lorsqu'il était éveillé. Il pouvait très bien se passer quelque chose de grave dans ses « rêves » pendant qu'il restait là et cela l'agaçait. Jusqu'ici, il ne s'en était pas vraiment soucié mais cela le préoccupait un peu plus chaque jour. Il s'était vraiment pris d'affection pour la jeune fille et la perspective de ne plus la revoir l'effrayait.

Lorsqu'il était seul, il ne cessait de réfléchir à tout ce que lui avait raconté Clara sur son monde à elle. Si elle disait vrai, et Kerian ne doutait pas une seule seconde des paroles de son amie, elle était en ce moment même dans un hôpital, entre la vie et la mort. Et l'adolescent ne cessait de se demander ce qui se passerait si elle mourait. Disparaîtrait-elle de ses rêves à jamais ? Kerian souhaitait de tout son cœur que ce ne soit pas le cas. Il l'aimait trop pour accepter sa disparition. Il aurait été préférable qu'il se détache d'elle pour éviter de souffrir, mais il savait pertinemment qu'il était trop tard. Il s'était attaché à elle comme on s'attache à une étoile. Il aurait tout fait pour qu'elle reste. Absolument tout. Mais elle, si elle guérissait ? Retournerait-elle parmi les siens ? L'abandonnerait-elle ?

Le jeune homme prenait alors conscience de ce qu'il était en train de penser et il essayait de se convaincre qu'il survivrait malgré tout. Le plus important, c'était son bonheur à elle. Pas le sien. Clara avait exprimé une telle tristesse, un tel manque, que le garçon se sentait coupable de vouloir qu'elle reste avec lui. Si elle se sentait mieux dans son monde, il était préférable qu'elle y retourne et y vive heureuse pour le restant de ses jours. Pourtant, cette pensée lui serrait le cœur. Dès sa guérison, Clara reprendrait le cours de sa vie quotidienne et elle finirait vite par l'oublier.

Kerian avait du mal à penser à autre chose. Il tentait vainement de se changer les idées, s'amusant à grimper aux arbres, à escalader les branches et à courir de tronc en tronc. Il se persuadait que la vie était belle et que le moment de leur séparation, à Clara et à lui, n'était pas encore arrivé.

Il faisait de plus en plus chaud, l'été était très avancé et, malgré la protection que créait le feuillage des arbres, le soleil réchauffait de ses rayons l'air ambiant. Heureusement, le garçon avait trouvé un moyen de se procurer de l'eau tant qu'il voulait. Parti de la Grande Cité depuis quelques mois déjà, il avait considérablement augmenté ses pouvoirs et arrivait désormais à multiplier un objet solide. Au départ, il ne pouvait utiliser ce sort que pour les liquides, ce qui lui permettait tout de même de subvenir à ses besoins d'eau qui se faisaient de plus en plus importants au fur et à mesure que l'été avançait. Quelques semaines plus tard, il eut le plaisir de constater qu'il arrivait également à reproduire des aliments. Il réussissait également de nouveaux sorts d'attaque et sa protection était renforcée.

La forêt semblait infinie. Lorsqu'il grimpait au sommet des arbres, il surplombait une étendue de feuilles allant du jaune au vert foncé, presque noir, et il avait du mal à mesurer sa progression. Parfois, il se prenait à rêvasser, se demandant où pouvait bien se trouver la Grande Cité maintenant qu'il en était si éloigné. Au début, il arrivait encore à apercevoir les Grandes Murailles de Bois qui renfermaient d'immenses bâtiments. Il pouvait même deviner l'Académie d'Ébène qui dépassait de quelques centimètres de la cime des arbres. Kerian avait constaté avec effarement que la Grande Cité se situait en bordure de la forêt et que le Pont d'Acajou s'enfonçait dans la jungle, éloignant ses visiteurs de la lisière. Tout espoir d'apercevoir la mer en contrebas s'éloignait. Une espèce de fosse séparait les arbres sur lesquels étaient construites les cités de ceux de l'Au-Delà. L'unique moyen d'aller des cités à l'Au-Delà était d'emprunter le Pont d'Acajou, seul pont existant. Tout avait été méticuleusement étudié afin que personne ne puisse apercevoir le monde d'En-Bas. Pourquoi les humains avaient-ils pris tant de précautions pour cacher ce monde au peuple ? Peut-être pour éviter de rappeler cette horrible catastrophe, pour dissuader les êtres trop malheureux de descendre au risque de se noyer, pour préserver les accidents, ou était-ce pour cacher quelque chose ? L'adolescent espérait trouver un jour la réponse. Les dirigeants de la Grande Cité avaient très certainement décidé de construire les Grandes Murailles de Bois pour une raison précise.

À présent, Kerian ne les voyait plus. D'ailleurs, il ne savait pas où il était. Il était perdu. Le paysage sauvage était toujours différent et l'adolescent ne se repérait jamais correctement.

De là-haut, le jeune homme entrevoyait toutefois la limite de la forêt, assez loin devant lui. Mais il ne distinguait rien de particulier. L'horizon se confondait avec le paysage et peut-être que ce qu'il croyait être le ciel était la mer. Il gardait pourtant l'espoir secret d'atteindre ces confins pour observer la beauté calme de cette mer dont il rêvait depuis toujours, aux dépens de ses parents. Alors, heureux et motivé, il redescendait de l'arbre et courait en hurlant de joie, se balançant de liane en liane ou s'accrochant de toutes ses forces aux branches, riant seul en imaginant ce qu'il ressentirait quand il aurait atteint son but.

Ces moments de joie étaient de courte durée. Revenu à la réalité, le garçon prenait conscience qu'il était loin d'être arrivé. L'opacité des feuilles le décourageait. Ses pensées revenaient sans cesse à Clara.

La jeune fille était toujours ravie de le voir, mais quelque chose semblait la gêner. Elle se doutait, Kerian en était certain, de ce qu'il pensait. Ne le voyait-elle pas le jour quand lui ne l'apercevait pas ? Elle le suivait et devait remarquer que la tristesse l'accablait par moments. Mais elle se gardait bien d'en parler, s'efforçant simplement de le rendre un peu plus joyeux. Elle l'emmenait dans divers endroits, l'entraînait dans des discussions passionnantes sur des tas de choses merveilleuses. La plupart du temps, elle lui décrivait des paysages de son monde ; lui évoquait la Grande Cité et son mode de fonctionnement. Il lui arrivait même parfois de lui raconter des moments importants de sa vie comme la fois où il avait tenté d'escalader les Grandes Murailles de Bois et s'était retrouvé en train de voler sous les yeux d'une magicienne qui s'était empressée de le présenter à l'Académie d'Ébène. Académie qui fascinait Clara. Elle lui demandait souvent de la lui décrire encore, en n'omettant aucun détail. Elle rêvait de pratiquer à son tour la magie et de pénétrer dans le grand bâtiment sombre. Elle aurait voulu, également, visiter la Grande Cité, car le fait qu'elle tienne ainsi, sur des arbres, contre toutes les lois physiques, la fascinait. Elle était curieuse et vive.

— *Mais comment elle fait pour tenir avec tous ces bâtiments, cette cité ? demanda la jeune fille pour une énième fois.*

— *Je te l'ai déjà dit, elle est remplie de sortilèges tous plus compliqués les uns que les autres !*

— *Et toi, tu sais les appliquer ?*

— *Tu es folle ! C'est super dur ! Il faut au moins une cinquantaine d'années d'études et de pratique pour ce genre de choses ! Cela fait à peine trois ans que j'exerce !*

— *Oh ! Qu'est-ce que j'aimerais voir cette cité !*

— *Eh bien moi, plus elle est loin, mieux je me porte !*

— *Ne sois pas si négatif ! Je suis sûre que tu ne l'aimais pas tout simplement parce que tu rêvais de voir la mer. Tu n'aurais pas été aussi curieux, tu t'y serais plu ! Sinon, comment expliquer que tant de gens la vénèrent ?*

— *Ils sont cinglés ! Il faut être aveugle pour croire que cette cité est plus belle que tout ce qui existe sur cette planète ! Quand je pense que nous sommes agglutinés sur une minuscule parcelle d'arbres alors qu'il y en a tant ailleurs ! On pourrait créer une immense ville sur toute cette surface !*

— *Mais plus rien ne serait sauvage ! Ce serait triste pour la nature.*

— *Oui, mais en même temps, combien est-on encore à parcourir cette forêt ? On doit être une cinquantaine, pas plus, dispersés au hasard. Certains dans l'espoir de trouver un morceau d'écorce expliquant le passé. D'autres simplement en apprentissage de magie. Et combien n'obtiendront jamais de droit de sortie ? Tout ça n'est qu'un test.*

— *Ce que tu es rabat-joie ! Quand je pense que je suis en train de rêver éveillée et que toi tu casses toutes les images merveilleuses que j'ai en tête !*

— *Pardon. Je suis désolé. Mais si tu y avais vécu, je suis certain que tu comprendrais.*

— *Peut-être…*

Elle marqua une pause. Le silence dura quelques minutes. Puis elle ajouta :

— *Toujours est-il que moi je n'y ai pas vécu et que j'ai très envie d'aller jeter un coup d'œil !*

Kerian n'avait pu s'empêcher de rire de bon cœur. Cette fille était vraiment étrange mais surtout obstinée. Elle ne changeait pas facilement d'avis.

La bonne humeur que lui avait laissée ce rêve avait mis beaucoup plus de temps à s'estomper que les autres jours. Il avait ainsi gambadé joyeusement pendant quelques heures, le baume au cœur.

La déprime avait repris le dessus aux alentours de midi, le plongeant dans une profonde léthargie. Par la force des choses, les questions le travaillaient et il pensait de nouveau à toute cette joie qui disparaîtrait avec Clara. Car il en était certain à présent : soit elle vivrait, et dans ce cas, elle l'oublierait, soit elle mourrait et le résultat serait encore pire – elle disparaîtrait à jamais. Il n'y avait aucun moyen d'y remédier, elle allait forcément basculer dans l'un ou l'autre état très bientôt. D'ailleurs, il ne comprenait pas bien tout ce qui se passait. Si elle était dans un hôpital, comme elle le prétendait, que lui était-il arrivé ? Pourquoi s'y trouvait-elle ? Quelles étaient ses chances de survie ? Quel était ce monde qui ne pouvait pas techniquement exister puisque personne jusqu'ici ne l'avait découvert ?

Au début, il avait simplement cru que Clara n'était rien d'autre qu'un rêve, mais cela faisait un moment qu'il n'avait pas remis en cause la réalité de son existence. Dans son esprit, il était évident que tout ceci était bien plus qu'un rêve. Or, peut-être se trompait-il ? Si elle disparaissait, peut-être que ce serait simplement parce qu'il aurait assez mûri pour comprendre que tout ceci n'existait pas et était fait pour le rassurer. Lorsqu'il revit la jeune fille, Kerian se considéra totalement stupide. Il était évident qu'elle existait. Sinon, pourquoi ressentait-il ses rêves comme s'ils n'en étaient pas ? Pourquoi voyait-il le visage de Clara, qu'il trouvait merveilleux, avec tant de netteté ?

Et au lieu de le rassurer, cela le rendait encore plus triste. Il aurait voulu qu'elle reste avec lui pour toujours, qu'ils construisent leur vie ensemble, loin de cette misérable cité qui lui avait rendu la vie impossible durant tant d'années. Seul, il ne se sentait pas le courage de le faire. Choisir la solitude était quelque chose qui avait toutes les chances de rendre fou le plus intelligent des humains. Il ne pouvait imaginer cela. Sans ses rêves, il n'aurait jamais été aussi loin et il aurait depuis longtemps rebroussé chemin, abandonnant ce stupide test. Combien de magiciens avaient relevé le défi et étaient rentrés après le délai indiqué ? Combien d'hommes étaient restés une année entière dans cette contrée sauvage et déserte ? Combien avaient craqué ? Kerian avait été stupide de croire qu'il réussirait. Tout simplement pour voir la mer. Une mer qui n'en valait certainement pas le coup maintenant qu'il y réfléchissait. Après tout, une fois qu'il l'aurait vue, que pourrait-il bien faire ? Errer sans but ? Cela ne rimait à rien. Tout comme toutes ses questions. À quoi pouvaient-elles bien lui servir si ce n'est lui saper le moral ?

Et cependant, il continuait, tournant et retournant toutes ses pensées dans sa tête des centaines de fois jusqu'à ce qu'il craque et décide de s'arrêter. Mais il restait mélancolique des jours durant, flânant sans grande conviction entre les arbres qu'il ne regardait même plus. Toujours tout droit, se disait-il, et il marchait, marchait indéfiniment, la tête baissée, les épaules courbées.

Le soleil tapait sur sa tête, ce qui l'affectait de plus en plus. Il sentait la colère monter en lui et il donnait des coups de pied rageurs dans tout ce qui se trouvait à sa portée. Une fois, même, il jeta son sac le plus loin possible, avec hargne. La nourriture se répandit un peu partout, une bonne partie dégringolant de branche en branche. Le garçon s'en moquait. Il arracha quelques branches puis, se calmant, se laissa tomber contre un tronc, prit sa tête entre ses mains, le souffle court, et essaya de reprendre ses esprits.

Cela ne se reproduisit plus et il eut même honte de son geste. Heureusement, Clara sembla ignorer ce qui s'était passé, ou du moins elle évita le sujet.

La mélancolie le reprit. Il revoyait le visage de Clara, sentait son estomac se retourner et essayait de se changer les idées, évitant de penser que, prochainement, ils ne se reverraient plus. Il ne vivait que pour les nuits qu'il attendait avec impatience.

— *Tu as l'air préoccupé ces temps-ci, Kerian, annonça un soir la jeune fille.*

— *Non, mentit-il.*

— *C'est à cause de moi, n'est-ce pas?*

— *Non, pas du to…*

— *Je sais bien que c'est de ma faute… C'est à propos de ce que je t'ai dit sur mon monde l'autre jour, je le sais bien.*

Le jeune homme se figea. Ils n'avaient jamais reparlé de cette histoire. Kerian ne pensait pas que le sujet resurgirait un jour. Il ne souhaitait pas du tout partager ses craintes avec la jeune fille. Il aurait préféré rester seul pour cette nuit plutôt que de lui avouer ses sentiments du moment. Il resta donc muet, évitant soigneusement de la regarder.

— *Tu peux me le dire, tu sais. Ça te soulagera.*

— *Il n'y a rien, je t'ai dit.*

— *Je n'aime pas quand tu me mens. Si tu as des questions, pose-les-moi, j'y répondrai.*

— *Je n'en ai pas.*

— *Très bien alors.*

Elle était plus intelligente que l'adolescent ne l'imaginait. Elle était persuadée que seul, dans ce silence, il finirait par tout lui avouer. Et c'est ce qui se passa. Il fallut cependant quelque temps pour que celui-ci sorte de son obstination et daigne lui dire un seul mot.

— *Bon, dit-il timidement, tu as gagné. Oui, je suis préoccupé.*

Mais alors qu'il s'attendait à ce qu'elle réponde: «Ah, enfin tu avoues!», la jeune fille opta pour le silence, l'obligeant ainsi à se dévoiler un peu plus.

— *C'est en effet à cause de cette histoire. J'ai peur que… Enfin, j'ai peur de ne plus te revoir… Tu m'as dit que tu étais…*

— *Entre la vie et la mort, oui,* finit-elle en parlant enfin, *et c'est vrai.*

— *Et il se passera quoi si tu reviens à toi ?*

— *Je n'en sais absolument rien. Je suppose que ce sera comme avant…*

— *Ouais…*

— *Je sais que ça te fait de la peine, mais ne crois pas que cela m'est égal. Moi aussi je me suis attachée à toi. Tu es le garçon le plus fantastique que j'aie jamais connu !*

— *Tu dis ça maintenant, mais dans ton monde, il doit y en avoir des milliers, des garçons comme moi, et des bien mieux.*

— *En tous cas, je n'en avais jamais rencontré d'aussi bien.*

— *Tu vas vite m'oublier, Clara.*

— *C'est donc ça ? Mais bien sûr que non ! Comment veux-tu que j'oublie nos aventures ? Tout ce qu'on a vécu, c'était tellement bien !*

— *Tu ne t'en souviendras peut-être plus une fois revenue à la vie.*

— *Je ne crois pas, non.*

— *Et si tu meurs, il se passera quoi ?*

— *Je… je n'en sais rien. En fait, j'évite d'y penser…*

— *Je suis désolé d'avoir posé cette question.*

— *Ce n'est pas grave. Je comprends ce que tu ressens. Oh, tu dois être en train de te réveiller. À bientôt Kerian. Tu vas me manquer jusqu'à demain soir…*

— *Toi aussi, Clara.*

Mais ils ne se revirent pas le lendemain soir. Ni les soirs suivants…

7

LA MER

KERIAN MARCHAIT, SOLITAIRE. IL SAVAIT. Il savait que c'était fini. Cela faisait presque deux semaines qu'il n'avait pas vu Clara. Il errait, triste, malheureux. Plus rien ne l'intéressait, il ne mangeait plus, il ne voulait même plus voir la mer. À quoi cela pourrait-il bien lui servir après tout ? La mer, ça n'était jamais qu'une longue étendue d'eau salée bleue, miroitant sous la force du vent. Clara la lui avait décrite avec précision une bonne vingtaine de fois. Il l'avait écoutée avec attention, avide d'en savoir plus. À présent, c'était comme s'il l'avait déjà vue. Il la voyait, devant ses yeux, bouger, lentement ; il entendait le bruit des vagues se fracassant sur les rochers ; il sentait l'air iodé lui chatouiller les narines ; il trempait ses pieds dedans.

La nuit, il lui arrivait de rêver comme avant, mais Clara n'était plus là. Il passait son temps à la chercher, à l'appeler, mais elle ne répondait pas. Jamais.

Au bord du désespoir, Kerian avançait, toujours, mais il ne savait pas très bien où il allait. La perspective de se créer un endroit où vivre ne le réjouissait plus et il se demandait s'il n'allait pas finir par rebrousser chemin. Il pourrait être très utile à l'Académie d'É-bène maintenant qu'il avait acquis de nombreux pouvoirs. Il lui semblait que c'était la meilleure idée. Avec un peu de chance, il res-pecterait le délai imposé. Il arriverait très certainement à temps pour franchir de nouveau le Pont d'Acajou, en sens inverse cette fois.

Alors peut-être qu'il verrait la Grande Cité sous un autre œil et la considérerait comme sa maison.

– Oui, c'est ça! C'est ce que je vais faire, annonça-t-il tout haut pour se convaincre que c'était la meilleure solution.

Il se sentait beaucoup mieux.

– Depuis quand tu parles tout seul, Kerian?

Le jeune homme sursauta et resta immobile un moment. Il connaissait cette voix. Mais c'était impossible, pas ici, pas dans ces conditions, pas… Il consentit à se retourner enfin. Son cœur battait la chamade, il espérait que ce n'était pas une hallucination.

– Clara! Mais…

La jeune fille s'appuyait contre un arbre, les bras croisés, un sourire malicieux sur les lèvres.

– Eh oui!

– Je n'en reviens pas! Mais qu'est-ce qui s'est passé? D'où tu viens? Comment se fait-il que tu sois là? Tu n'es pas dans un de mes rêves? Je ne me suis pas endormi quand même?

– Je suis bien là!

– Si tu savais combien tu m'as manqué!

– Oh, je crois que je le sais!

Elle lui sauta dans les bras. Il la serra longtemps contre lui, sentant la joie l'envahir. Il avait eu tellement peur de ne jamais la revoir! Si peur que plus rien n'importait. Il aurait pu rester là des heures entières, il s'en moquait, il n'avait jamais été aussi heureux de sa vie.

Mais ils finirent par s'écarter l'un de l'autre et ils s'assirent tous deux, se regardant.

– Ça fait vraiment bizarre de te voir en vrai.

– Oh oui! Moi aussi ça me fait bizarre, mais je suis sûre que toi, tu dois être tout étonné.

– Un peu, oui. Surtout que tu débarques comme ça, sans prévenir…

— Les surprises font plus d'effet!

— C'est vrai, tu as raison!

— Je préfère quand même être là avec toi dans la vraie vie plutôt que dans tes rêves!

— Je comprends. Alors, raconte! Comment es-tu arrivée ici?

— Eh bien… Ça risque de plomber un peu l'ambiance mais… En réalité, je suis morte…

— Quoi?

— Tu sais, je t'avais dit que chez moi, j'étais à l'hôpital, entre la vie et la mort. En fait, j'étais dans le coma. Je crois. C'est pour ça que je te voyais. Ça a failli s'arranger, j'ai failli vivre. Seulement, mon cœur a fini par lâcher.

— Non!

— Si… C'est la vie, qu'y veux-tu?

— Je suis désolé…

— Ce n'est pas très grave.

— Tu rigoles? Bien sûr que c'est grave! Tes parents, tout ça…

— Oui… Mais je préfère éviter le sujet.

— Je comprends. Et alors, après?

— Le noir, le néant, le vide profond. Et puis j'ai pensé à toi, tellement fort que je me suis retrouvée dans la forêt, là où nous étions la dernière fois que nous nous sommes vus. J'ai suivi les traces de ton passage et puis je t'ai rejoint. J'ai décidé de te faire une petite surprise.

— C'est génial que tu sois là!

— Oui, je suis tellement heureuse! Et puis, je t'avais promis qu'on irait voir la mer ensemble. Alors, en route!

— Quoi? Mais on va faire comment?

— On va descendre!

— Je t'ai déjà dit que je ne savais pas nager!

— Tu as peur?

— Non, mais…

– Alors? Ce n'était pas ton rêve le plus cher?

– Si, mais…

– Alors qu'attendons-nous!

Et avant qu'il n'ait pu ajouter quoi que ce soit, elle se mit à courir en riant. Après quelques secondes d'hésitation, il s'empressa de la rejoindre.

Il n'avait jamais songé descendre des arbres. Il était assez maladroit et dévalait les branches d'un pas mal assuré, craignant de tomber à tout instant. Clara, quant à elle, semblait beaucoup s'amuser et elle n'hésitait pas à sauter de branche en branche sous le regard envieux du garçon.

Plus ils descendaient, plus il faisait sombre. Bientôt, ils ne virent plus grand-chose et Kerian s'enquit:

– Dis, tu crois que s'il y a la mer, on va la voir?

– Qu'est-ce qu'on a à perdre en descendant?

– La vie, peut-être…

– Je l'ai déjà perdue, il me semble!

– Mais moi, non. Tu crois qu'il y a quoi après ce monde?

– Je n'en sais rien et je n'ai pas très envie de le savoir. Allez, dépêche-toi! Tu es un vrai trouillard! Tu me paraissais plus courageux dans tes rêves, finit-elle, faussement déçue.

L'adolescent préféra garder le silence plutôt que d'essayer vainement de se justifier. Il fit toutefois un effort pour se donner un peu de bravoure et ne protesta plus.

La jeune fille s'arrêta, aux aguets. Elle semblait essayer d'entendre quelque chose et elle fit taire le jeune homme qui venait malencontreusement de faire craquer une branche. Ils restèrent immobiles pendant quelques minutes, dans l'obscurité, puis Kerian entendit que la jeune fille bougeait. Il n'arrivait pas à la voir tellement il faisait noir et il trouvait préférable de ne pas lui demander où elle se trouvait de peur de se faire rabrouer. Ce fut elle qui brisa le silence.

– C'est étrange. Je n'entends pas le bruit des vagues et il semble pourtant que nous ne puissions aller plus loin. Bon, tu sais ce qu'on va faire ?

– Non. Comment je pourrais savoir ?

– On va remonter et on va aller jusqu'au bout de la forêt ensemble. De toute évidence, ici nous ne voyons rien. Nous perdons notre temps. J'ai ma petite idée…

– Ah bon, d'accord.

– On remonte alors ?

– Oui, je pense aussi que c'est la meilleure solution.

Lorsqu'ils furent enfin remontés, ils durent cligner des yeux, car la lumière les éblouissait.

Ils décidèrent de s'arrêter pour la nuit et commencèrent à manger. La jeune fille refusa catégoriquement de goûter à l'écorce et se contenta d'avaler quelques fruits. Par chance, Kerian avait chassé la veille et il avait un beau pigeon ramier dans son sac. Le peuple des cités avait appris à se contenter de fruits et d'écorces, mais il leur arrivait parfois de chasser et de manger un peu de gibier.

Les deux amis plumèrent l'oiseau et l'adolescent fit apparaître par magie un petit feu qui se contentait de cuire, sans se propager. Clara était très étonnée que cela puisse exister, même avec un sort. Ce soir-là, ils purent manger à leur faim et, lorsqu'ils s'endormirent, tous deux avaient le ventre plein.

Ils décidèrent de se remettre en route dès le lendemain et ne s'arrêtèrent que très rarement, préférant arriver le plus vite possible à la lisière de la forêt.

Le voyage dura quelques semaines. Mais un jour, la jeune fille s'exclama, excitée :

– Regarde Kerian ! Il y a de la lumière là-bas !

– Ah oui ! Et elle vient d'en face, pas d'en haut !

– Tu crois que ça veut dire…

— Qu'on est arrivés?

— Je crois oui! Nous y sommes enfin, c'est merveilleux! Ton rêve se réalise!

Ils coururent tous deux jusqu'au dernier arbre et restèrent ébahis. Devant eux, une immense plage de sable les séparait d'une mer infinie d'un bleu profond, agitée de gigantesques vagues. La forêt s'étendait derrière eux et formait un immense rond vert foncé. Le sable, d'où pointaient çà et là d'imposants rochers noirs bordait la mer, et là où il n'y avait pas la forêt s'étendait un horizon de verdure où on discernait au loin des collines.

— C'est magnifique! s'exclama Kerian ébahi, la bouche grande ouverte.

— Beaucoup plus beau que mon monde, ajouta Clara.

— Je ne sais plus quoi dire…

Il était tellement ému par ce spectacle qu'une larme coula sur sa joue. La jeune fille s'était assise au bord de la branche et observait la vue en balançant ses jambes d'avant en arrière, un léger sourire sur ses lèvres, l'air rêveur.

Le garçon, quant à lui, restait debout, appuyé contre un arbre, ne pouvant décoller son regard de cette beauté inconnue. Il n'avait jamais imaginé quelque chose d'aussi merveilleux et cela dépassait ses rêves les plus fous. Il se voyait courant dans le sable, sentant les grains se glisser entre ses orteils, comme le lui avait décrit Clara. Il s'imaginait gambadant dans l'herbe verte, nageant dans les vagues, sautant sur les rochers, roulant sur le sol, escaladant les montagnes, et encore tant de choses époustouflantes! Il avait enfin trouvé ce qu'il cherchait: sa liberté. Il n'avait jamais aimé être enfermé entre quatre murailles et, désormais, il se retrouvait devant un infini de bonheur, une Terre qui n'appartenait qu'à eux. Ils avaient la Terre entière pour eux tout seuls. Voilà ce qu'il souhaitait. Il souhaitait vivre avec Clara dans un abri qu'ils pourraient se construire et habiter pour le restant de leurs jours. Plus rien ne lui était interdit. Il pouvait vivre comme bon lui semblait. Il pouvait même ne plus jamais rentrer dans la Grande Cité, ne plus revoir cette communauté ignorante de la vraie vie. On disait que tout était recouvert d'eau. Ces pauvres humains avaient tellement peur qu'ils avaient fait construire des barrières autour d'eux pour se protéger du monde ! Lui, il le voyait de ses propres yeux, ce monde. À présent, il lui semblait évident que la mer était inoffensive : comment aurait-elle pu inonder la forêt pour toujours ?

Tout rêve était réalisable, rien n'était impossible, tout espoir était permis. Il n'y avait plus de limites. Tout devenait réel. Comment, dans ce monde parfait, pouvait-on vivre malheureux ?

Lorsque la nuit tomba, ils parvinrent à se détacher de ce formidable spectacle et décidèrent de descendre sur la plage pour y passer la nuit. Ils venaient de conquérir un territoire magique. Ils savourèrent cet instant de gloire en plongeant leurs mains dans le sable chaud et en s'y roulant. Avant d'entrer dans la mer, ils marquèrent une pause, puis se jetèrent à l'eau. Le froid qui les envahit n'attaqua pas leur enthousiasme et ils commencèrent à onduler sous l'eau.

— Tu m'apprendras à nager, Clara ?

— Bien sûr !

— Quand ça ?

— Je ne sais pas. On a tout notre temps à présent.

Elle se jeta alors sur lui et, après l'avoir plongé en entier sous l'eau, le prit dans ses bras. Il la serra, tellement heureux qu'il avait envie de hurler sa joie au monde entier. La jeune fille releva sa tête et l'embrassa, le serrant contre elle de toutes ses forces. Ils étaient très certainement les plus heureux du monde.

Ils rejoignirent la plage vers minuit. La lune éclairait de sa faible lumière le sable qu'elle colorait d'une étrange teinte blanche. Le jeune couple se laissa tomber sur le sol, épuisé, et Kerian et Clara se pelotonnèrent l'un contre l'autre, glissant dans le sommeil avec délices.

Un souffle chaud les réveilla. Clara releva la tête, croyant rêver, mais non, ce souffle, qu'elle n'avait pas ressenti depuis très longtemps, provenait bien du museau d'un cheval de couleur ambrée. Elle sortit de son sommeil immédiatement, ébahie. Kerian sentit qu'elle bougeait à ses côtés. Il se réveilla et releva la tête, plissant les yeux et s'appuyant sur ses avant-bras pour voir ce qui se passait. Soudain il parut inquiet.

– Qu'est-ce que c'est?

– Un cheval! répondit la jeune fille surexcitée.

– C'est quoi, un cheval? C'est inoffensif au moins?

– Mais oui, ne crains rien! Dans mon monde, il y en avait. Si tu savais comme je suis heureuse! J'ai toujours adoré les chevaux!

– Tu es certaine qu'ils ne nous veulent pas de mal? Tu sais, ils sont sauvages, alors…

– Mais non, n'aie pas peur! Oh, regarde, il y en a un autre!

Et en effet, lorsqu'il tourna la tête vers l'endroit qu'indiquait la jeune fille, un autre cheval avançait, d'une démarche très élégante, crinière au vent et hennissant joyeusement. Clara monta avec prestance sur l'animal alezan mais Kerian eut beaucoup plus de mal. Finalement, il réussit à se tenir assez droit sur sa monture et les deux chevaux avancèrent côte à côte vers l'étendue d'herbe au loin. Clara sourit au garçon qui sentit un élan d'amour le submerger. Elle lui tendit sa main qu'il prit dans la sienne et tous deux se laissèrent mener par les chevaux qui commencèrent par aller au trot puis finirent par s'élancer au galop vers les montagnes verdoyantes…

Noémie Éloy

Journal intime d'un vampire

« *Je suis née le 28 septembre 1990*
à Liège, Belgique, et je vis
actuellement à Trooz, avec
ma maman, son compagnon,
mon frère et ma sœur.
Depuis plus de cinq ans, j'écris
des textes fantastiques et des poèmes.
Il plane sur mes textes un climat
sombre et obscur. Je vis l'écriture
comme une sorte d'exutoire
personnel. C'est un peu comme si
j'écrivais tout ce que je ne voudrais
pas (re)vivre. Je parle bien sûr
des sentiments que j'essaie
d'exprimer. Mes textes sont,
généralement, issus d'un premier
jet, je les trouve plus vrais
et plus émouvants que ceux
que je retravaille.
Je n'ai jamais écrit dans le but
de me faire éditer ou de recevoir
des félicitations. J'ai participé
au Prix Clara parce que son histoire
m'a touchée et m'a rappelé que
personne n'est à l'abri du destin.
C'est grâce à ma grand-mère
que j'ai pris connaissance
de l'existence du Prix Clara.
J'aimerais la remercier
pour cette belle aventure. »
Noémie Éloy

Après un long dimanche pluvieux, je rentrais chez moi, longeant les murs vermoulus de la rue inondée. Sous mes pas, l'eau semblait se frayer un chemin, se faufilant dans les moindres recoins de ce sol vieilli par la vie. Quand soudain je trébuchai sur un petit livret noir à reliure ambrée. Intriguée, je me baissai pour le ramasser. Malgré les trombes d'eau tombées durant toute la semaine, le carnet était miraculeusement intact et sec, j'en conclus que son possesseur venait à l'instant de l'égarer. Personne dans les parages. Curieuse de nature, je décidai de le ramener chez moi pour en examiner le contenu. À peine rentrée, je montai avec empressement dans ma chambre. Les mains tremblantes, la respiration haletante, je l'ouvris et pus déchiffrer sur la première page écrite d'une main nerveuse :

JOURNAL INTIME D'UN VAMPIRE

Vendredi 28 octobre

3 h 02. Réveil en sueur, j'ai besoin de sang… Ma tête tourne, ma vue se brouille, mes membres se raidissent, mes lèvres sont comme figées par l'envie, mes poils se dressent à chacun de mes frissons. Je ne sais plus qui je suis quand je me trouve dans cet état ! J'ai peur de moi-même, de ce que je suis capable de ressentir lorsque mes crocs n'ont plus, depuis longtemps, effleuré de chair fraîche, bu de sang nouveau, ce limpide et délicieux breuvage qui m'enivre. J'ai également peur de ne pouvoir résister, de me laisser envahir une fois de plus par ce que me commande mon corps… Mes pulsions ne doivent en aucun cas prendre le pas sur ma raison, il faut que je leur tienne tête, que je me prouve que je ne suis pas réduit à l'état de pantin. Je dois m'occuper l'esprit, les mains, la mâchoire, et ne plus y penser sous peine d'être possédé par cet être perfide et sans scrupules qu'est la concupiscence de mes plaisirs qui, je le sais, me poussera à rechercher une nouvelle victime. Chasser ses yeux perçants, ne pas sentir la montée d'adrénaline m'envoûter, ne pas perdre toute notion de nature humaine. Vite, trouver quelque chose à faire ! Se préparer un bon breuvage et puis, diantre, adviendra ce qu'il adviendra…

5h30. Je l'ai encore fait, j'ai recommencé, je m'en veux horriblement… Je me dégoûte ! Qui suis-je réellement pour décider ainsi de la vie d'innocents ? Suis-je destiné à n'être qu'un humanoïde perdu en ce bas monde, égaré dans une société gangrenée par la corruption et la déchéance ? Je ne suis qu'une lamentable créature sous l'emprise du mal, assoiffée de sang. Pourtant, j'arrive encore, Dieu seul sait comment, à m'accrocher à ce monde qui n'est désormais plus tout à fait mien…

20h34. La question du jour en cours de psychologie analytique était d'une banalité exemplaire : « Comment vous décririez-vous ? » J'ai, tout d'abord, hésité à formuler ma réponse, ayant peur de choquer, d'attirer l'attention par trop de franchise. Finalement, je me suis lancé et j'ai écrit d'une traite, sans réfléchir :

« *Me voici tel que je suis : un mètre quatre-vingt-dix, cheveux bruns mi-longs, yeux noirs, visage aux traits assez fins, regard souvent vague et égaré. Méfiant par nature, dégoûté par la cruauté du monde, je souris rarement. Je suis en revanche habité d'un profond respect pour notre mère nature et pour ses splendides œuvres que l'œil humain n'apprécie plus à sa juste valeur. Solitaire et asocial, je ne recherche guère la compagnie des hommes, mais la présence d'un animal, d'un chat par exemple, m'apporte un certain réconfort et un sentiment de domination qui m'est agréable.*

J'aime les belles choses, aussi bien vivantes qu'inertes. Je voue mon âme aux ténèbres car, je le sais à présent, c'est là que réside mon destin. J'aime la haine et je hais l'amour, ma vie tourne autour de ce paradoxe…

Loyal, je fais néanmoins preuve d'esprit critique à l'égard de mes rares amis, de ma famille et de moi-même. Doté d'une honnête culture générale, ma façon de penser, originale et morbide, me fait passer aux yeux de beaucoup pour totalement idiot. Lors de longues périodes de mélancolie, lorsque mes lectures ne parviennent plus à lutter contre mon esprit torturé, je sors flâner au creux de la nuit et j'observe longuement ma cité en pleurant (intérieurement) sur notre habitat défiguré par ces industriels peu conscients de l'importance des parcs et des jardins. Je hais cette société. Nous devons en créer une moins individualiste. »

Cet autoportrait achevé, je m'en suis remis à Morphée. La nuit dernière a été peu reposante, j'ai un grand besoin de sommeil, d'isolement, de recueillement…

Samedi 29 octobre

7 h 26. Douce nuit. Aucune noirceur dans mes songes, aucune intervention de sang, de ténèbres, de mal. Juste un rêve teinté de nostalgie : un adolescent flirtant avec l'être aimé qui l'aime en retour. Ils se promettent de ne jamais se perdre, d'être toujours l'un à l'autre. Il me manque une présence féminine à laquelle prodiguer mon amour. J'ai, maintes et maintes fois, refoulé mon affection au fin fond de mon être tourmenté. J'ai ce vide en moi. J'ai du vague à l'âme.

23 h 05. Journée douloureuse. Tête enivrée par ces désirs de vie en couple, malgré ma différence. Pourquoi ne suis-je pas comme tout le monde ? Pourquoi ne puis-je pas désirer l'être du sexe opposé sans agressivité ? Pourquoi ne puis-je pas faire l'expérience de la normalité ? Personne n'imagine ma souffrance. Mon entourage manque peut-être d'humanité. Et si l'humanité se réduit à ce que je vois autour de moi, je préfère encore mon état d'impuissance face à mes divagations.

Dimanche 30 octobre

7 h 23. Cette nuit, j'ai eu peur, très peur. Même lorsque j'avais les yeux grand ouverts et que j'étais éveillé, mes visions ne cessaient pas. Elles semblaient même de plus en plus en plus oppressantes. Elles concernaient Jade, une jeune fille d'une vingtaine d'années qui assiste depuis septembre à mon cours de philosophie. Elle est pourtant si remarquable, si tendre et gracieuse dans tous ses faits et gestes. Pourquoi elle ? Pourquoi celle que j'admire, qui m'attire depuis plus d'un mois, celle qui arrive par le seul souvenir de son minois à me sortir de mes sombres pensées ? Pourquoi celle que j'aime se retrouve-t-elle confrontée à ma folie, à ce qui reste de moi quand mes envies prennent le dessus en mes songes ?

Je ressens le besoin d'écrire, d'extérioriser mes craintes, pour ne pas me sentir mal à l'aise face à elle. Un jour peut-être aurai-je suffisamment confiance en moi pour l'entraîner contre mon cœur battant.

18 h 30. Douce soirée d'automne. Le vent court sur mon visage. L'air frais me purifie, me procure une jouissance intérieure. Les démons en moi se sont tus. Ces énormes canines, ces envies sanglantes m'ont quitté. Mère nature, une fois de plus, me sauve et m'offre, à moi, pauvre pécheur, ce qui me tient le plus à cœur, le contact souvent méprisé par les humains avec le bel automne, un bal de feuilles volantes semblable à un gigantesque tourbillon de couleur sanguine, mélangé à cet air d'une pureté extrême. Tout ce dont je rêvais depuis quelques jours.

La voilà, la fille de mes rêves les plus insensés et les plus déroutants, envoyée des dieux pour me libérer. Celle qui réussit à combattre mes penchants bestiaux, celle qui m'oblige désormais à modifier ma devise : « Aime la haine et hais l'amour, ma vie tourne autour de ce paradoxe… »

Je suis serein, grâce aux simples regards partagés avec ma déesse, cette beauté qui désormais fait partie de ma vie intérieure… Je m'approche d'elle, prêt à lui murmurer d'une douce voix quelques beaux mots honnêtes qui, sortis de ma bouche, feront plus que l'étonner, qui, je l'espère, la rendront euphorique de désir.

Mais je lui tends la main et je lis dans ses yeux mépris et indifférence…

Je me souviens alors avoir glissé mon canif rouge à tête de mort, celui que je préfère, dans ma poche. La vision de mon corps couché sur le sien, de mes dents plantées dans sa si jeune nuque ne fait qu'accroître mon désir. La voir agenouillée devant moi me rend fou de plaisir, j'aime la voir souffrir, je m'extasie devant ses yeux qui désormais ne reflètent plus que l'ombre de celle qu'elle a été…

INDIFFÉRENCE

On ne voit pas dans l'ombre
On distingue une image sombre
Souvent j'ai cette impression
Vous ne me connaissez que par intuition

L'homme en noir qui vous hante
L'homme que personne ne fréquente

Cet être sans but apparent
Cet être qui passe tel le vent

L'indifférence est la pire des offenses
Même pour celui qui mérite potence
L'indifférence est la pire des sentences
Même pour moi, qui inflige souffrance

Poète médiocre en mes heures perdues
Aimant le morbide et l'obscur
Séduit malgré moi par la dépression
Quand causera-t-elle ma perdition ?

Lundi 31 octobre

19 h 58. Journée sans intérêt, hormis le fait que je n'ai pas arrêté de penser à cette charmante demoiselle qui désormais hante mes nuits… Jade, femme de charme, apparition céleste, je serai à toi dans peu de temps… Un jour, une nuit, ou même plusieurs, qu'est-ce face à l'éternité ?

Mardi 1er novembre

17 h 32. Jour de tous les saints. Jour de la visite familiale annuelle au cimetière, jour de tout mon malheur, de toutes mes peurs.

Cela fait maintenant onze ans que je vis le même calvaire, onze interminables années que ma vie a basculé dans les méandres du mal. Je me rappellerai éternellement cette date fatidique.

Comme chaque année, je me rendais au cimetière avec mes parents et ma grande sœur, pour visiter ma grand-mère et d'autres parents depuis longtemps disparus. J'avais sept ans, je n'étais encore qu'un enfant innocent. Comme chaque fois, maman s'effondra dans les bras de papa à la vue du nom de sa jeune mère décédée, tandis que Myriam, mon imbécile de sœur, profitait de l'absence d'attention de nos parents pour enfoncer son coude grassouillet dans mon ventre. Malgré son chagrin, maman perçut mes gémissements plaintifs et m'ordonna sèchement de rejoindre la voiture et de me calmer en les attendant. J'eus beau protester, sa décision fut inébranlable et je dus m'en retourner à la 4 L de mon père. Je marchais d'un pas lent, rageant et marmonnant quelques insanités, qui me paraissaient justifiées à l'égard de ma peste de sœur et de ma mère. Arrivé au bout de l'allée principale, je sentis une main derrière moi et je perçus un léger frisson au niveau de ma nuque. Je ne sais pas ce qui s'est passé ensuite, j'ai juste le souvenir de m'être retrouvé au lit le lendemain à l'aube avec une marque au cou, une sorte de suçon qui depuis onze ans fait partie de mon apparence physique.

Voilà pourquoi les cimetières sont devenus, pour moi, synonymes d'angoisse et de crainte. Mes parents ne comprennent toujours pas ma réticence à l'égard de ces lieux de recueillement, mais je ne suis toujours pas capable de leur narrer toute cette histoire. Je préfère qu'ils ignorent cette partie de ma vie, tant que je ne serai pas en mesure de contrôler mes pulsions, voire de les expliquer. Peut-être comprendront-ils, un jour, que leur vrai fils ne fait plus totalement partie de leur vie, que depuis maintenant une dizaine d'années ils logent un jeune homme qui leur est presque inconnu. Un vampire. Moi.

Mercredi 2 novembre

12 h 56. Je viens à l'instant de rentrer chez moi. Laissant mon subconscient vagabonder, j'ai flâné durant plus de trois heures dans les rues de cette cité, où je naquis, il y a dix-huit ans. J'ai été maintes fois révolté par toutes ces immondices qui jonchaient le sol ; devant ce triste spectacle, j'ai été submergé par un désir de vengeance envers cette humanité, incapable de prendre ses responsabilités… Tandis que je m'efforçais de contenir ma rage, j'aperçus, à quelques pas, un homme d'une trentaine d'années à l'allure banale. Il marchait l'esprit tranquille, une bouteille d'alcool à la main et le sourire aux lèvres. Je serais encore en train de l'envier, s'il n'avait pas commis l'erreur d'extraire un vieux ticket de métro de sa poche pour l'abandonner dans la rue. Mon sang n'a fait qu'un tour. Le bruit du papier touchant le sol a résonné sous mon crâne. Comme poussé par une force inconnue, je me suis avancé vers cet homme que je considérais dorénavant comme un vulgaire ivrogne, je l'interpellai sans obtenir de réponse, ce qui ne fit que renforcer ma colère à son égard. Arrivé à sa hauteur, malgré ma chétive constitution et son imposante corpulence, je l'écrasai et plantai mes tranchantes canines sous sa peau. J'ai ensuite disparu sans demander mon reste, non sans avoir pris la peine de dissimuler son corps dans l'égout le plus proche, comme j'ai coutume de le faire depuis ces onze interminables années. Puis je suis allé me procurer de quoi déjeuner, soit un steak épais que je ne manquerai pas de préparer, comme à mon habitude, bien saignant.

17 h 44. Je n'ai pu écrire jusqu'à maintenant. Comme prévu, j'ai dégusté ce festin, qui doit vous sembler bien ordinaire. Il est pourtant exceptionnel que je puisse prendre le temps de le savourer avec tant de délicatesse. Quand ma mère me cuisinait cette viande rouge, je n'en faisais qu'une bouchée. Sans penser aux autres, j'engouffrais ce qu'il me fallait pour tenir la nuit. Face à cette attitude, je pense qu'elle a pris peur, surtout le jour où j'ai manqué de lui sauter dessus après mon repas sanglant. Elle ne daigne plus me préparer ce que je lui demande, même occasionnellement. Pourtant, j'en ai tellement besoin. J'espérais juste qu'elle comprenne, mais en vain. Je suis à jamais seul, seul contre tous, contre ma famille, mes proches, mes rêves et mes envies… seul à jamais.

Jeudi 4 novembre

1 h 22. Réveillé par Jade, seule femme de mes nuits, seule déesse de mes envies. Quand je pense à elle, tout me semble plus simple, plus facile à surmonter, même ma différence, même l'indifférence que tout le monde me porte, même son absence. Quand elle est là, dans mes songes, tout s'efface, tout s'oublie… Je pourrais parler d'elle des heures entières, des nuits même… Je ne sais ce qu'il m'arrive, elle m'enivre. Cette fille, ma Vénus fatale, est la seule pour laquelle je nourris une telle passion. Quand face à elle je me trouve, mon cœur, semblable à un château de cartes, vacille. Peut-être devrais-je passer le pas de l'inconnu à ses côtés? Peut-être devrais-je m'avouer vaincu dans cette bataille, qui depuis près d'une semaine, me tourmente? Le sommeil me guette, je vais me tailler un bout de brousse, au pays des rêves…

Vendredi 5 novembre

9 h 59. J'ai pris une grande décision durant cette très longue nuit: cet après-midi, j'irai déclarer ma flamme à Jade… Je vais m'habiller et, à mon retour, j'écrirai le résultat de cette folie…

15 h 45. Je ne suis qu'un monstre, qu'une pauvre brute sanguinaire… Il y a de ça moins de deux heures, je suis parti, comme prévu, rendre visite à Jade. Sa maison ne se situe pas loin de la mienne, mais si elle se trouvait à plus de cinquante kilomètre de chez moi, je m'y rendrais quand même. Je ferais tout pour elle, elle est faite pour moi, j'en suis persuadé…

À peine dehors, ma tête s'est mise à tourner, mauvais présage, signe d'un besoin de sang, humain de préférence. Je décidai toutefois de poursuivre mon chemin, en me disant que dès que je la verrais tout irait mieux, ma tête tournerait, mais cette fois sous l'effet de ses doux baisers. Je marchais vite, comme pour échapper à quelque chose ou à quelqu'un, à mes envies lugubres, mes envies de sang frais. Je comptais mes pas pour me changer les idées, puis j'arrivai dans sa rue. À quelques mètres de moi, une fillette d'une dizaine d'années sautait à la corde près d'un petit muret. Le bruit de ses souliers retombant en cadence sur le sol me rendit malade… Quel supplice quand on a mal au crâne d'entendre marteler un son sourd et répétitif! Je passai près d'elle aussi calme que possible et lui dis gentiment :

– Quel boucan, tu déranges tout le monde!

Elle me fixa pendant une bonne minute, puis me répondit :

– Gros con, je fais ce que je veux d'abord.

Son arrogance, sa posture, l'expression de son regard… Tout cela me fit perdre mon sang-froid. Je sentis la colère me gagner et ne pus l'empêcher d'exploser, de m'envahir totalement… Comme un possédé, j'avançai vers elle, vers cette petite innocente, la plaquai contre le muret et lui dis violemment :

– T'aurais même pas dû penser ce que tu as dit, jeune sotte!

Je la mordis et la regardai souffrir. Son sang descendit en moi. Qu'il me paraissait bienfaisant! Il était même réparateur. Maintenant que tout est passé, cette sensation me semble inexplicable. Après l'avoir dégustée, je dus la mettre au frais, la faire disparaître dans les égouts… Puis, comme un voleur, je me suis enfui sans aller voir Jade, chère et tendre maîtresse de mes nuits…

20 h 34. La journée fut fort éprouvante. Hormis le fait que j'ai tué cette petite, je n'ai pas vu Jade. La tristesse m'habite, les regrets aussi, et bien d'autres sentiments que j'ai peine à exprimer… Sur ce, je vous laisse, j'ai besoin de sommeil, pour tenter d'oublier ce qui s'est passé.

Samedi 6 novembre

21 h 44. Je suis vraiment un monstre, un imbécile, une brute, un pauvre con (elle avait raison, la petite). J'ai appris ce matin par la presse que l'on recherche une fillette de onze ans, nommée Janine, qui, comme chaque vendredi après-midi, jouait en bas de chez elle. Les journalistes ont demandé si la famille de… Jade était présente au moment de la disparition de l'enfant. À cette nouvelle, je me suis effondré, je suis toujours sous le choc. Mais comment ai-je pu? Comment n'ai-je pas vu leur ressemblance? Je ne pourrai jamais regarder la femme de ma vie en face, j'ai tué sa sœur, son double, je l'ai tuée, elle, ma moitié… Je me suis tué avec. À quoi sert la vie, si elle n'est pas à mes côtés? Avec quoi rime le mot amour si ce n'est pas avec toujours?

Je ne peux rester sur terre, si je ne peux pas vivre heureux avec elle… Il faut que je me punisse, que je disparaisse. Je suis tombé tellement bas, jamais je ne pourrai me relever. Je le sais. Adieu, monde maudit, adieu, monde pourri peuplé de coupables, adieu, fille de mes rêves, adieu, vie sans but, adieu, cruel destin… ADIEU.

22 h 14. Voilà, j'attends. J'attends que la mort me prenne, que mes pensées soient éternelles. Tout doucement, je me sens léger, je me sens flotter, je me sens partir, m'envoler… Je n'arrive plus à penser, écrire me devient très difficile… Ça va vite, très vite, trop vite, je ne peux pas faire marche arrière… Je suis engagé dans le train de la mort, cette faucheuse folle qui pendant longtemps est restée mon idole… Ma dernière pensée est pour toi, Jade: je t'aime, je te promets de prendre soin de ta sœur là-haut, de prendre soin de toi restée ici, je te promets de t'attendre là-haut, je te prom…

Le journal s'arrêtait brusquement. Je tournai et retournai désespérément les dernières pages du livret. Elles étaient toutes blanches… Mille questions me traversaient l'esprit. De quand datait ce journal? Par quelle coïncidence

l'avais-je trouvé ? Qui était cette fameuse Jade ?
Et si je la connaissais ? Et si cette femme n'était autre
que ma mère, Jade Forestier ? La tête me tournait
à mon tour...

Maud Lecacheur

Kronen

« *Novice dans le monde*
de l'écriture, cela fait deux ans
à peine que je griffonne des histoires
et des petits textes, à propos de tout
et de rien. La littérature a toujours
été très importante pour moi. Je lis
avec passion Marguerite Duras,
Guy de Maupassant, Pierre
Desproges, entre autres, et bien sûr,
Amélie Nothomb. J'envisage
des études de journalisme, un métier
qui me permettrait peut-être
de voyager.
C'est mon professeur de français
qui m'a incitée à participer
au Prix Clara. Ont suivi de
laborieuses semaines où j'ai tenté,
tant bien que mal, de créer
une histoire originale. Plongée
dans une ambiance musicale souvent
rock, j'ai écrit mon texte au crayon.
Et voici comment Kronen *s'est*
trouvé dans la liste des candidats. »
Maud Lecacheur, 14 ans et demi,
inscrite sur les registres
depuis 1992, domiciliée au Havre.

Je suis dans le train, entourée d'inconnus que je ne connais pas. Ne cherchez pas le pléonasme, cherchez l'insistance.

Je me suis assise au fond du dernier compartiment, désert. J'ai préféré fuir les autres passagers que de toute façon je ne reverrai jamais. Seule, je suis seule. L'ennui ne tarde pas à se faire sentir : cette fois-ci, pas de physionomie à dévorer, pas de scène à décomposer. Dommage, ça tue le temps. Parfois même, ça instruit.

Je m'humilie un peu en m'y rabaissant, mais peu importe, je redoute trop l'ennui. La crainte a raison de mon orgueil : comme les gens qui s'emmerdent dans l'avion, dans la voiture ou dans le train, je regarde par la fenêtre.

La fenêtre. J'observe longuement, songe à ce qui peut tant fasciner les gens, mais je demeure perplexe.

Les paysages ne m'ont jamais attirée. Certes, c'est peut-être apaisant, magique, angoissant ; mais pas de mystère, pas d'échange. Et puis c'est beau, c'est laid, mais ça n'a pas l'intensité du visage.

Je me lasse vite de la fenêtre. Je n'en ai tiré qu'une chose : dehors il pleut. Il pleut fort. Si fort qu'on croirait que c'est la nuit, si fort qu'on ne saurait dire où l'on est. Je suis là au milieu de toute cette pluie. Je me sens oppressée par ces millions de gouttes. Oppressée, encore plus seule. J'ai froid. Le train part dans quatre minutes. Un inconnu pousse la porte du compartiment, il a quitté le sien pour plus de tranquillité sans doute.

Il me regarde, me demande s'il peut rester là, en face de moi ; je lui réponds que oui, les places ne sont pas réservées. Je n'essaie pas de freiner l'adrénaline. Non, je la laisse envahir mon cerveau, puis je me délecte de la suite.

J'exulte, je m'extasie, je m'excite. Enfin une vraie physionomie, et pas des moindres. Il est brun, aux yeux verts. C'est déjà beaucoup. Mais la délicatesse de ses traits s'impose, je dirais presque avec trop d'harmonie. Il a le cou comme une tige, gracile et élancé, c'est sublime, on n'en est que plus ébloui par son visage.

Fantasmer, voilà un bon passe-temps.

Je suis les lignes, les belles lignes de son menton, de sa mâchoire ; les belles lignes de son front, de ses tempes. J'aime les hommes linéaires.

Chez lui, c'est fin, c'est délicat. Délicat comme chez la femme. C'est harmonieux, et il le sait.

Il s'est assis sur la banquette, de façon à ce que je ne manque aucun de ses gestes. Je ne suis pas idiote, je sais bien que ma présence n'est qu'un détail. Il connaît les femmes… J'aimerais le connaître, qu'il me connaisse, pour tuer le temps. Les meilleures discussions naissent de l'ennui. Hélas, je n'ai que deux heures.

Il sort un livre de son sac, d'une main experte l'ouvre à la bonne page. Serait-ce un homme qui lit ? Il gagne un point. Je me tortille en tous sens pour tenter de déchiffrer le titre, en vain. Ah ! Je saurai.

– Vous lisez ?

– Hum… Oui. C'est un roman très récent, écrit par une femme.

– Je vois… *Ensemble, c'est tout* d'Anna Gavalda ?

– Hum… Non. Cherche du côté de la Belgique.

Une pensée pour cet auteur que j'adule. Évidemment. S'il la lit, j'ai une chance inattendue, une sorte de brèche pour faire basculer la conversation. Mais c'est étrange, voire quasi inconcevable qu'un type comme lui puisse lire une femme comme elle. Après tout, combien de gens lisent réellement de nos jours ? Surtout ses livres à elle.

— Amélie Nothomb.

— Peut-être bien, souffle-t-il.

— *Antéchrista*.

Là, c'est moi qui marque un point. Il n'a pas masqué à temps sa surprise et moi, petit monstre, je dévore du regard sa mine stupéfaite. Je suis fière. Fière de désarçonner mon inconnu, que j'engloutirais comme un macaron. Cela doit se lire sur mon visage, j'en suis persuadée. Peu importe, car je suis convaincue qu'il ne sait pas lire.

Je ne l'observe pas, je le dévisage sans ménagement. Il est beau, beau et beau. Si beau que j'en suis mal à l'aise. Si beau que j'ai une envie de le peindre, de le décrire. Ah ça ! On voit qu'il aime être regardé, on voit qu'il a l'habitude de plaire. De toute façon, s'il pose ainsi devant moi, c'est bien pour ça, pour le plaisir des yeux. Je trouve qu'il me regarde de beaucoup trop haut, mais je n'en laisse rien paraître. On joue à un jeu étrange, on joue à savoir qui veut quoi, qui vaut quoi.

Il me fascine. Ses paroles un peu creuses, car il ne dit rien d'exaltant ni d'original. Sa façon de s'exprimer, avec une voix très à lui qui ne me rappelle rien. Et puis sa façon de me regarder dans les yeux, enfin de se regarder dans mes yeux, à l'affût d'un miroir digne de lui. J'aime. Il est ridicule, mais il est beau. Il s'aime aussi. Ce n'est pas si mal, sans confiance en soi on n'arrive à rien. S'il parle avec moi, c'est pour être admiré. C'est un homme qui est amoureux de son reflet. Pitoyable mais fascinant.

Il a beaucoup de cheveux. Indisciplinés, en bataille, d'un naturel sophistiqué. Ils sont assez longs pour lui frôler le milieu du cou. Je trouve ça grandiose d'avoir la touffe et de paraître aussi distingué.

C'est un cas. Il se perd dans la contemplation de son reflet, dans l'image que lui renvoient mes yeux. Je suis certaine qu'il n'a aucune idée de la couleur de mon iris, de toute façon il s'en fout. S'il savait qui je suis, s'il savait comme je suis atteinte, il partirait en courant. Mais il ne sait pas et se plaît à être désiré.

J'aime son apparence. Le reste ne m'intéresse pas. Il est merveilleusement superficiel et ce handicap lui va à ravir. Qu'est-ce que cela peut me faire, qu'il ait de l'esprit ? Je veux juste pouvoir l'admirer, et qu'il soit narcissique le rend plus admirable encore. Je crois qu'il se plaît ici, parce qu'il n'a jamais été regardé ainsi. C'est malsain comme plaisir.

Peu importe, malsain ou pas, tant qu'il me laisse le regarder et tant que je le laisse se regarder, tout va bien. Je suis un miroir. Je dois réfléchir de belles images, des images de rêve que la réalité m'a inspirées. Je suis un miroir subjectif où l'on voit un défilé de désirs inexaucés, de fantasmes refoulés qui surgissent et éclatent sur les reflets de ceux qui me contemplent.

Tout va bien. Il me fait fantasmer à être si près de moi. J'ai comme des frissons qui m'effleurent les nerfs. De la tête aux pieds. Et lui reste assis, immobile ou presque, dans sa posture de Narcisse.

Il a l'allure d'un collégien britannique, avachi dans son siège. L'art de la désinvolture. Ses pieds sont écartés, il porte des Converses blanches et rouges. Elles sont légèrement recouvertes par les ourlets du jeans, un peu froissé. Le jeans a été créé pour lui, je le comprends maintenant. Il lui tient à la taille par une ceinture qui se voit à peine. Cachée par un pan de chemise. Une chemise blanche, à moitié dans le jeans, sans le moindre pli. Légèrement retroussée sur les avant-bras pour plus d'effet. Elle est sagement boutonnée jusqu'à la clavicule. Là, il s'est permis de la laisser entrouverte, ça sublime le col, ça découvre sa peau, je frissonne de n'en jamais connaître la texture. La cravate ne joue pas son rôle, elle est inutile, dénouée ; c'est le détail qui tient en haleine. Ainsi son cou ne subit aucune pression, son cou qui disparaît sous ses cheveux. Bruns. Ils encadrent son front, ses joues un peu creuses. Les yeux sont verts, comme je les aime. Bleu, c'est trop froid ; marron, c'est trop chaud. Vert, c'est parfait. Ils sont brillants, comme s'il pleurait souvent.

C'est vrai qu'il doit beaucoup pleurer de ne pas avoir un clone, de ne pas partager un amour avec un être aussi parfait que lui. C'est vrai qu'il doit beaucoup souffrir. La beauté est un handicap quand elle atteint ce degré. Elle l'empêche de réfléchir, de penser sainement, le laisse toujours sur sa faim de compliments remarquables.

Je ne crois pas qu'il ait trouvé l'âme sœur. Jamais il n'a été comblé. Pourrais-je lui faire comprendre que la personnalité, c'est la beauté intérieure? Que l'on peut être tout aussi fasciné par l'esprit que par l'apparence? J'aimerais bien. Je me dis que s'il avait autant de beauté d'âme que de corps, il frôlerait la perfection.

Il dispose d'un avantage considérable, il est beau. Il est victime d'un défaut assez contraignant, il est con. Cela dit, il n'est pas condamné. Quelqu'un m'a souvent dit que la bêtise est dure à combattre. Mais le mot «dur» veut dire ce qu'il veut dire; qui dit «dur» ne dit pas impossible.

Il est beau et con. Condamné à être beau, conditionné pour être con. Ce sont des choses qui arrivent.

Il doit finir par s'ennuyer un peu. Je n'en doute pas: il m'adresse une question. Futile, mais c'est sans importance:

– J'aimerais savoir d'où tu viens.

– On s'en fiche. J'aimerais savoir où vous allez.

Tout en l'écoutant, tout en lui répondant, mes yeux fixent ses lèvres qui s'étirent et se tordent, ses lèvres qui remuent tandis qu'il réfléchit.

Les mots, les sons sortent dans un seul souffle, avec aisance, spontanément, mais avec quelque chose de faux, quelque chose qui dissone.

Sa bouche émet comme le contraire de ce qu'expriment ses yeux. Ça ne prend pas. Ma réponse l'a quelque peu dérouté. Il doute un instant mais, au fond, ça lui est plutôt égal puisque je le dévisage encore et toujours.

— Je vais à Paris.

Il serait vraiment dommage que les choses en restent là. Il va à Paris, je vais à Paris. Le hasard fait parfois les choses à merveille. Bien que je souhaite rester sur ma première impression, il est évident que la perspective de le revoir m'émoustille. Je doute.

Il fait chaud dans le compartiment. Au point qu'il déboutonne un peu plus sa chemise tout en me regardant, l'œil aguicheur. Je retiens un éclat de rire face à cette situation on ne peut plus cliché. Il dégage une mèche de son front luisant. Quelle chaleur... Il soupire, d'un long soupir profondément blasé, puis il saisit son sac, en sort une bouteille de bière.

On a connu manière plus élégante. Tout d'abord, il arrache la capsule avec ses dents pour la recracher sur la banquette. Puis, bouteille en main, il se vautre dans son siège après avoir ôté ses chaussures. Mon cerveau n'admet pas ce qu'il voit, volontairement je prolonge son temps de réaction. Il porte la bouteille à ses lèvres, boit comme un déshydraté. Le contraste est saisissant : à se demander si l'homme qui était devant moi cinq minutes auparavant est bien celui qui descend sa bibine chronomètre en main. Vite, toujours plus vite, la pomme d'Adam s'affole. C'est effrayant : plus il étanche sa soif, plus j'étanche mon admiration. Il avale à grandes goulées le breuvage fermenté en émettant des bruits gutturaux, si discrets que je peux deviner le trajet du liquide dans sa gorge, son œsophage, son estomac. Il boit si mal que de longs filets de bière coulent sur ses joues et viennent tacher sa chemise blanche. J'ignorais que la bibine avait les mêmes effets que les mauvaises fées : elles changent les princes charmants en crapauds. C'est bien dommage parce que les amphibiens me répugnent.

La bière ne lui coule plus le long des joues, c'est désormais un filet de bave qui humecte le coin de ses lèvres. Il déglutit d'avoir si vite englouti.

Une fois que la bouteille est vide, il lèche le goulot, fourre sa langue dedans pour en essuyer ce qui reste. Il fourre sa langue énorme, visqueuse, toujours plus loin, si loin qu'on la voit tout entière, déformée par les effets d'optique du verre.

Puis, comme il a léché les dernières gouttes, il tente de retirer sa langue du goulot. Seulement elle ne passe plus. Affolé, il tire sur la bouteille pour s'en dépêtrer, pris au piège par un effet ventouse. Il panique, arrache à deux mains la bouteille qui tient bon malgré tout. Plus il tire, plus la langue s'étire, enfle à son extrémité, prend une teinte violacée. La lutte est sans merci ; j'y assiste, sidérée, et contemple le résultat pitoyable.

C'est un beau final.

La bouteille resplendit, suspendue dans le vide, ne libérant qu'une moitié de langue, l'autre emprisonnée dans son étau de verre. Il me regarde les yeux suppliants, la langue boursouflée. Le paroxysme du ridicule. Malgré ma répulsion, je ne peux qu'applaudir : je le fixe dans les yeux et coasse, coasse.

J'éclate de rire, prends mon sac, sors du compartiment. Je cherche une place près de la fenêtre. J'ai beaucoup appris : les paysages sont fascinants.

HERMINE LEFEBVRE DE MARTENS

LE MÉDAILLON MYSTÉRIEUX

« *Je suis née en mars 1991.*
Après quelques déménagements,
j'habite désormais à Versailles.
Depuis toute petite, j'adore
la lecture, particulièrement
les livres de fantasy *et d'aventures.*
Je ne lis que cela, dès que
j'en ai la possibilité, même en cours
et pendant les récréations.
Depuis quelques années,
je me suis mise à l'écriture.
C'est ma grand-mère qui m'a
suggéré de participer au Prix
Clara. »
Hermine Lefebvre de Martens

1

Je tournai la tête, mes rivaux étaient encore loin. Je pressai
cependant mon étalon noir, Tornade. Le cheval banda ses muscles et
d'un élan puissant accéléra encore. Ses sabots foulaient la piste dans
un bruit de tonnerre et sa crinière qui claquait au vent me fouettait le
visage. La ligne d'arrivée était proche maintenant. J'entendais les accla-
mations de la foule massée près des tribunes. Ivre de joie, je franchis
l'arrivée en hurlant. Tornade, emporté, ne s'arrêta que quelques dizaines
de mètres plus loin. Il était blanc de sueur et avait l'air exténué. Entouré
par la foule vociférante, je sautai à terre, le pris par la bride pour le faire
marcher. Mes jambes tremblaient de fatigue et de la tension accumu-
lée pendant la course, mais je ne m'en rendais pas compte. J'avais gagné.
Des hommes debout sur les gradins agitaient leur chapeau ; les femmes,
plus modérées, applaudissaient gaiement. Parmi des visages inconnus,
j'aperçus enfin Hélène de Gloire, fille du gouverneur de l'île et sœur
de mon pire ennemi, Alain de Gloire. Elle me salua de la tête en souriant.
Je m'inclinai et, cueillant une fleur, y posai un doux baiser avant de la
brandir dans sa direction. Elle rougit tout en acceptant le présent.
J'étais fou d'elle depuis son arrivée trois ans auparavant. Ses longs
cheveux blonds ondulaient dans son dos, recouverts par un large chapeau orné de dentelles. Qu'elle me semblait belle dans sa robe blanche !
Ses beaux yeux bruns brillaient, rayonnant d'étoiles de lumière. Je par-
vins à grand-peine à détourner mon regard d'elle.

Je vis Alain arriver. Il était quatrième et furieux. Il sauta de son cheval épuisé, jeta les rênes à un palefrenier et quitta le terrain à grands pas. Je ne pus résister à l'envie de lui adresser un geste de victoire. Il me lança un regard incendiaire, mais ne s'arrêta pas. Haussant les épaules, je détournai la tête et observai l'arrivée des concurrents. Quelques minutes plus tard, les derniers coureurs terminèrent le parcours. La grande course annuelle de Verte Baie venait de s'achever.

Je rejoignis mes amis John Swur et Albert Manch. Ils étaient arrivés respectivement troisième et septième. Nous nous félicitâmes mutuellement. La course de Verte Baie était éprouvante pour les hommes comme pour les chevaux. Il fallait une attention de tous les instants pour ne pas buter sur le terrain difficile ou éviter ses rivaux acharnés. Un grand silence se fit soudain. Le juge Bored allait proclamer les résultats. Nous nous rapprochâmes, fendant la foule. L'homme, debout sur son estrade, avait l'air un peu ridicule avec sa lourde perruque poudrée. Il remplaçait le gouverneur sous prétexte d'un léger malaise de celui-ci. Je savais que ce dernier avait en fait craint de perdre la face si son fils n'arrivait pas premier, ce que je trouvais risible. M. Bored toussa une ou deux fois puis, déroulant un parchemin, annonça :

– Voici maintenant les résultats de la vingtième course de Verte Baie. Est vainqueur Jack Spadassin sur Tornade !

Sous les applaudissements de la foule, je m'approchai de la tribune et grimpai à côté de lui. Il me serra la main, assurant que c'était « magnifique qu'un cavalier aussi jeune montre tant de qualités », qu'il espérait me « voir rejoindre bientôt l'armée de Sa Majesté » et ainsi de suite. Son discours dura une bonne dizaine de minutes. J'avais du mal à me retenir de bâiller, j'étais épuisé après la rude course, mais le juge parlait, parlait et parlait. À la fin, au moment où, perdant patience, j'allais lui sauter à la gorge, il me remit une médaille dorée ainsi qu'une énorme coupe d'argent. Je le remerciai et, embarrassé de ces présents, redescendis au milieu des spectateurs et m'éloignai. Je n'avais plus envie d'écouter le reste des résultats. Tout ce qui m'importait, c'était de m'assurer que Tornade allait bien, de rentrer chez moi et de me laver de toute la poussière qui me recouvrait. Un lad me rassura pour Tornade et je repris mon cheval. Il était détendu et semblait avoir récupéré. Je l'enfourchai, attrapai les trophées que me tendait le lad et repris le chemin de la plantation de ma tante. Elle habitait légèrement en dehors de la ville, sur une petite éminence, à quelques lieues de la maison du gouverneur. De la véranda, on avait une vue imprenable sur le port et la mer. J'adorais m'asseoir sur les carreaux frais et regarder les lourds bâtiments manœuvrer pour sortir de la passe. Je rêvais de m'embarquer sur l'un d'eux pour partir à l'aventure, découvrir le monde et affronter des pirates. Je me voyais capitaine, des pirates voudraient s'emparer de mon vaisseau, je les repousserais courageusement avec mon équipage et rentrerais au port avec une belle prise derrière moi !

Un rugissement me sortit de ces douces rêveries. Ma tante, Edna Larre, était debout sur la véranda. Elle n'admirait pas la mer, mais regardait le chemin, l'air d'attendre quelqu'un. De toute évidence, moi. Elle poussa un nouveau cri, qui s'apparentait de très loin à mon nom, et fit s'envoler les oiseaux des arbres du parc. Légèrement inquiet, j'arrivai lentement devant elle. Je sautai à terre, la coupe à la main et la médaille autour du cou. Tom, le vieux palefrenier, surgit sans un mot et conduisit Tornade à l'écurie. Ma tante me détailla de la tête aux pieds, une lueur furieuse dans le regard. C'était une grande dame, sèche, mais qui conservait les vestiges d'une beauté passée. Ses cheveux argentés étaient rassemblés en un chignon compliqué, de fines lunettes n'atténuaient pas la force de son regard. Elle était vêtue avec recherche et son ombrelle de dentelle était tenue avec distinction. Son mari était mort quinze ans plus tôt. Il lui avait laissé la propriété, immense, ainsi qu'une imposante fortune. Au décès de mon père, disparu en mer, elle avait accueilli ma mère puis, quand celle-ci s'éteignit – paix à son âme –, Edna avait achevé mon éducation. Je lui en étais reconnaissant, mais elle insistait pour connaître chacun de mes déplacements et refusait absolument de me laisser embarquer. Peut-être la peur de me voir disparaître en mer comme mon père et mon oncle la retenait-elle. Je ne sais pas. Cependant ces petits différends nous opposaient et nous nous disputions parfois. Souvent, même, devrais-je dire. Convaincus d'être dans notre bon droit, nous n'étions patients ni l'un ni l'autre. Le côté Larre de la famille, je suppose. Pour le moment, l'orage n'avait pas encore éclaté, mais il ne tarderait guère. Parti dès l'aube, je ne lui avais rien dit de ma participation à la course. Regrettable oubli. D'une voix qu'elle s'efforça de rendre calme, elle dit :

– Jack Spadassin, où étiez-vous ?

Bonne question.

– À la course, ma tante, répondis-je le plus simplement possible, espérant qu'elle se satisferait de cette réponse.

Déjà, les années précédentes, elle m'avait interdit d'y participer, mais cette fois j'étais passé outre. Malheureusement, elle ne fut pas dupe.

– De quelle manière ? En tant que simple spectateur ou comme concurrent ? Répondez, jeune homme !

Aïe, ça s'annonçait mal. Autant dire la vérité tout de suite.

– J'ai participé à la course, ma tante, dis-je en relevant la tête.

Après tout, je n'avais aucune raison d'être honteux.

– Et que vous avais-je dit à ce propos ? reprit-elle.

Je sentis l'orage se rapprocher.

– De ne pas y prendre part.

– Ce qui signifie que vous m'avez désobéi. Or vous savez parfaitement que je ne tolère aucun manquement aux règles. Vous serez puni.

— Bien ma tante.

Comme je m'apprêtais à tourner les talons, elle me retint encore :

— Bien que cela n'ait guère d'importance, je voudrais savoir qui participait à la course et à quelle place vous êtes arrivé.

Finalement, l'orage s'éloignait. Soulagé, je souris devant la curiosité mal déguisée de ma tante. Je me rappelai rapidement les concurrents.

— Il y avait Michel de Bonnange ; mes amis Albert Manch et John Swur ; le fils du gouverneur, Alain de Gloire (un sale petit crâneur, celui-là, pensai-je) ; d'autres propriétaires des environs. En tout, nous devions être une douzaine.

— Vous n'avez rien dit à propos de votre classement, releva ma tante.

Elle semblait y attacher beaucoup d'importance.

— Je suis arrivé premier, tante Edna, fis-je, en montrant la coupe.

Je tâchai de n'avoir pas l'air trop fier de moi et, à mon grand étonnement, un fin sourire éclaira le visage de ma tante. Cependant, il ne dura pas et elle déclara :

— Heureusement que Tornade était là pour tenir sa place.

— Oui, ma tante.

En moi-même j'étais furieux. Bien sûr que Tornade avait beaucoup de mérite d'avoir battu les autres chevaux, mais j'estimais que j'avais également bien monté.

— Allez vous changer et prendre un bain, continua ma tante. Ah, j'oubliais, ajouta-t-elle comme je tournais les talons, mes félicitations pour votre victoire. C'est rare de remporter la course de Verte Baie à quatorze ans. Je crois même que c'est une première.

— Merci, ma tante.

Je m'inclinai avec raideur, montai les marches qui menaient à la maison. À l'intérieur, je bondis de joie, en agitant la belle coupe. Le compliment de ma tante était inattendu et, de sa part, il équivalait à toutes les qualités que m'avait trouvées le juge. Je gravis l'escalier conduisant à l'étage, pénétrai en coup de vent dans ma chambre et plaçai la coupe sur ma commode, bien en vue. Je pris ensuite la direction de la salle de bains et plongeai avec délices dans le bain chaud qu'avait préparé une domestique. Dix minutes plus tard, je sautai dehors et m'habillai rapidement. J'entendis ma tante m'appeler. Je jetai un dernier coup d'œil au miroir, admirant mes cheveux noirs tombant sur mes épaules, mes yeux bleu marine, mon teint hâlé. En un mot, j'étais fier de moi. La modestie n'était pas la première de mes qualités, mais quand on a quatorze ans et que la demoiselle que vous aimez a assisté à votre triomphe, je pense qu'on est en partie excusable.

— Vous voilà plus présentable, Jack, fit ma tante de son ton aimable.

Je ne répondis rien, attendant la suite. Elle reprit :

— Nous sommes invités à dîner chez le gouverneur, ce soir. Nous partirons vers vingt heures. Tâchez d'être prêt.

— Oui, ma tante.

Intérieurement, j'étais ravi : j'allais revoir Hélène ! Je nous voyais déjà tourbillonnant, évitant les autres couples, rois de la piste ! Je passai le reste de la journée à répéter les différents pas que je connaissais. Cette activité peut sembler puérile chez un garçon de mon âge, mais je tenais à faire honneur à Hélène. J'évitai de penser à son frère Alain. Il m'en voudrait sûrement de ma victoire du matin.

2

LA MAISON DU GOUVERNEUR ÉTAIT ÉCLAIRÉE de multiples lampions. Tout brillait, tout étincelait. Le gouverneur savait recevoir. J'avais revêtu un élégant habit bleu sur une chemise blanche surchargée de dentelles. Mon chapeau était orné d'une magnifique plume également blanche. Je le remis, ainsi que ma cape, au domestique accueillant les invités. Je cherchais Hélène du coin de l'œil pendant que ma tante m'entraînait pour saluer le gouverneur, James de Gloire. Celui-ci était en grande conversation avec deux ou trois autres propriétaires, visiblement remis de son malaise du matin. Il se tourna vers nous et son visage s'éclaira quand il salua ma tante.

Le gouverneur devait avoir une quarantaine d'années. Sa perruque brune cachait ses rares cheveux grisonnants. Personnellement, la nature m'ayant fourni une abondante toison, il me suffisait de rassembler mes cheveux en queue de cheval et de les lier par un ruban de velours noir. James de Gloire avait revêtu pour l'occasion un magnifique habit de satin gris. Il agitait sa canne à pommeau d'argent en tous sens. Il me félicita froidement de ma victoire du matin. Il aurait sans doute préféré voir Alain gagner. Tant pis pour lui. Tiens, quand on parle du loup… Alain venait d'arriver.

Il s'avança d'un pas qu'il s'efforçait de rendre majestueux mais qui me sembla parfaitement grotesque. Ses cheveux châtains flottaient librement sur ses épaules et ses yeux, de la même couleur que ceux de sa sœur, avaient un éclat insolent. Il s'inclina devant ma tante et me gratifia d'un sec hochement de tête. Je le lui rendis et m'esquivai. Je ne tenais pas à subir son incessant bavardage et ses jérémiades, pas plus que ceux de son auguste père. D'après ce que j'entendis, Alain regrettait d'avoir monté un aussi mauvais cheval pour la course. Mon œil, oui! Je connaissais ce cheval. Il s'appelait Vent de Feu et avait toutes les qualités de mon Tornade. Il était seulement mal dirigé et, à trop forcer, Alain finirait par le gâter en l'écœurant définitivement. Dommage.

Allons! Trêve de pessimisme. Je cherchai Hélène parmi les groupes et ne la vis pas. Je sortis alors dans le parc illuminé par les lampions. Quelques invités se promenaient, respirant l'air chargé d'iode et profitant de la fraîcheur relative de la soirée. Hélène se tenait le long du muret clôturant le parc. Je m'approchai doucement, ému. Je me tins à côté d'elle et contemplai la vue. Elle était magnifique, car la maison, bâtie en haut d'une petite falaise, dominait la mer. Hélène se tourna vers moi et dit:

— Jack, je suis heureuse de vous voir ici ce soir.

— Le plaisir est pour moi, Hélène, répondis-je en m'inclinant.

— Je tenais à vous féliciter pour votre victoire de ce matin. Vous avez admirablement bien monté. Il est malheureux que vous soyez parti si vite!

— J'étais attendu chez moi.

Elle frissonna.

— Nous pouvons rentrer si vous le souhaitez.

— Non, merci Jack, vous êtes gentil. Décidément, la lune est splendide ce soir.

J'approuvai. Nous nous prîmes par la main et restâmes ainsi en silence. Mon cœur battait la chamade. Soudain une voix retentit derrière nous:

— Hélène, que fais-tu?

Nous sursautâmes et nos mains se quittèrent. Alain était là, nous toisant d'un air méprisant.

— Hélène, n'as-tu pas honte de traîner avec ce garçon! reprit-il avec un regard dédaigneux dans ma direction.

Je bouillais de colère, mais me contins. Pas question de perdre mon calme devant Hélène. À ma grande surprise, elle répliqua à son frère :

— Laisse-moi tranquille, je sais ce que je fais.

— Je vais en informer père. Il ne te permettra plus de voir ce garçon. L'horrible cafard!

— J'ai un nom, rétorquai-je. Et je n'admettrai pas que tu traites Hélène ainsi.

— C'est ma sœur et j'ai tous les droits! Ne te mets pas en travers de mon chemin.

— Tu es furieux parce que tu as perdu ce matin. Tu es un mauvais perdant, Alain, fis-je d'un ton ironique.

À ces mots, il ne se retint plus et se jeta sur moi. Surpris, je tombai à la renverse et nous roulâmes au sol. Hélène poussa un cri perçant, cependant elle ne pouvait guère intervenir.

Alain tenta de m'écraser sous lui, mais je le repoussai. Je vis du coin de l'œil des gens arriver, mais n'y prêtai guère attention. Alain devait recevoir la correction qu'il méritait. Mes poings entrèrent en action. Il riposta comme il put. Brusquement, il attrapa la chaîne de mon médaillon. Celui-ci ne me quittait jamais. Ma mère me l'avait donné sur son lit de mort en me disant qu'il était à mon père et qu'elle voulait que je le porte. C'était un médaillon en or, représentant un soleil, dont l'un des rayons était une petite clef.

La traction qu'Alain exerça dessus fit céder la chaîne. Ce dernier mouvement mit fin à notre rixe, car nous fûmes chacun empoignés par des invités qui nous séparèrent. Nous étions dans un état lamentable. J'avais une lèvre fendue et, à en juger par la douleur que me causait mon œil droit, j'allais avoir un joli coquard. Alain n'était guère mieux loti : son nez saignait et il avait des éraflures sur toute la figure. Nous étions tous deux débraillés ; nos chemises étaient déchirées.

Je vis Alain empocher mon médaillon. J'avançai d'un pas, menaçant, mais l'on me retint. Le gouverneur qui venait d'arriver dit d'un ton furieux :

— Les garçons, que vous est-il passé par la tête ? Vous pouvez vous vanter d'avoir gâché ma soirée !

Je baissai la tête, honteux. Je me rendais compte à présent de la stupidité de mes actes. Provoquer une bagarre à un dîner ! Mais Alain l'avait bien cherché. À l'étonnement de tous, Hélène intervint :

— Père, il n'y est pour rien. Alain m'a insultée et l'a provoqué. Jack n'a fait que se défendre !

— Bien, je te remercie Hélène. Jack Spadassin et Alain de Gloire, serrez-vous la main pour vous réconcilier. Que ceci ne se reproduise plus !

En échangeant un regard meurtrier, nous nous attrapâmes l'extrémité des doigts. Sur un ordre du gouverneur, Alain monta se changer dans sa chambre et moi je fus conduit dans une salle de bains où l'on m'apporta un habit de rechange. Je lavai mon visage meurtri en grimaçant, car mon œil au beurre noir me faisait diablement mal. Ayant repris figure humaine, je me rendis à la salle à manger. Le dîner avait commencé, mais personne, à part Hélène, ne remarqua mon arrivée. Je m'assis à ma place, vaguement gêné. Alain était assis trois places plus loin, sur ma gauche. À un mouvement qu'il fit, je perçus un reflet doré. Il portait mon précieux médaillon ! Je n'eus guère le temps de m'insurger contre cette nouvelle provocation, car un bruit d'explosion ébranla la maison. D'autres détonations retentirent et, l'espace d'un instant, chacun resta figé d'étonnement sur sa chaise.

On attaquait Verte Baie! D'un seul mouvement, tout le monde se rua dans le parc et se pencha par-dessus le muret. Un grand vaisseau noir se trouvait au centre du port et arrosait la ville de ses canons. Une nouvelle explosion, plus proche, me projeta à terre. Nous entendions des cris de terreur s'élever de la ville. Des femmes s'évanouirent dans les bras de leurs maris. Le gouverneur frappa dans ses mains et dit d'une voix forte :

– Mes amis, allons défendre Verte Baie, notre ville!

La capacité oratoire du gouverneur m'avait toujours fasciné.

Les hommes approuvèrent et, laissant leurs épouses aux bons soins des domestiques de la villa, s'emparèrent de leurs épées. Ils prirent le chemin longeant la falaise. Un peu ahuri, je restai là sans savoir que faire. Mais je pris rapidement une décision. Je ne portais pas d'épée? Il m'était facile d'en avoir une. Je me précipitai dans le salon, attrapai une rapière qui était restée abandonnée sur le sol et m'élançai après le gouverneur et sa suite. Je pris juste le temps de dire au revoir à Hélène, affligée. Elle me fit promettre de revenir sain et sauf, et de protéger Alain si je pouvais – je promis ce second terme avec nettement moins d'enthousiasme que le premier, mais bon, nul n'est parfait. D'ailleurs, avait-il, lui, promis de veiller sur moi? J'en doutais fortement.

3

L'E SPECTACLE DANS VERTE BAIE ÉTAIT INDESCRIPTIBLE. Les pirates descendus de leur navire tuaient et pillaient. Des gens couraient dans tous les sens en poussant des hurlements. La ville était embrasée par un feu gigantesque : les canons du vaisseau pirate avaient incendié les maisons du quartier du port et l'incendie s'était rapidement propagé. Le temps sec depuis trop longtemps n'arrangeait pas les choses. Si la pluie ne venait pas à notre aide, une partie de la ville, la plus pauvre, serait perdue.

La garnison du fort se trouva rapidement submergée par les pirates. Par malheur, le gros des soldats était parti en manœuvres à l'intérieur de l'île et les hommes restants n'étaient pas en nombre suffisant contre les pirates déchaînés.

Un pirate se dressa soudain devant moi. Sans réfléchir, je lui passai mon épée à travers le corps. Il poussa un cri inhumain et roula au sol. Je n'eus pas le temps de m'attarder sur les conséquences de mon geste. Un homme qui fuyait – un matelot d'après sa tenue – me cria :

– Tu ne peux rien, petit. C'est le *Faucon Noir* !

Le *Faucon Noir* ! Le plus redoutable vaisseau pirate de tous les temps ! Cela faisait treize ans maintenant que ce navire terrorisait les Caraïbes. Il attaquait au milieu de la nuit et détruisait tout. Ses matelots étaient sans pitié. Une légende disait qu'ils ne laissaient aucune trace permettant de les retrouver. Je n'y croyais pas. Un navire a toujours un port d'attache, il ne peut rester trop longtemps à flots et, après une longue sortie en mer, des réparations sont nécessaires.

Soudain, j'aperçus Alain de Gloire. Il se battait contre trois pirates et, visiblement, il reculait de plus en plus. J'hésitai. Je repensai à notre récente dispute. Furieux contre moi-même de cette attitude lâche, j'allais tomber sur les pirates quand j'entendis l'un d'eux s'écrier :

– Le médaillon ! C'est l'gosse ! Faut l'amener au capitaine ! Il a l'médaillon !

– Embarquons-le vite !

Le troisième pirate ne dit rien, mais agit. Il désarma Alain et, sans écouter ses protestations et ses appels, il l'entraîna vers une barque amarrée au quai. Je ne comprenais pas ce que les pirates voulaient à Alain. Avaient-ils reconnu en lui le fils du gouverneur ? Peu vraisemblable, à la lueur des flammes. Alors, le médaillon… Mon médaillon ! Je m'élançais vers eux quand mon regard croisa celui d'Alain. Il hocha la tête de gauche à droite. Apparemment, il ne voulait pas que je le suive. Il avait dû faire le lien entre les cris du pirate et le médaillon qu'il m'avait volé quelques instants plus tôt.

Les pirates embarquèrent dans une chaloupe qui prit la direction du *Faucon Noir*.

Je regardai la barque des pirates s'éloigner sans pouvoir intervenir. Je songeai soudain à Hélène. Je vis son désespoir, sa tristesse d'avoir perdu son frère, son possible ressentiment contre moi, qui avais trahi ma promesse. Je ne pus supporter cette vision. Alors, je me jetai à l'eau et nageai vigoureusement vers le *Faucon Noir* distant d'une encablure. Je savais ce que je risquais en montant à bord du vaisseau, mais pour voir Hélène sourire, j'aurais été capable de défier le maître des Enfers dans son royaume !

Je ne parvenais pas à croire ce que je faisais. Après avoir atteint le bateau, je m'étais hissé le long d'un cordage qui pendait. Le pont était désert. Pourtant un bruit de voix attira mon attention. Il provenait du château arrière où se trouvaient habituellement les appartements du capitaine. Je m'approchai sans bruit, en évitant les câbles qui traînaient un peu partout. Arrivé au château, je me passai une corde autour de la taille, la fixai solidement au bastingage et me laissai glisser de l'autre côté. Mes vêtements mouillés ralentissaient mes gestes. Je me stabilisai juste au-dessus du hublot du capitaine. La conversation que j'entendis alors me plongea dans un étonnement total.

— Comment te nommes-tu ? demanda une voix sèche et glaciale.

— Alain de Gloire, je suis le fils du gouverneur de Verte Baie. Veuillez me relâcher immédiatement ou demain vous aurez toute la flotte à vos trousses !

— La marine ne m'aura jamais, ricana le capitaine — enfin je supposais que c'était lui. Si tu es le fils du gouverneur, d'où tiens-tu ce médaillon ?

— C'est… c'est un cadeau, affirma Alain avec un certain aplomb.

— Ça m'étonnerait. Qui est son ancien propriétaire ?

— Euh… Un ami qui a quitté Verte Baie.

— Je n'en crois pas un mot, Alain de Gloire ou qui que tu sois. La Balafre, Œil Noir ! Venez ici ! hurla soudain le capitaine.

Je sursautai et me retins de justesse à mon cordage. Deux des pirates qui avaient enlevé Alain entrèrent dans la cabine. Le capitaine ordonna :

— Mettez ce gamin aux fers ! Nous le ferons parler quand nous serons en mer.

La Balafre et Œil Noir entraînèrent Alain qui se débattait de toutes ses forces. Le capitaine resta un moment pensif puis serra le médaillon dans un tiroir de son bureau.

Je commençais à faiblir, à rester accroché au bout d'une corde, et les paroles du pirate m'avaient coupé le souffle. Je n'avais plus de doute : le garçon que voulait le capitaine, c'était moi ! Mais pourquoi ? Je n'en avais aucune idée. L'important était de délivrer Alain et de nous enfuir de ce bateau. Je repris pied sur le pont avec soulagement. Je me dirigeai vers le grand mât, cherchant l'écoutille qui s'ouvrait dans les profondeurs du vaisseau. Je la découvris enfin. Tandis que je me baissais pour l'ouvrir, je sentis un mouvement derrière moi. Je voulus bondir, mais trop tard. Une main me saisit au collet et me redressa violemment. Deux pirates se tenaient devant moi. L'un était la Balafre, l'autre m'était inconnu.

– Qui es-tu ? Que faisais-tu ? lança la Balafre.

Je ne répondis pas, regardant autour de moi pour tenter de trouver un moyen d'échapper aux pirates. Le second pirate poussa un grognement et me gifla d'un revers de main. Je roulai sur le pont, à moitié assommé. Je sentis le goût du sang dans ma bouche et ma joue me cuisit atrocement. Je retins les larmes de douleur et de rage qui allaient jaillir de mes yeux. Le pirate se penchait sur moi pour me relever, à la lueur d'une imposante lanterne. Il me lâcha aussitôt en poussant une exclamation de surprise. La Balafre grogna :

– Qu'est-ce que tu fais ?

– R'garde-le en face et tu verras !

Le pirate lui jeta un regard interrogatif, mais fit comme il avait dit. Lui aussi eut l'air très surpris. Je ne comprenais plus rien.

– Patte-Folle, on f'rait mieux de l'am'ner au capitaine, grommela la Balafre.

L'autre acquiesça et ils me traînèrent en direction de la cabine où le capitaine avait interrogé Alain. Il était toujours assis derrière son bureau, ses yeux fixaient le plafond. Quand les pirates entrèrent, il les foudroya :

– Que voulez-vous ?

Puis il m'aperçut :

– Encore un gamin ?

Pendant que les pirates lui racontaient toute l'histoire, je les détaillai. Le capitaine était grand, il avait de longs cheveux gris et des yeux jaunes qui faisaient froid dans le dos. Il lui manquait plusieurs dents et celles qui restaient n'étaient pas en excellent état. Il se dégageait de lui une volonté implacable et il avait un je-ne-sais-quoi de sinistre.

La Balafre méritait bien son surnom. Une vilaine cicatrice violette et boursouflée lui barrait la face, de la tempe droite au menton. Le pirate avait des cheveux blond filasse et des yeux gris. Il était vêtu d'une chemise déchirée et d'un pantalon de grosse toile rapiécé au moins une dizaine de fois.

Patte-Folle était nommé ainsi parce qu'il avait une jambe en bois à partir du genou. Cette prothèse devait le signaler longtemps à l'avance car elle résonnait sur le pont du bateau mais, ainsi que je l'avais appris à mes dépens, le pirate avait réussi à atténuer ce claquement. Il avait un menton très avancé.

Je notai, à un moment de leur récit où le capitaine se tourna vers moi, qu'il avait marqué un mouvement de recul en me voyant en pleine lumière. Pourquoi sursautaient-ils tous en me voyant ? Ça me paraissait totalement absurde. Je n'étais pas un fantôme !

Je tressaillis quand le capitaine me demanda :

— Eh bien, qui es-tu et que viens-tu faire ici ? Vite, je ne suis pas patient !

Cela, je voulais bien le croire. Je choisis de dire la vérité, enfin une partie.

— Je m'appelle John Swur (le premier nom qui me vint à l'esprit). Je vous ai vu enlever mon ami, Alain. Alors je vous ai suivi à la nage. Quand j'ai voulu pénétrer dans le bateau, vos pirates m'ont surpris.

— C'est tout ? fit le capitaine d'un ton soupçonneux.

Je hochai la tête.

— Tu sais pourquoi ton ami est ici ? reprit-il après un long silence.

Je fis signe que non. Je demandai :

— Vous allez me relâcher ? Je n'ai rien fait de mal.

– Oh non, sourit le capitaine, dévoilant ses dents cassées. Tu en sais trop sur nous et tu pourrais parler. Quand nous serons en haute mer, je te ferai découvrir le monde merveilleux des petits poissons.

Je compris aussitôt et, cédant à la peur, je protestai :

– Mais pourquoi ? Je ne sais rien ! Le médaillon…

Je stoppai net, mais le mal était fait. Le capitaine devina que j'avais surpris sa conversation. Il questionna d'une voix en apparence calme mais qui, paradoxalement, m'effraya :

– Qui es-tu vraiment ? Que sais-tu du médaillon ?

Cette fois, je restai bouche close. Le capitaine grimaça et ordonna :

– Allez chercher l'autre !

La Balafre et Patte-Folle sortirent et revinrent trois minutes plus tard, tirant Alain derrière eux. Le garçon luttait en criant. Quand il me vit, il fut stupéfait puis bégaya :

– Jack ! C'est toi ?

Aïe ! La grosse bêtise ! Bien sûr, il n'était pas au courant que j'avais pris un nouveau nom, mais je ne pus m'empêcher de lui en vouloir. Le capitaine me regarda d'un œil triomphant et me dit :

– Alors John ou Jack ? Réponds-moi !

Je sentis alors plusieurs chocs contre le navire : les autres pirates rentraient. Bientôt, j'ouïs un bruit métallique. L'ancre devait être hissée. Le pont résonna de cris, d'ordres et, quelques instants plus tard, le bâtiment faisait voile vers le large. Comprenant que tout était perdu, je répondis au capitaine, d'une voix que je m'efforçai d'empêcher de trembler (mais ce fut peine perdue !) :

– Mon nom est Jack Spadassin.

– Le fils d'Edward Spadassin ?

– Oui… Mais comment connaissez-vous mon père ? Et d'abord quel est votre nom ? Que me voulez-vous vraiment ?

– Tu es bien curieux mon garçon, grogna le capitaine, mais après tout, je vais te répondre.

Alain et moi tendîmes l'oreille. Nous étions impatients d'entendre le récit du capitaine. Malheureusement pour mon compagnon, le capitaine le fit sortir avec la Balafre et Patte-Folle.

Quand la porte fut close, il se recueillit un instant en fermant les yeux puis commença :

– D'abord, mon nom. Je suis assez connu sous le pseudonyme de l'Épervier. Je connaissais ton père. C'était un fameux pirate, ça, je peux te le dire !

– Non ! Vous mentez ! Mon père était matelot à bord des navires marchands !

Je n'avais pu me retenir. Mon père n'était pas un pirate ! Mais l'autre haussa les épaules et continua :

– Nous étions ensemble sur le *Faucon Noir*, il y a quinze ans. Lui, comme quartier-maître, et moi, comme second. Nous étions plutôt bons amis. Quelques mois plus tard, j'obtins le commandement du navire et je nommai Ed second.

Pendant deux ou trois ans, nous avons navigué ensemble. Puis, un jour, lors d'une attaque, mon second a été tué par un soldat anglais. J'en ai conçu une vive douleur. Une immense haine, alimentée par mon désespoir, naquit en moi : je voulais raser tous les forts anglais pour venger mon ami. Et aujourd'hui, treize ans plus tard, je retrouve son fils unique !

Le capitaine s'interrompit et me regarda, la larme à l'œil, apparemment ému. Son comportement cadrait si mal avec celui qu'il avait eu quelques minutes auparavant que je compris qu'il jouait la comédie. Pourquoi, je n'en savais rien, mais je me doutais que tout tournait autour du médaillon qu'il n'avait pas mentionné dans son récit. Je décidai de faire semblant de croire à son histoire. Je lui dis :

– Qu'attendez-vous de moi à présent ?

– Je crois que tu es le digne fils de ton père : il fallait un certain courage pour monter ainsi dans un vaisseau de pirates. Je pense que tu ferais un excellent pirate et je propose de t'engager comme vigie à bord du *Faucon Noir* !

Moi, un pirate ? Je n'y avais jamais songé, mais l'idée était tentante. J'avais l'esprit rempli d'histoires merveilleuses sur les pirates, je m'imaginai à la roue du *Faucon*, hurlant mes ordres sous le pavillon noir, menant une vie de liberté, sans entraves. Comme en réponse à cette peinture idéaliste de la piraterie, les images de Verte Baie en flammes, des gens paniqués qui s'enfuyaient m'envahirent. Je voulais être libre, et non devenir la nouvelle terreur des mers. Je sus alors que je ne serais pas un pirate. Jamais. Cet idéal était parfait, mais dans la situation présente, il ne m'avançait pas beaucoup. Inspirant profondément, je répondis :

— Merci, capitaine !

Il eut un sourire qui me fit trembler. Pourtant sa voix était presque douce quand il déclara :

— Eh bien, c'est parfait ! Je n'en attendais pas moins de toi ! Viens avec moi que je te présente l'équipage !

Il fit un geste et je le suivis. Nous montâmes quelques marches et nous retrouvâmes sur le pont. Une quinzaine de pirates manœuvraient le bateau. Les autres devaient se trouver dans le gaillard d'avant. L'Épervier appela son second, un géant barbu à l'air vindicatif.

— Voilà Poil de Barbe, mon second. Poil de Barbe, je te présente Jack Spadassin !

Il y avait une note triomphante dans sa voix que je ne m'expliquai pas. Le géant eut un sursaut puis me dévisagea. Un sourire vint éclairer son visage. Ensuite il saisit une grosse corde accrochée à une cloche et sonna. À cet appel, des pirates surgirent sur le pont et se figèrent dans un garde-à-vous impeccable. Je parcourus leur visage des yeux. Ainsi, ce seraient eux mes nouveaux compagnons de route ! Je leur trouvais tous un air antipathique, presque sauvage. Quand j'arrivai au bout de la ligne, je ne pus m'empêcher de tressaillir. Le dernier pirate me toisait d'un air haineux. Il me lança un regard noir. Je détournai les yeux – j'appris plus tard qu'il se nommait Renard et qu'il était le compagnon du pirate que j'avais abattu. Le capitaine se plaça devant la roue et dit d'une voix claire :

– Mes amis, je voulais vous prévenir que notre équipage comportera un nouveau membre, la vigie Jack Spadassin.

L'équipage reporta ses regards sur moi. À présent, je comprenais la surprise des pirates : mon père avait été leur second et on m'avait toujours dit que je lui ressemblais étonnamment. Une voix monta :

– Et moi, je deviens quoi ?

Il s'agissait d'un garçon, à peine moins âgé que moi. Ce devait être l'ancienne vigie. Le capitaine le dévisagea et fit :

– J'ai une tâche importante pour toi. Nous en discuterons plus tard. À vos postes, hurla-t-il soudain, et l'équipage bondit aussitôt. Toi, Jack, ajouta-t-il, tu peux aller te coucher. Ton service ne commence que demain. La Balafre va t'indiquer ta cabine.

Le pirate me conduisit dans une petite cabine meublée simplement. Je constatai avec plaisir qu'un hublot se trouvait juste au-dessus de la couchette. Dans un coin, une petite table sur laquelle était posée une bougie fumante. Les lambris de bois rendaient la pièce plus sombre encore. Il semblait que j'avais droit à un régime de faveur puisque je ne partageais pas la cabine des matelots. Ou alors, était-ce la cabine d'un prisonnier ?

La Balafre ressortit en me laissant seul avec mes interrogations. Soudain épuisé (la journée avait été longue), je bâillai largement, au mépris de toute convenance, et me jetai sur la couchette après avoir pris le temps de me débarrasser de mes vêtements mouillés. Je m'endormis rapidement, la tête remplie de questions sur cette soirée mouvementée.

Le lendemain, il faisait grand jour quand je m'éveillai. Des cris retentissaient sur le pont et j'entendais courir dans la coursive. Je me redressai d'un bond et faillis m'assommer contre le plafond. Il s'en fallut d'un centimètre. Je courus hors de la cabine, gravis les marches de l'écoutille et débouchai sur le pont. À l'avant, les pirates formaient un cercle serré et observaient avec délectation un spectacle que je ne pouvais voir. Je m'avançai avec circonspection, ne tenant pas à ce que les pirates m'aperçoivent. Derrière eux, je me haussai sur la pointe des pieds et jetai un coup d'œil. Une terrible scène s'offrit à mes yeux. Alain était au milieu du cercle, à genoux et torse nu. Horrifié, je vis le second, Poil de Barbe, lever un fouet de cuir et le faire retomber en claquant. Alain frémit sous la douleur, mais ne poussa pas un cri. J'admirai son courage. Quand le fouet se dressa à nouveau, je réagis instinctivement. Je traversai le rang des pirates comme un fauve, distribuant force horions autour de moi. Je me jetai sur le second et voulus lui arracher son fouet lorsqu'une main me saisit au collet et me retint. Furieux, je me retournai et me trouvai face au capitaine. Loin de me laisser effrayer par son regard menaçant, je lançai :

— Vous n'avez pas le droit de faire ça !

Les pirates ricanèrent et se donnèrent des coups de coudes joyeux. Voilà que la recrue tenait tête au capitaine ! Le spectacle promettait d'être intéressant. Dans le même temps, je saisis qu'aucun ne me soutiendrait face à l'Épervier. J'étais seul.

— J'ai tous les droits, tempêta le capitaine. Ce garçon m'a insulté ainsi que mon équipage et tu voudrais que je le laisse tranquille ! La planche serait encore trop douce pour lui.

— Vous êtes un monstre !

— Eh oui, lâcha le capitaine avec un profond soupir.

Il se tourna vers son second et leva le bras pour lui demander de reprendre son infâme besogne.

Je m'interposai de nouveau. J'avais compris que j'étais important pour les pirates, je ne saisissais pas pourquoi, mais enfin… Pourquoi ne pas me servir de cet argument ?

Je sautai sur le beaupré et criai :

— Si vous frappez Alain, je me laisse tomber.

Sans doute ma tentative était-elle stupide, mais je voulais sauver Alain, le frère d'Hélène. Mon geste provoqua un mouvement d'étonnement chez les pirates et dans les yeux froids du capitaine je vis passer une petite lueur d'effroi vite maîtrisée.

Je n'eus pas le temps d'ajouter un mot que l'Épervier, à ma plus grande surprise, accepta ! Il fit un geste pour que l'on mette Alain aux fers. Le garçon eut à peine le temps de me jeter un coup d'œil reconnaissant que, déjà, il avait disparu dans l'écoutille. Le capitaine frisa sa moustache des doigts et me regarda d'un air songeur tandis que je reprenais pied sur le pont. Sur le coup, je n'avais pas tremblé, mais à présent, je me rendais compte de ce que j'avais risqué. Si le capitaine n'avait pas cédé, aurais-je vraiment accompli mon geste ?

— Tu es courageux, Jack, fit le capitaine, et je tressautai. J'apprécie le courage chez les autres et le tien m'a plu. C'est pour cette raison que j'ai décidé d'épargner ton ami.

Je hochai la tête et m'éloignai rapidement en poussant un soupir de soulagement. Finalement mes théories s'étaient effondrées, mais je m'en moquais du moment qu'Alain était sauf !

En revanche, l'équipage ne vit pas la chose du même œil que le capitaine et plusieurs membres me lancèrent des regards qui me firent couler une sueur froide dans le dos.

4

L E LENDEMAIN DE LA BATAILLE CONTRE LES PIRATES fut un jour sombre pour les habitants de Verte Baie. De nombreuses maisons brûlées pointaient leurs poutres noircies en direction du ciel et l'air était chargé d'une âcre odeur de fumée. Les derniers incendies achevaient de s'éteindre, faute de combustible, car on avait pris soin de les isoler. Il y avait de nombreux blessés, des mères cherchaient leurs enfants, dispersés durant leur fuite, et les marins contemplaient d'un air désespéré les grands navires de la flotte royale désormais au fond de l'eau. La reconstruction serait longue et douloureuse et la ville sans défense pendant un certain temps. Au côté du commandant de la garnison, rentré de son expédition dès qu'il avait été averti de l'attaque, le gouverneur, James de Gloire, observait le fourmillement de la ville à ses pieds. Il se tourna vers le commandant et lui dit :

— Commandant Fowlrid, avez-vous pu retrouver la trace du *Faucon Noir* ?

— Hélas, non, monsieur. Le navire semble s'être volatilisé. D'après ce que vous m'avez dit, votre fils et un de ses amis seraient retenus à bord ?

— En effet, et cela est fâcheux. Je ne vous cache pas que je suis très inquiet au sujet de mon fils.

— Je pense que les pirates ne leur feront aucun mal, après tout ils peuvent leur servir d'otages si nous tentons quelque chose contre eux.

– Devrions-nous rester ici pendant que mon fils…, dit le gouverneur avec une pointe d'agacement dans la voix.

– Non, j'aurais dû m'expliquer plus clairement. Nous devons seulement agir plus prudemment. Avec votre permission, je vais faire armer le *H.M.S. Glorious*, le *H.M.S. Poséidon* et le *H.M.S. King*.

Seuls ces navires avaient survécu à l'attaque.

– Parfait, commandant. J'émets cependant une condition : je désirerais participer à cette expédition.

– C'est entendu, monsieur de Gloire. Je vous prierais de vous trouver dans une heure à l'embarcadère du *H.M.S. Glorious*.

Le commandant salua et se retira pour donner ses ordres. Le gouverneur reprit le chemin de sa villa, celle-ci ayant subi peu de dommages. Seules quelques fenêtres brisées rappelaient les événements de la nuit passée.

Sa femme, Alice, s'évanouit en gémissant quand elle apprit sa décision de partir. Hélène, en revanche, demanda aussitôt à venir.

– Non, Hélène, répondit son père. C'est beaucoup trop dangereux pour toi et ta place est ici, auprès de ta mère.

– Mais…

– Il n'y a pas de mais qui tienne. Tu as passé l'âge des caprices à présent !

Hélène poussa un sanglot et monta en courant dans sa chambre, le visage dans les mains. On entendit la porte de sa chambre se refermer sur elle.

– Ma chérie, reprit le gouverneur à l'intention de sa femme qui reprenait peu à peu conscience sous l'effet des flacons de sels qu'il lui faisait respirer. Je vais faire préparer mes affaires, je pars immédiatement. Ah, au fait, as-tu des nouvelles d'Edna Larre ? Son neveu a également disparu.

– Oui, elle est anxieuse mais ne le montre pas. Elle a refusé de venir vivre ici quelques jours.

– Dommage. Bon, je vais m'apprêter.

Une heure plus tard, le gouverneur achevait de faire installer sa dernière malle dans sa voiture, déjà lourdement chargée. Les chevaux peinèrent tout le long du trajet.

Arrivé au quai où était amarré le *H.M.S. Glorious*, le gouverneur se fit indiquer sa cabine par le commandant de fort mauvaise humeur. Le départ avait été retardé parce que M. de Gloire n'était pas présent et ils risquaient de rater la marée. Le commandant refusa tout net d'emporter une aussi grande quantité de bagages. À la fureur du gouverneur, il fit jeter sans ménagement les malles sur le quai et pendant que le gouverneur hurlait des imprécations (« Je vous ferai dégrader, votre carrière est à l'eau ! »), il se contenta de répondre :

– Effectivement, monsieur, puisque je prends la mer.

Et donna l'ordre de lever l'ancre.

Les ordres retentirent d'un navire à l'autre, les hommes poussèrent les chaînes et dans de profonds grincements les ancres remontèrent, ruisselantes de l'eau pure de la mer des Caraïbes.

Les voiles se gonflèrent lentement et les trois navires s'élancèrent vers le large.

5

Trois jours passèrent à la vitesse d'un escargot asthmatique. Je ne me plaignais pas de mon sort, mais je cherchais des moyens pour me sortir de là, ainsi qu'Alain. Le garçon avait été enfermé à fond de cale. Il ne devait qu'à moi d'être encore en vie. Le capitaine voulait le tuer mais je m'y étais opposé. À ma grande surprise, il avait cédé là aussi. Will Spit, l'ancienne vigie, avait été chargé de le surveiller, ce qu'il faisait en grommelant. Je comprenais ce qu'il ressentait. Après avoir passé des jours à surveiller l'horizon, rester dans les entrailles d'un navire n'avait rien de bien intéressant.

Mon poste consistait simplement à observer l'horizon à l'aide d'une longue-vue. Pourtant, comme me l'avait expliqué Will, il était très important. Les pirates ne devaient jamais se laisser surprendre par un ennemi non annoncé ou se faire suivre jusqu'à leur repère. Il fallait donc une attention constante et ne pas souffrir de vertige ! Le poste de vigie, sorte de gros baquet suspendu au sommet du grand mât, rendait minuscule le navire au-dessous. Pour y grimper, je devais escalader tout le gréement. Heureusement, je n'étais pas sujet au vertige et même le tangage et le roulis du bâtiment, plus forts à cette altitude, ne m'affectaient pas.

La première fois que j'étais monté dans le nid-de-pie, j'étais resté ébahi devant le panorama : ma vue survolait la mer recouverte de scintillements dorés. De temps en temps, j'apercevais un jaillissement.

Les poissons volants s'amusent bien, pensais-je alors. Outre le ravissement que me procurait cette sensation de dominer l'océan, je mettais un point d'honneur à scruter l'horizon dans ses moindres détails. Ce n'était pas pour venir en aide aux pirates mais pour surveiller l'arrivée de la flotte anglaise qui devait nous rechercher activement Alain et moi.

Quand je n'étais pas dans mon nid-de-pie, j'adorais m'installer sur le beaupré. Allongé dessus, je regardais l'étrave du navire fendre les flots dans un élan puissant.

Je réfléchissais à tout ce qui m'était arrivé depuis la nuit où nous avions été enlevés. Beaucoup de mystères entouraient cette aventure. Une de mes grandes questions était le comportement des pirates à mon égard. Ils me regardaient parfois avec une certaine crainte ; à d'autre moments ils me lançaient des coups d'œil meurtriers. Ils ne s'approchaient pas de moi et je ne recherchais pas leur compagnie. Je me serais senti bien seul sans Will. Le garçon s'échappait souvent de son poste de geôlier et nous montions tous deux dans la mâture pour discuter tranquillement. Lui aussi m'avait avoué qu'il détestait la piraterie mais l'Épervier le forçait à rester en le menaçant. Il ne dit pas, en revanche, quels étaient les moyens de pression du capitaine et je respectai son silence.

La cloche sonna pour signaler le changement de quart. Mon attention quitta les bonds aériens des poissons volants, que je suivais depuis un certain temps, et j'observai paresseusement les hommes changer de poste, ravi de ne rien faire.

Le Renard avait pris la barre et le navire roulait doucement. Les grandes voiles sombres déployées – le capitaine m'avait expliqué que c'était pour passer inaperçu la nuit – avaient quelque chose de sinistre de même que le pavillon noir, le Jolly Roger, qui claquait au vent.

Will apparut sur le pont, le bras levé.

– Hé, Jack, hurla-t-il pour se faire entendre malgré le vent et la distance.

— Attends, j'arrive !

J'entamai la descente le long des échelles de corde, abandonnant mon poste sans regret.

— Oui ? fis-je en sautant souplement sur le pont.

— Ton ami veut te voir !

Je le rejoignis rapidement devant l'écoutille permettant d'accéder à l'entrepont sous le regard méfiant du Renard. Il n'avait jamais accepté mon engagement et me soupçonnait – avec raison – de vouloir m'échapper. Il parut sur le point de me crier quelque chose mais un brusque coup de roulis requit toute sa vigilance.

— Alain veut que tu ailles le voir, répéta Will.

Je n'avais jamais été autorisé à descendre visiter mon camarade et je choisis de ne pas manquer une telle occasion. Nous descendîmes dans la coursive sur laquelle s'ouvraient les portes des cabines et celle du cuisinier – il portait un nom prédestiné qui me faisait pouffer de rire à chaque fois que je l'entendais – Carlos Patatos. Guidé par Will, je longeai le couloir sur toute sa longueur avant d'atteindre une nouvelle volée de marches, plus sombres que les précédentes. Au bas de cet escalier, presque une échelle, l'obscurité régnait partout et nous n'y vîmes goutte jusqu'au moment où Will alluma une torche. Une grande porte de bois nous barra rapidement le chemin. Malgré moi, je frissonnai tandis que Will saisissait un imposant trousseau de clé. Pendant un instant j'eus presque pitié d'Alain.

La porte s'ouvrit, dévoilant une cabine beaucoup plus petite que la mienne, qui n'était déjà pas bien grande. Elle était percée d'un minuscule hublot qui laissait passer un peu de soleil et beaucoup d'eau quand une grosse lame heurtait le navire. Alain avait réussi à l'arranger avec un morceau de bois trouvé sur le sol. Quand je l'aperçus, il était assis sur sa couchette, le visage entre les mains. Je fus frappé par son aspect. Disparue, l'élégance recherchée, envolé le maintien digne ! Je m'avançai doucement vers lui et le saisis aux épaules. Il redressa la tête et je vis un sourire apparaître sur ses traits tirés. Ses yeux étaient soulignés de cernes et son visage était pâle.

— Tu voulais me voir ? demandai-je, embarrassé.

Je me tus, ne sachant quoi ajouter.

— Écoute-moi, dit-il d'une voix grave.

Je le vis jeter un coup d'œil en direction de Will. Je chuchotai :

— C'est un ami.

— Ah, fit-il sceptique. Je sais que tu veux t'évader d'ici, c'est normal. Seulement tu cherches pour deux. Et c'est impossible.

— Et alors ?

Je commençais à entrevoir où il voulait en venir et ne pouvais que refuser.

— Il faut que tu fuies, affirma-t-il.

Et avant que j'aie pu faire un geste, il ajouta :

— Tu le dois. Tu ne peux rester à bord, j'ai entendu les pirates parler entre eux et…

À ce moment, un appel vint interrompre notre conversation.

— Voile en vue !

Je me relevai, agitai la main d'un geste impuissant vers Alain et suivis Will dans la coursive. Curieusement, le garçon était devenu d'une pâleur de cire. Était-ce l'effet de la peur ou des révélations d'Alain ? Je ne savais pas. Je refermai la porte et enlevai le trousseau de clefs. J'omis cependant de verrouiller la porte et cachai le trousseau dans un recoin sombre. Je débouchai sur le pont au milieu d'une intense agitation. Les pirates couraient en tous sens, hurlant des avertissements, se passant les armes de main en main. Les canonniers chargeaient leurs pièces, d'autres préparaient des grappins pour l'abordage. Le Renard avait abandonné la barre au meilleur timonier, Œil Noir. J'attrapai au passage une paire de pistolets, un sabre et allai me poster près du beaupré, refuge idéal au cas où les choses tourneraient mal.

Le navire que nous allions attaquer était-il un bateau de la marine royale ? Je sortis de la poche de ma veste une petite longue-vue qui ne me quittait jamais et examinai l'autre vaisseau. Sur sa proue, je distinguai son nom, écrit en lettres d'or : *Diable des mers*. Il s'agissait d'un navire pirate ! Cela m'étonna car d'habitude les pirates ne s'attaquent pas entre eux.

À travers la lunette de ma lorgnette, je suivis des yeux les mouvements des marins. Les canonniers ouvraient les sabords et pointaient leurs pièces dans notre direction. Je tournai la tête pour voir où en étaient les préparatifs de ce côté. Horrifié, j'aperçus le Renard ordonner de charger les canons avec des bolas, ces terribles boulets reliés par une chaîne et capables d'abattre un mât. Les pirates semblaient excités, une lueur farouche brillait dans leurs yeux. Ils regardaient d'un air avide le navire anglais se diriger vers nous.

– Capitaine, pourquoi attaquons-nous les pirates ? Ils ne sont pas de notre côté ? demandai-je.

– Petit, répondit-il, tu devrais savoir que l'Épervier ne laisse aucun navire s'approcher de lui et en repartir intact et… chargé !

Je revins à mon poste. Après tout, n'était-ce pas mon rêve de combattre les pirates et de les vaincre ? Oui, mais entre le rêve et la réalité, il y avait une marge, que je n'étais pas pressé de franchir. Je réfléchissais de la sorte, les yeux dans le vague, quand je crus apercevoir une voile blanche au loin. Aussitôt, les espoirs les plus fous m'envahirent. Mais je perdis la voile des yeux et j'eus beau scruter l'horizon, je ne la retrouvai plus. Je saisis ma longue-vue d'un mouvement précipité et nerveux. La déplier me demanda du temps, tellement j'étais fébrile. Je la dirigeai vers le point où j'avais vu disparaître la voile blanche. Presque aussitôt je la recouvrai dans mon champ de vision. Il s'agissait en fait de trois vaisseaux et l'un d'eux arborait le pavillon britannique ! Je réprimai un cri de joie qui aurait alerté les pirates. Nous étions sauvés !

Un sifflement retentit et un boulet de canon tomba dans l'eau à quelques brasses seulement. Les autres pirates nous attaquaient! Dès lors je ne pensai plus à rien d'autre que vaincre les pirates ennemis. Après tout, puisqu'il s'agissait de débarrasser le monde de telles canailles et que le gouvernement anglais s'y activait, je pouvais le faire sans risquer de représailles. Entre deux maux, il faut choisir le moindre, songeai-je. Soudain une pensée me frappa : je devais prévenir Alain de la proximité des navires anglais. Au milieu de la bataille, il trouverait bien le moyen de mettre à l'eau une petite chaloupe. Quant à moi, j'attendrais les secours en tentant de rester en vie jusque-là. Je ne tenais pas à passer pour un héros (qu'aurait fait Hélène d'un héros mort?) mais je me rendais compte que c'était l'unique solution si nous voulions nous en sortir.

Je pris donc la direction de l'écoutille, mais me ravisai. Je ferais mieux d'attendre le déclenchement des combats. J'étais très impatient à l'idée de me battre contre des pirates même si j'en étais un moi-même. Pirate de force, certes, mais pirate tout de même. Aux yeux de soldats anglais, la différence était inexistante et j'espérai que les navires que j'avais aperçus étaient bien ceux de Verte Baie.

Une main se posa sur mon épaule et je bondis – j'étais très nerveux, ces jours-ci. La voix de l'Épervier retentit à mon oreille :

– Tu devrais rentrer dans ta cabine, Jack. Je ne voudrais pas te perdre, ajouta-t-il avec un ricanement.

Je me dégageai sans répondre et rejoignis de nouveau mon coin au niveau du beaupré.

Je reportai mon attention sur le bâtiment adverse. Nos canonniers avaient répondu à son coup de semonce et il était en mauvais état. De nombreux trous perçaient sa poupe, la plupart de ses voiles avaient été détruites ou arrachées par nos boulets et il commençait à donner de la bande. Cependant les pirates sur le pont nous regardaient d'un air sauvage et poussaient des hurlements où je distinguai force jurons et blasphèmes. L'un d'eux me fit pâlir et un autre reculer. Je finis par ne plus y prêter attention mais je restai très gêné. Les deux équipages brandissaient des grappins, des haches, des sabres et des pistolets. L'abordage était imminent.

Dans un brusque mouvement, les coques se heurtèrent et le choc faillit me projeter à terre. Reprenant mon équilibre, je jetai un coup d'œil autour de moi. Une bonne partie des matelots du *Diable des mers* étaient passés sur notre pont et le combat faisait rage. Je pensai à mon plan et marchai sur l'écoutille. Malheureusement, il me fallait traverser la moitié du pont, car j'étais placé au niveau du beaupré, à la proue, et l'ouverture se trouvait au niveau du grand mât. Un pirate se dressa devant moi, le sabre brandi et un rictus horrible sur le visage. Je bondis de côté à l'instant où la lame s'abattait. J'attrapai un de mes pistolets et le déchargeai sur lui. Il s'effondra dans un gargouillement. Un filet de sang coula de sa bouche et ses yeux se révulsèrent. Il était mort. Alors que je m'étais attendu à éprouver de l'excitation à combattre les pirates, je me sentis nauséeux et vaguement dégoûté. Un frisson glacé me parcourut le corps, ma vue se brouilla et je crus m'évanouir. Allons, me dis-je, tu n'es pas peureux, que je sache !

Avec une grimace, je contournai le corps du pirate et atteignis sans dommage l'écoutille. Je descendis vivement les deux volées de marches et, sans prendre le temps d'allumer une torche, je me dirigeai vers la porte de la prison d'Alain.

Le garçon sursauta en me voyant puis se détendit. Il me demanda :

– Que se passe-t-il ? J'ai ressenti quelques secousses et j'entends des cris. Mais qu'as-tu ? Tu es tout pâle.

– Ça va, dis-je. Quant aux bruits, c'est que nous affrontons un équipage de pirates.

– Quoi, toi aussi… ?

Je haussai les épaules d'un geste fataliste et rétorquai :

– Je n'ai pas vraiment le choix. Et puis, cela fera toujours un équipage en moins !

– Hum, répondit Alain peu convaincu. Pourquoi es-tu venu ?

Voilà que j'oubliais le but de ma démarche ! J'expliquai :

– On va mettre un canot à l'eau et s'enfuir. J'ai repéré des voiles anglaises pas loin, nous pouvons partir.

Alain eut l'air stupéfait, il me regarda les yeux écarquillés. Puis sans me poser de questions, il se leva de sa couchette et me suivit dans la coursive. Nous débouchâmes sur le pont en pleine bataille. Je détournai les yeux tant le spectacle me dégoûtait. Prudemment, Alain et moi longeâmes le château arrière pour atteindre la poupe du navire. Je savais que là se trouvait une petite chaloupe qui servait personnellement au capitaine. Aidé d'Alain, je fis tourner la manivelle qui permettait de la mettre à la mer. Ensuite nous n'aurions plus qu'à nous laisser glisser le long de la corde, trancher l'amarre et mettre le cap sur le navire anglais ! Tout me semblait simple dans mon esprit mais, malheureusement, cela ne va pas toujours ainsi dans la réalité. Je ne pouvais partir sans Will. En quelques jours, le garçon était devenu un véritable ami, je ne voulais pas l'abandonner.

Je lâchai à Alain, éberlué :

– J'ai quelque chose à faire. Si, dans cinq minutes, je ne suis pas là, tu lèves l'ancre et tu reviens avec la flotte…

Je jetai un œil au soleil. Voyons…

– Tu devras ramer à tribord… La droite ! ajoutai-je devant son air surpris.

Sans lui laisser le loisir de protester, je filai vers l'avant du pont. Je cherchai Will des yeux et ne le trouvai pas. Saisi d'une peur subite, j'appelai : « Will ! » Il ne me répondit pas. Était-il blessé ou… ? Mon esprit rejeta aussitôt cette pensée. Peut-être était-il sur le navire ennemi ?

Je constatai alors que presque tous les matelots du *Faucon* étaient encore debout alors que ceux du *Diable* ne résistaient plus et reculaient sans cesse. Les nôtres semblaient invincibles. Je n'eus pas le temps de m'étonner devant ce nouveau mystère, car j'aperçus Will. Il était cerné par deux pirates qui l'avaient acculé contre le gaillard avant. Je me précipitai vers lui en poussant un cri féroce et, toute répugnance oubliée, je croisai le fer avec l'un des pirates. Je me dépêchai car j'étais conscient que le temps filait et qu'Alain risquait de partir sans moi. La bataille prit fin brusquement. Les pirates du navire adverse durent penser qu'il était inutile de résister davantage et ils se rendirent presque aussitôt, comptant sans doute sur la merci du capitaine. Entre frères de la côte, on devait pouvoir s'arranger. Le pont résonna du claquement métallique de leurs armes et un grand silence s'abattit sur le navire. J'espérai qu'Alain fût déjà parti, car on risquait de le repérer. Le capitaine fit mettre les pirates en rang et leur ordonna :

— Votre navire va sombrer dans quelques minutes. Je veux que vous me rapportiez sa cargaison avant. Allez-y ! rugit-il.

Les pirates ne se le firent pas dire deux fois. Ils passèrent sur leur navire en piètre état et commencèrent le transbordement de leur cargaison. Le *Diable des mers* s'enfonçait de plus en plus profondément. La cargaison fut enfin de notre côté et les pirates voulurent remonter à bord. L'Épervier les en empêcha en ricanant :

— Allons donc, mes amis, je sais être clément. Je vous rends votre liberté et votre navire. N'êtes-vous pas contents ?

Je détournai les yeux, incapable de supporter le spectacle. Le capitaine était un monstre ! Condamner ces marins à une telle mort était inacceptable. Je me crispai sur la poignée de mon épée, mais quelqu'un me retint : il s'agissait de Will. Il avait saisi mon intention et tenta de me raisonner :

— Moi aussi, je voulais faire ça au début. Et puis, je me suis résigné. Si tu tues le capitaine, que feras-tu ensuite ? Tout l'équipage te tombera dessus et je ne donne pas cher de toi.

— Tu dois avoir raison.

Je relâchai mon épée et soupirai. Déjà le vaisseau, sous la main de Renard, faisait demi-tour et reprenait sa route initiale. Je songeai soudain à Alain. Il avait dû partir à présent.

«Alain, souhaitai-je en me tournant vers la mer. Ramène vite la marine royale. Je hais ces pirates!»

Un hurlement retentit. Le cuisinier Carlos apparut sur le pont en brandissant un couteau de cuisine d'une main et un hachoir de l'autre. Tout le monde le regarda avec stupéfaction. Il cria :

— Le prisonnier s'est évadé!

Aïe! Pourquoi ce cuisinier devait-il fourrer son nez ailleurs que dans ses fourneaux? Alain n'aurait pas le temps de s'éloigner que nous le rattraperions. Mais le second apparut et grogna :

— On s'en fiche de ce gosse! Puisqu'on a Jack! Qu'il aille se noyer, je m'en moque.

Un éclat de rire salua sa repartie. Je regardai Will. Le garçon tremblait et il était devenu blanc comme un linge. Je questionnai :

— Que t'arrive-t-il, Will? Tu es blessé?

— Non, non, il faut que je te parle. Seul à seul.

Je proposai de nous réfugier dans le mât sous prétexte de jouer les vigies. Ainsi nous ne pourrions être dérangés et personne ne verrait la barque d'Alain. Will accepta et nous grimpâmes le long du mat.

— Écoute, me dit-il. Ce navire a dû te paraître louche depuis le début, non?

Je hochai la tête en signe d'acquiescement.

— Pourquoi… ?

— Laisse-moi finir, tu comprendras. L'histoire que le capitaine t'a racontée est vraie, ton père était un pirate. Mais il t'a caché la partie la plus terrible de l'histoire. Il y a quatorze ans, le *Faucon* était un navire normal de pirates. L'Épervier, capitaine, avait entendu parler d'un trésor qui se trouverait sur une île maudite, une île de mort. Il ne crut pas ces légendes et le vaisseau fit route vers l'île. Une fois à terre, les pirates fouillèrent l'île de fond en comble. La seule bâtisse sur l'île était un temple païen qui tombait en ruine. Les forbans y trouvèrent ce qu'ils étaient venus chercher et même plus.

Il s'interrompit un instant et son visage me parut plus pâle qu'avant. Son récit le bouleversait et moi-même je le trouvais passionnant. Je le pressai de reprendre et il continua :

— Dans le temple, se trouvait une porte.

Je le regardai, ébahi. Se moquait-il de moi ?

— Une porte, oui. Elle ne s'ouvrait qu'avec une seule clef et seulement si cette clef était tenue par quelqu'un au cœur pur.

— Mon médaillon…

— … est la clef de la porte, acheva-t-il. Il y a quatorze ans, les pirates ont ouvert la porte. Ils avaient réussi à trouver un enfant au cœur assez pur. La suite est confuse. Je ne sais ce qu'ils ont découvert derrière mais certains en sont morts, d'autres ont été complètement transformés, en bien ou en mal. Un des pirates a jugé que cette chose mystérieuse ne devait plus rester à la vue des hommes et a donc refermé la porte, emportant la clef avec lui. Il s'agissait d'Edward Spadassin.

— Mon père !

— Oui, il a donc fait parvenir le médaillon à ta mère, n'ayant osé ou pu le détruire. Les pirates, furieux, se sont retournés contre lui et sont partis à ta recherche. Et depuis, le *Faucon* n'a plus jamais été le même. Ses hommes sont devenus implacables. Certains disent qu'une malédiction pèse sur eux. Je n'y crois pas, mais je n'en sais pas davantage.

— Quel est cet objet si important ?

— Une arme terrible, paraît-il, qui ferait de son propriétaire le maître des terres et des océans.

J'étais stupéfait. Will croyait-il vraiment qu'une telle arme existait ?

— Mais maintenant qu'ils ont le médaillon, pourquoi ne me laissent-ils pas en paix? demandai-je.

— Rappelle-toi, ils ont besoin de quelqu'un de pur.

— Je ne le suis pas! J'ai menti des dizaines de fois, j'ai tué aussi! Comment veux-tu que…

Il me regarda d'un air énigmatique.

— Qui sait?

J'étais horrifié. J'étais tombé sur le pire vaisseau qui ait jamais existé. Le soleil me paraissait briller d'un éclat sinistre dans sa lumière implacable. Le ciel n'avait plus les couleurs riantes du début de la journée et même les poissons ne m'intéressaient plus. Je ne pouvais pas remettre en cause le récit de Will puisque tout concordait et confirmait sa version. Et son visage était empreint d'une sincérité qui ne faisait aucun doute. Soudain découragé, je me laissai tomber au fond de la vigie. Will s'assit près de moi, une main sur mon épaule.

— Et toi? fis-je brusquement, agressif. Tu n'en es pas de ces maudits?

Il me regarda d'un air peiné et répondit :

— Non, l'Épervier m'a enlevé quand j'étais un jeune garçon et m'a enrôlé de force dans son équipage.

— Pourquoi restes-tu avec eux, alors?

— Je n'ai plus de famille : l'Épervier a tué mes parents et mes frères et sœurs. Je n'ai aucun endroit où aller. Et n'oublie pas que je suis un pirate! Je serai arrêté dès que je mettrai pied à terre.

J'étais désolé et j'avais honte de mon attitude soupçonneuse envers lui. Je dis d'une voix douce :

— Tu sais, la flotte anglaise est proche, j'ai vu des voiles tout à l'heure. On peut encore être sauvés et je te promets que je ferai mon possible pour te sauver la vie. De toute façon, le gouverneur a une dette envers toi, tu as aidé son fils.

Il n'eut pas l'air convaincu.

– Alors, les garçons, nous héla une voix, vous dormez?

– Non, m'sieur, fit Will, la tête par-dessus le baquet, qu'y a-t-il?

– L'Épervier veut voir Jack!

Je jetai un dernier coup d'œil à l'horizon. La barque d'Alain n'était plus visible. J'espérai qu'il avait pu gagner les vaisseaux royaux et qu'ils allaient bientôt intervenir. Quelque chose me disait que la suite s'annonçait mal pour moi. Et j'avais raison.

Échangeant un regard inquiet, nous descendîmes lentement vers le pont. Le vent s'était levé et les cordages oscillaient dangereusement, menaçant de nous jeter à la mer. Quand nous atteignîmes le pont, les jambes vacillantes, l'équipage nous attendait, rassemblé tout entier sur le pont. Le capitaine se tenait sur le roof et me toisa d'un regard féroce.

– Équipage du *Faucon Noir*! clama-t-il d'un ton volontairement grandiloquent. Notre prisonnier s'est échappé et il n'a pu le faire seul, enfermé qu'il était. À bord se trouve un traître que nous devons démasquer. Je sais que vous m'êtes fidèles, ce ne peut être l'un de vous. Il reste cependant ces deux garçons. Je me dois de les interroger afin de dévoiler l'entière vérité.

– Qu'est-ce que ça veut dire? chuchotai-je à Will.

– Que nous sommes accusés de trahison, me répondit mon camarade.

– Jack, m'interpella le capitaine. Tu étais ami avec ce garçon. Peux-tu me jurer sur ton honneur que tu n'as rien à voir dans cette évasion?

J'hésitai un instant. Si l'Épervier m'avait simplement demandé de jurer, j'aurais pu le faire, mais sur mon honneur… Même au milieu de forbans, je ne pouvais renier la noble éducation que j'avais reçue. Cet instant d'hésitation me perdit. Le capitaine vit immédiatement que je me troublais. Son sourire se plissa en un rictus ironique et ses yeux brillèrent d'une lueur mauvaise.

— Raconte-moi ce que tu as fait, reprit-il.

— Euh, dans la précipitation j'ai oublié de refermer la porte du cachot pour remonter sur le pont vous venir en aide, expliquai-je maladroitement, douloureusement conscient que l'équipage se rapprochait derrière mon dos.

— Est-ce tout ?

— Non, cria le Renard, ça se voit qu'il ment ! Moi j'dis qu'y faut en finir avec lui !

— C'est vrai, renchérit un autre. Y nous a pas averti qu'le *Diable des mers* allait attaquer. C'est un traître !

Il sortit du rang et pointa son sabre sur ma gorge. Les pirates frémirent. Dans un instant de fureur aveugle, leur camarade pouvait ruiner à jamais leur soif de pouvoir. Je saisis cela et décidai d'en tirer parti.

— Vous ne pouvez pas me tuer, je ne peux pas m'échapper, fis-je. Nous sommes coincés.

Au tour des pirates d'hésiter. Je savais qu'ils rêvaient de me jeter par-dessus bord, car je m'étais moqué d'eux en toute impunité. Quand même, laisser un prisonnier s'échapper d'un navire en pleine mer, il fallait le faire ! J'entendis des grognements mauvais dans mon dos.

— Il est évident que ce garçon doit être puni, dit l'Épervier.

Je m'inquiétai sérieusement. Quel sort me réservaient-ils ? Carlos Patatos, dont le nom, assez étrangement, ne me faisait plus rire, proposa :

— La planche ?

— Non, on n'est pas sûr de le récupérer, répliqua un autre.

— Pourquoi pas l'estrapade ? suggéra le Renard.

Il me fixait d'un regard où triomphait une joie mauvaise.

— L'estrapade, rugit l'équipage en chœur.

Je connaissais ce supplice de pirate et il m'effrayait. Le principe était simple : les pirates passaient une corde autour des aisselles du malheureux et le plongeaient dans l'eau. Au bout d'un certain temps, selon leur bon plaisir, ils ressortaient le prisonnier, le remontaient sur le pont pour le laisser respirer quelques instant puis recommençaient. Généralement, l'homme ne survivait pas à cinq plongeons, trois par mer démontée. Je levai la tête vers le ciel. Le vent avait forci et de lourds nuages, annonçant un grain, ravageur sous ces latitudes, s'amoncelaient au-dessus de nous. Je crus un instant que les mauvaises conditions empêcheraient les pirates de mettre leur infâme projet à exécution mais je me trompai. La perspective du bain que j'allais prendre dans une mer démontée les réjouissait. Je frissonnai en observant les préparatifs. La Balafre et Patte-Folle apportèrent un rouleau de grosse corde et trois autres fixèrent une planche à une ouverture spéciale. De cette manière, ils joindraient les plaisirs du supplice de l'estrapade à ceux de la planche. J'échangeai un regard désespéré avec Will. Il ne pouvait rien faire sans risquer sa vie. Le Renard me saisit par le bras et m'entraîna vers mon destin. Je voulus me débattre, lutter, mais il me tordit un bras dans le dos, si violemment que je ne pus retenir un cri.

– On fait moins le fier à présent, pas vrai ? me susurra-t-il à l'oreille.

Je lui jetai un regard chargé de tout le mépris dont j'étais capable et il éclata de rire.

L'un des pirates, je ne sais lequel, me passa la corde rugueuse autour des épaules et me traîna vers la mer, démontée à présent.

6

— Père, vous devez aller le chercher! s'exclama Alain, arpentant d'un pas furieux la cabine de son père, à bord du *H.M.S. Glorious*.

Le garçon avait été repêché quelques heures plus tôt par les matelots du navire. Il s'en était sorti avec un début d'insolation mais, à présent, allait beaucoup mieux. Vêtu de vêtements propres, Alain avait reçu à manger et à boire à satiété, et son dos avait été examiné par le barbier du bord. Il avait l'impression d'être en pleine forme, compte tenu des épreuves subies.

Pour l'instant, il fulminait contre son père, James de Gloire. Le gouverneur, ravi de retrouver son fils, ne voulait pas tenter une attaque du *Faucon Noir*, s'estimant heureux des pertes limitées. Nul doute que son avis aurait été différent si je m'étais échappé sans Alain.

— Non, je n'irai pas. Ce garçon n'aurait pas dû rester à bord. S'il n'est pas là, c'est de sa faute.

— Il m'a sauvé la vie!

— Je lui en serai éternellement reconnaissant, mais...

— Jack risque de se faire tuer. Nous devons aller le récupérer!

— Non, Alain, je te préviens...

— Quoi? répliqua insolemment le garçon. Qu'allez-vous me faire? Me boucler à fond de cale?

— Certainement pas, s'offusqua son père. Je pensais d'ailleurs que Spadassin et toi étiez ennemis?

— Oh! s'exclama Alain. Jack est quelqu'un de bien et toutes ces querelles sont oubliées. Mon honneur…

— Ton honneur est de tenir ton rang, jeune homme, comme moi je tiens le mien. C'est malheureux pour Spadassin mais nous ne pouvons le chercher.

Alain sortit de la cabine, furieux contre son père. Il alla se poster près du beaupré, observant l'horizon. La voile noire du *Faucon* avait disparu depuis longtemps et il n'avait aucune idée de la direction prise par le vaisseau.

— Eh bien, petit! Tu n'as pas l'air dans ton assiette, le héla le second, d'une voix bourrue.

— Ça va, je vous remercie, répliqua Alain sèchement.

— Tu es triste pour ton ami, n'est-ce pas?

Alain fit un geste de dénégation qui ne s'acheva pas. Oui, il était triste. Ne pouvait-on le laisser seul? Le marin sourit d'un air entendu et confia:

— Tu sais, à bord, l'équipage n'aime pas trop ton père. C'est pas qu'il soit méchant mais il en prend trop à ses aises, tu comprends? Alors le commandant a eu une idée mais pour cela, il faut que tu sois d'accord.

— Dites toujours, dit Alain.

Il s'efforçait de faire preuve d'une réserve prudente mais un fol espoir s'empara de lui.

— Le commandant voudrait faire demi-tour et se lancer à la poursuite du *Faucon*. Autant pour ton ami, qu'on aime bien, que pour la gloire que nous rapportera la capture du vaisseau. Tu es d'accord?

— Bien entendu! J'approuve votre plan et j'en prends toute la responsabilité. Mon père ne connaît rien aux choses de la mer et ne se rendra pas compte du changement de cap. Je vous remercie beaucoup, monsieur. Et soyez assuré que je ne serai pas ingrat.

Le second salua réglementairement et alla prévenir le capitaine qui donna des ordres en conséquence. Bientôt les trois fiers vaisseaux viraient de bord et fendaient les eaux avec plus d'entrain, traçant dans les flots couleur d'émeraude de larges traînées blanches d'écume. Alain grimpa dans le poste de vigie, une longue-vue sous le bras, et scruta le ciel à la recherche d'une voile sombre.

7

L'IMMERSION FUT HORRIBLE. La mer roulait des vagues énormes qui balayaient le vaisseau. Celui-ci n'était qu'un jouet exposé à la fureur de la houle. Je heurtai les flots avec une violence inouïe et coulai aussitôt. Je ne pouvais remonter à la surface tant la mer était agitée. Au moment où mes poumons allaient exploser, je me sentis hissé vers la surface. Crachant et toussant, je fus remonté à bord du *Faucon*. Mon épaule heurta douloureusement la coque du vaisseau. L'Épervier n'avait gardé pour la manœuvre que les hommes nécessaires et les autres contemplaient le spectacle avec ravissement. Je ne pouvais en dire autant de moi. Une fois sur le pont, je ne pus me tenir debout. Je dus me retenir à la lisse pour ne pas glisser et m'effondrer au milieu des pirates. L'Épervier me toisa de son regard terrible et m'interrogea :

— Pourquoi as-tu laissé le prisonnier s'échapper ? Y avait-il des bateaux en vue ? La marine ?

Pour toute réponse, je lui crachai à la figure l'eau salée qui restait dans mes poumons. Il recula sous l'outrage en criant des imprécations. Ce geste m'avait redonné courage et je le fixai sans peur. Le capitaine lança seulement un ordre :

— À l'eau !

Ce plongeon fut pire que le premier. Les vagues manquèrent me précipiter sous le vaisseau et je ne dus mon salut qu'à la corde, trop courte pour me laisser couler aussi profondément. Les forbans attendirent le dernier moment pour me remonter et, une fois sur le pont, frissonnant, je m'affaissai contre le bastingage, totalement incapable de me tenir debout. La corde avait déchiré ma chemise et irritait ma peau nue, irritation aggravée par le sel, et mon épaule me faisait souffrir. L'Épervier me toisa de toute sa hauteur et hurla avec hargne :

— Avoue ! Les vaisseaux de Verte Baie sont-ils à nos trousses ?

Je l'espérais de toutes mes forces.

— Allez en Enfer, peut-être y trouverez-vous la réponse !

Pas terrible comme réplique, j'en conviens, mais ce fut tout ce que je trouvai à répondre sur le moment. Sans prononcer un mot, le capitaine fit un signe au Renard et à la Balafre. Glacé d'effroi, je compris ce que cela signifiait. J'allais plonger une troisième fois ! Et rien ne l'empêcherait. À moins que je ne parle. La tentation fut grande. Après tout, les pirates devaient être en permanence sur le qui-vive et ils savaient sans doute que le gouverneur ne laisserait pas son fils ou un de ses compagnons (quoique le second cas de figure n'engageait que moi) entre leurs mains ! Qui m'en voudrait, après deux plongées, d'avoir parlé, d'avoir cédé ? Mais, d'un autre côté, peut-être négligeraient-ils leur sécurité, donnant une chance aux navires royaux de nous rattraper. Et tout serait perdu parce que j'aurais été incapable de me taire ?

Parler ou se taire ? Vivre ou risquer une des morts les plus terribles, la noyade ?

Je me tus.

Et me préparai mentalement au troisième plongeon.

À moitié assommé, je me laissai ballotter par les vagues. Des images merveilleuses s'imposèrent à moi. Des poissons aux couleurs chatoyantes qui virevoltaient, des anémones et des algues qui ondulaient au fil du courant, des dauphins joueurs qui glissaient sur l'onde…

Tout cela dans une débauche de formes, de couleurs et de vie telle qu'il n'existe pas de mots dans notre langue pour la décrire. Le monde sous-marin recelait tant de magnificences qu'il était dommage que les hommes ne puissent l'explorer. Une scène attira mon attention : un poisson posé sur le sable, gueule ouverte, semblait attendre quelque chose. Je plissai les yeux et me rendis compte d'une chose incroyable. En fait, une sorte de crevette était en train de lui laver les écailles. La chose me parut si incongrue que je ne pus m'empêcher de rire aux éclats. L'eau s'engouffra dans ma bouche dans un tourbillon qui prit bientôt des couleurs d'éternité.

8

– Diminuez la toile, ordonna le maître d'équipage aux gabiers qui s'élancèrent dans la mâture.

Le *H.M.S. Glorious*, le *H.M.S. Poséidon* et le *H.M.S. King* affrontaient à leur tour la tempête. Les trois navires roulaient sur les vagues, entre creux et bosses. Par ordre des commandants, ils s'étaient écartés les uns des autres, de peur de s'éperonner dans la nuit. À bord, tous ceux que la manœuvre ne requérait pas dans le gréement s'étaient assurés le long d'un cordage qui faisait le tour du navire. Suffisamment attachés pour résister à une vague, les marins pouvaient également se défaire très vite de leur lien pour venir en aide à leurs camarades en difficulté.

Alain jeta un regard désespéré autour de lui. La tempête était effroyable et le garçon ne se sentait guère rassuré. Des vagues énormes balayaient le pont, emportant tout ce qui n'était pas amarré. Des éclairs éblouissants illuminaient la scène toutes les dix secondes et le tonnerre grondait continuellement.

Quand l'ordre retentit de diminuer les voiles, Alain se porta vers le bastingage, prêt à tendre les drisses au matelot qui les attacherait ensuite. Affairé à sa tâche, le garçon ne vit pas la bôme se libérer des liens qui la retenaient et plonger droit sur le pont.

Droit sur lui.

Ce fut le marin à ses côtés qui lui sauva la vie. Apercevant le danger au dernier moment, il plongea sur le garçon et tous deux roulèrent sur le pont alors que la lourde pièce de bois s'écrasait à un pied de distance tandis que la voile déchirée continuait de claquer au vent.

— Merci! cria le garçon, pour être compris malgré les bourrasques et le tonnerre.

— De rien, m'sieur, répondit le marin.

Pas un mot de plus ne fut échangé. Dans une telle situation, même ce court échange était de trop. Ils se remirent à la tâche. Ni l'un ni l'autre ne remarquèrent que l'attache du marin s'était détachée lors de sa chute brutale.

Alors que la tempête faiblissait, les hommes commencèrent à respirer. Le pire était passé, le bateau ne semblait pas avoir trop souffert, l'avenir s'annonçait donc sous les meilleurs auspices. Hélas, sans que rien n'annonce le phénomène, d'étranges lumières vertes se mirent à danser en haut des mâts, plongeant les matelots à l'âme simple dans une profonde terreur. Alain reconnut des feux Saint-Elme, ce qui ne le rassura pas pour autant. Que signifiaient ces lumières et pourquoi apparaissaient-elles maintenant? se demanda-t-il.

— Nous sommes maudits, hurla un marin, le doigt tendu vers le ciel.

Le navire à présent privé de direction, car les marins fixaient tous les lumières, se mit à danser davantage et, soudain, du haut d'une vague, plongea dans un creux. Sous le choc, le beaupré s'enfonça profondément sous l'eau et tout le navire fut bouleversé. Les marins se retinrent du mieux qu'ils purent, les mains crispées sur les cordes et une prière aux lèvres.

Un grand cri retentit suivi du bruit caractéristique d'un plongeon.

— C'est Jim, s'exclama un homme. Il est tombé!

— Vite! Hissez-le! ordonna le second.

Trois marins se penchèrent pour se redresser aussitôt, très pâles.

— Son filin est rompu, cap'tain!

— Jésus, Marie! invoqua le second, il est perdu!

— Non!

Alain s'avança d'un pas assuré, le regard empreint d'une flamme nouvelle.

— Je sais nager. Assurez-moi et je plongerai.

— C'est que…, bafouilla le second en se tordant les mains, je ne sais pas si le gouverneur…

— Dépêchez, cria un homme. Il a coulé! Non, là il réapparaît!

— Oubliez mon père, monsieur, fit Alain. La décision m'appartient et je m'y tiens. Allons, faites vite!

Vaincu, le second fit un signe. Un marin attrapa un long rouleau de corde et fit une boucle autour des aisselles du garçon. Celui-ci se dressa debout sur le bastingage, prit une profonde inspiration et plongea. Le choc de l'eau froide faillit lui faire perdre connaissance mais il se reprit et chercha à s'orienter. Jim, le matelot tombé à l'eau, ne se trouvait pas à plus de quelques brasses. Mais il parut décider à ce moment qu'il en avait déjà assez fait et, abandonnant la lutte contre les éléments, il se laissa couler. Seule sa main resta visible un instant au-dessus des flots avant de disparaître à son tour.

D'une brasse vigoureuse, luttant contre les vagues, Alain nagea à l'endroit où l'homme avait disparu. Il prit sa respiration et plongea. S'efforçant de garder les yeux ouverts malgré le sel, il sonda les environs du regard. Malheureusement, l'eau était trop sombre pour qu'il puisse distinguer quoi que ce soit et il dut se résigner à chercher à l'aveuglette. Sa main frôla quelque chose de filandreux et il la retira promptement avant de réaliser qu'il s'agissait probablement des cheveux de Jim. Il s'en saisit à nouveau et, à tâtons, parvint à empoigner un bras. Sa prise assurée, il donna un puissant coup de pied pour se propulser vers la surface, un long chapelet de bulles derrière lui. Il crut un instant qu'il n'y parviendrait pas. Il n'avait plus d'air. L'homme était trop lourd, la mer trop forte. Que perdrait-il à se laisser aller?

Beaucoup, sûrement. Et alors? Au moins, il n'aurait plus à peiner, plus d'exigences à satisfaire, plus… Le visage de Jack s'imposa à son esprit. Son ami – il pouvait bien employer ce mot à présent – avait risqué sa vie en embarquant pour le sauver et il l'attendait. S'il mourait, son père rentrerait à Verte Baie et Jack serait perdu. Et cela, il ne le permettrait pas!

Alain fit surface, le marin inconscient derrière lui. Avec bonheur, il inspira l'air iodé. Jamais il ne lui avait paru si bon.

Sur le pont du *H.M.S. Glorious*, les hommes poussèrent des cris de joie et hissèrent les deux hommes à bord. Celui qui l'était déjà et celui qui venait de conquérir cet honneur, en remportant le plus beau des combats, celui de la vie.

Les marins aidèrent Alain à enjamber la lisse puis tirèrent à eux leur camarade évanoui. Félicité chaudement par tous, Alain n'avait plus vraiment conscience de ce qui l'entourait. Ce fut le commandant Fowlrid qui le rattrapa alors qu'il s'effondrait, totalement épuisé.

– … pas sûr qu'il survive…

– … beaucoup souffert…

– … fou… par un temps pareil…

J'ouvris brusquement les yeux. J'ignorais où je me trouvais mais ce n'était sûrement pas aux Caraïbes ! Environné d'une étrange chaleur, j'étais allongé sur le dos, dans une immense prairie parsemée de fleurs de toutes les couleurs. Où étais-je donc ? Et comment y étais-je arrivé ? Impossible de me rappeler l'enchaînement de circonstances qui m'avait conduit en cet étrange lieu. Étais-je devenu fou ? J'en doutais puisque j'étais encore capable de me poser cette question. Alors ? Un bruit singulier se fit entendre dont je ne pus déterminer l'origine. Brusquement inquiet, je me relevai, époussetant ma chemise des brins d'herbe qui y étaient restés accrochés.

Une ombre gigantesque obscurcit soudain mon champ de vision. Je levai les yeux et restai pétrifié d'effroi. La créature qui me faisait face, haute de plus de trois mètres, était un cauchemar. Une aberration. Elle ressemblait à un poulpe géant, aux multiples tentacules et à la peau grise. Ses yeux aux reflets jaunâtres me fixaient, et une lueur de haine et de colère embrasa la pupille. La créature n'avait pas de nez mais une gueule énorme, sans commune mesure avec celle d'un poulpe ordinaire.

La créature se pencha vers moi, gueule ouverte, sur le point de me dévorer. Je poussai un hurlement de terreur, les yeux fixés sur ce gouffre béant d'où s'échappaient des relents putrides.

Je reculai d'un pas, vaine tentative pour échapper à un destin que rien ne pouvait enrayer, quand le sol se déroba sous mes pas. Alors que je m'attendais à faire une chute plus ou moins douloureuse dans l'herbe de la prairie, un abîme s'ouvrit dans mon dos et je basculai avec un cri. L'ouverture se rétrécissait d'instant en instant et j'entrevis la créature se pencher vers moi avec un grondement de rage et de frustration. Rien ne semblait pouvoir arrêter ma chute dans cet univers de noirceur. La chaleur augmentait sans cesse. Puis une image naquit devant moi, d'abord confuse puis gagnant en netteté, grandissant pour prendre finalement l'ampleur d'un immense tableau. Une jeune fille s'y détachait, tout en grâce et légèreté. Le peintre quel qu'il soit avait su rendre avec un réalisme qui frôlait la perfection ses magnifiques cheveux blonds, ses yeux couleur noisette, et un rire frais semblait s'échapper de ses lèvres.

Hélène !

Je bredouillai son nom. Par quel miracle se trouvait-elle dans ce monde de cauchemar ? À l'ouïe de son nom, elle se tourna vers moi et, avec un sourire merveilleux, me tendit la main. Je la saisis et soudain ma chute s'arrêta. Alors Hélène jaillit du tableau et d'une gracieuse détente, s'élança vers le haut, moi à sa suite. Ma raison vacillait. Était-ce la réalité, était-ce une illusion ? Que m'importait puisque j'étais avec Hélène, mon Hélène ! La chaleur qui me faisait presque étouffer reflua peu à peu jusqu'à devenir supportable et nous jaillîmes de l'abîme. À cet instant, tout devint noir et le monde étrange que j'arpentais s'évanouit.

Je repris douloureusement conscience, allongé dans un lit. Mon corps n'était que souffrance et une soif intolérable embrasait ma gorge. Sans ouvrir les yeux, je soufflai d'une voix à peine audible :

– De… l'eau…

L'effort que je fis pour prononcer ces deux mots m'épuisa. Quelqu'un me saisit par les épaules pour me redresser. Je sentis qu'on pressait un linge humide sur mes lèvres et j'aspirai avec bonheur le liquide bienfaiteur. Puis je retombai sans forces sur le lit. Je m'endormis d'un sommeil exempt de rêve, le premier depuis longtemps.

À mon second réveil, je me sentais mieux, bien que très faible. Tentant de me relever, je constatai que mon bras gauche était bandé ainsi que ma poitrine. La chambre dans laquelle je me trouvais était petite et meublée très simplement. Je fronçai les sourcils, tâchant de me rappeler ce que je faisais là et ce qui pouvait m'avoir mis dans cet état.

— Eh bien, jeune Spadassin, comment te sens-tu aujourd'hui ?

Je sursautai. Un homme sortit de l'ombre qui le dissimulait. Jeune, il était grand et mince avec une chevelure brune et des yeux verts très clairs.

— Tu reviens de loin, me dit-il. La fièvre qui a failli t'emporter n'est tombée qu'hier soir.

— La fièvre ?

— Oui… Tu es resté inconscient une semaine pendant laquelle tu as déliré, bafouillant des propos incompréhensibles à propos d'un monstre et d'une jeune fille, Hélène.

Je rougis si violemment qu'il éclata de rire. Me reprenant, je balbutiai :

— Une semaine… Mais que m'est-il arrivé ?

— Tu ne te rappelles pas ?

— Non.

— Eh bien, il y a une semaine, un homme que j'aurais préféré ne jamais rencontrer est venu frapper chez moi. Capitaine d'un vaisseau marchand, il avait recueilli lors de la dernière tempête un adolescent dont l'état nécessitait des soins urgents. Chirurgien de mon état, je me suis précipité à sa suite et je suis monté à bord. Effectivement, tu avais besoin de soins. Alors que je m'occupais de toi, le navire a levé l'ancre sans que je m'en rende compte et nous a emportés jusqu'ici. J'ai eu beau m'élever contre ces pratiques, il a refusé de me ramener à Prince Port.

Mais bien sûr! Le voile qui troublait ma mémoire se déchira et tout me revint. Les pirates du *Faucon*, la fuite d'Alain, l'estrapade… Apparemment j'avais failli y laisser la vie.

— Où sommes-nous? Les pirates sont-ils encore là?

— Pirates? releva-t-il. Son ton se durcit: Tu es des leurs?

— Non!

— Peux-tu me le promettre?

— Oui, sur mon honneur, jurai-je en le regardant droit dans les yeux.

Cela le convainquit de ma bonne foi et il s'empressa de me demander ce que je faisais en compagnie de semblables forbans.

Avec des pauses fréquentes pour reprendre mon souffle, je narrai les incroyables aventures qui m'avaient jeté entre les mains des pirates. Quand je me tus, le chirurgien ne se contint plus.

— Cet Épervier est un monstre! Ce qu'il t'a fait subir… Jeune Spadassin, je suis fier de toi, tu as fait montre d'un grand courage mais aussi d'une grande stupidité. Il aurait bien mieux valu que tu parles au capitaine dès le premier plongeon. Ton obstination à ne rien dire l'a persuadé que la marine est à ses trousses.

— Je ne vous ai pas encore remercié de ce que vous avez fait pour moi, monsieur…

— Erwan de Kermane. Appelle-moi Erwan.

— Merci Erwan et…

La porte s'ouvrit, me coupant la parole. L'Épervier, suivi de Poil de Barbe et de Will, pénétra dans la chambre.

— Notre jeune ami s'est enfin réveillé, s'exclama-t-il. Monsieur, je vous suis très reconnaissant d'avoir sauvé ce jeune homme et soyez assuré que je ferai ce qui est en mon pouvoir pour convaincre mes armateurs de…

— Inutile de m'avoir par vos belles paroles, pirate! Oui, je sais qui vous êtes et vos pratiques ignobles vous mèneront droit au gibet!

J'admirai le courage d'Erwan. Cependant, il me paraissait de la même trempe que le mien. Pour reprendre les mots d'Erwan : à la fois grand et stupide.

L'Épervier ne se troubla pas. Il revint à sa principale préoccupation du moment, à savoir moi.

— Jack est-il en état de se lever ? s'enquit-il.

— Vous êtes fou ! s'exclama Erwan. Il a échappé de justesse à la mort et vient à peine de reprendre conscience. Il va falloir beaucoup de temps avant qu'il puisse seulement sortir de son lit.

— Ce temps, je ne l'ai pas. Demain, je l'emmène avec moi, quoi que vous en pensiez.

La porte se referma sur ces mots définitifs. Erwan et moi échangeâmes un regard chargé d'appréhension.

Demain.

Demain l'Épervier s'emparerait du fabuleux trésor qui lui permettrait de conquérir les océans. Et je pris conscience que, après m'avoir utilisé pour atteindre son but, plus rien ne l'empêcherait de nous éliminer, Erwan et moi.

10

J'INSPIRAI UN BON COUP ET REGARDAI AUTOUR DE MOI. De là où je me trouvais, je dominais l'île.

Nous étions partis dès l'aube. La progression à travers la jungle presque impénétrable avait été malaisée et les pirates avaient souvent dû se frayer un chemin au sabre d'abordage. Erwan et Will en avaient été dispensés : le premier était obligé, à ma grande honte, de me porter, et le second servait d'éclaireur au reste de la troupe. Je voyais mal quelle était sa tâche puisque nous étions les seuls êtres vivants, hormis les bêtes sauvages, à explorer l'île. Mais bon, on ne discutait pas les ordres du capitaine, surtout lorsque celui-ci s'appelle l'Épervier et qu'en outre, il est de mauvaise humeur. En effet, malgré toutes les menaces dont il m'avait abreuvé, j'avais été incapable de me lever, non par manque de volonté, mais en raison de la déficience subite de mes jambes qui refusèrent de me soutenir. Erwan s'était alors vu octroyé la charge de bête de somme, sans qu'il songe un instant à protester tant la lueur qui brillait dans les yeux de l'homme lui avait paru de mauvais aloi.

Après trois heures d'une marche éprouvante, nous étions parvenus au sommet d'une éminence qui dominait l'île tout entière. La vue qui s'offrit à mes yeux n'avait rien de spectaculaire. Couverte par la jungle que nous affrontions, l'île n'était rien moins qu'inhospitalière. Seules d'étroites bandes de sable permettaient à d'éventuels navires d'y aborder, et ils n'étaient pas foule, loin de là. Le *Faucon Noir*, échoué sur la plage sud, était la seule porte de sortie de ce que je nommais déjà l'enfer vert.

— On repart, braille le second de sa voix de stentor.

Quelques remarques désobligeantes s'élevèrent, vite éteintes par un regard foudroyant du capitaine. Alors que je me détournais de l'horizon, un mouvement attira mon attention. Réprimant un sursaut de joie, je vis se profiler, parfaitement nets sur le bleu de l'océan, trois vaisseaux aux voiles blanches. Je ne les avais d'abord pas aperçus, perdu dans ma contemplation de la ligne de rencontre de l'eau et du ciel. Enfin ! Jamais je n'avais été aussi ravi de voir les navires de Sa Majesté. Ils étaient relativement proches, quelques milles au plus, rien qui ne puisse se faire en moins d'une heure.

Quand je lui fis part de mes observations, Erwan ne manifesta pas une joie débordante. Ce qui pour moi était des voiles n'était pour lui que le reflet du soleil sur les flots. Une illusion bercée par l'espoir de la délivrance.

Je ne cherchai pas à argumenter avec lui, de peur d'être entendu par les pirates. Nous devions être presque arrivés à présent, tant la nervosité du capitaine ne cessait de croître ainsi que l'impatience des marins.

Enfin, après un ultime coup de sabre, la jungle s'ouvrit et nous pénétrâmes dans une clairière au milieu de laquelle se dressait le temple. Avec un hurlement de joie, les pirates se ruèrent en avant, se bousculant dans leur hâte et oublieux de toutes les récriminations qui fusaient encore quelques instants auparavant.

Erwan et Will suivirent plus posément, peu pressés de découvrir le trésor que recelait le temple. Celui-ci était d'une architecture qui m'était inconnue. Je n'avais jamais vu un tel bâtiment. Il possédait des colonnes comme un temple romain, un toit qui s'élevait sur plusieurs étages comme des pagodes asiatiques et, sur les murs, s'étalaient des fresques immenses, splendides. Elles représentaient des chevaliers en armure, chevauchant de magnifiques destriers à côté desquels mon Tornade aurait fait bien piètre figure. Qui avait peint ces fresques ? Dans quel but ? Et surtout quand ? Les peintures semblaient anciennes, trop anciennes pour remonter simplement aux trois derniers siècles. Si mes déductions étaient exactes, les fresques étaient antérieures à la découverte de l'Amérique ! Impossible ! Il n'y avait pas de chevaliers sur ce continent et il n'en existait plus, du moins dans ce sens, à l'époque de Christophe Colomb. Je faisais fausse route. C'était l'explication la plus simple et la plus logique. Je ne m'y connaissais guère en art, j'avais dû mal évaluer l'état des peintures.

La figure d'Erwan me convainquit du contraire. Érudit, il possédait certainement plus de savoir à ce sujet que moi et, visiblement, il était plongé dans le même émerveillement.

Impatients de découvrir les autres surprises que cachait le temple, nous entrâmes par le grand porche, à la suite des pirates. L'intérieur nous déçut. Il n'y avait là rien de mystérieux si ce n'est une porte. Imposante, elle était aussi haute que le mur et large de deux mètres. Et elle ne s'ouvrait pas. Une telle ouverture n'existait pas à l'extérieur du temple, nous n'aurions pas manqué de la voir. Les propos de Will me revinrent en mémoire. La porte existait réellement. Une fois ce fait admis, il fallait également accepter l'existence de l'arme et son pouvoir.

L'Épervier se tourna vers moi. Je me rendis alors compte que tous les pirates s'étaient tus. Ils me regardaient avec une intensité qui me mit mal à l'aise. Ils attendaient je ne savais quoi. J'aperçus alors ce qui scintillait entre les doigts du capitaine et tout devint limpide.

— Erwan, posez-moi, s'il vous plaît, murmurai-je.

Le jeune homme obtempéra, surpris. Je dus m'appuyer sur Will pour tenir debout et, dans un silence impressionnant, je m'approchai de l'Épervier. Il me tendit le médaillon et je m'en emparai, heureux de le posséder à nouveau. J'avançai vers la porte, soudain désireux de l'ouvrir, de m'emparer des richesses qu'elle dissimulait, d'obtenir un pouvoir qui dépasserait tout ce que je pouvais imaginer. Le visage d'Alain s'imposa à moi, non le garçon qui se pavanait dans les fêtes, mais celui que j'avais découvert dans la cale du *Faucon*. Pourrais-je encore le regarder dans les yeux après ce que je m'apprêtais à faire? Sûrement pas. Et Hélène... Je l'aimais, mais pourrait-elle aimer un pirate, un pilleur?

Une bouffée de chaleur parcourut mon cœur et mon esprit redevint clair. La porte possédait un pouvoir: corrompre ceux qui tentaient de l'ouvrir. Et j'avais failli céder à la tentation. Ce qui m'aurait ensuite empêché à tout jamais de franchir la porte. La légende selon laquelle elle n'autorisait le passage qu'aux cœurs purs devait venir de là. Seul celui qui poursuivait un but désintéressé pouvait conquérir le trésor. En aucun cas les pirates ne devaient poser les yeux sur lui, j'en eus la certitude.

Je me reculai.

– Je n'ouvrirai pas cette porte.

Un rugissement de colère monta des rangs des pirates que le capitaine tempéra d'un geste.

– Pourquoi cela? me demanda-t-il de cette voix calme et pourtant si terrifiante.

Je ne tremblai plus.

– Parce que jamais vous ne serez digne de posséder l'objet qui se trouve au-delà. Je ne sais ce que c'est, mais il est trop beau pour vous et votre équipage dévoyé. Moi vivant, vous ne vous en emparerez pas!

Un silence ponctua cette magnifique déclaration. Les pirates, indécis, se tournèrent vers l'Épervier. Celui-ci ne s'embarrassa pas d'une réponse. Agrippant Erwan par le bras, il le tira à lui et, saisissant son sabre, en posa le fil sur la gorge du jeune homme.

— Ouvre cette porte, lâcha-t-il, ou ce jeune homme retrouvera ses ancêtres bien plus tôt que prévu.

Tiens donc. Les pirates étaient capables de faire preuve d'humour. Maudissant cette pensée qui n'apportait rien à la situation, je pesai le pour et le contre. D'un côté Erwan, de l'autre un objet capable d'anéantir le monde s'il tombait entre de mauvaises mains. Avais-je le droit d'hésiter ? Non. Un vrai héros n'aurait pas tergiversé. Sachant quel était son devoir, il l'aurait accompli sans l'ombre d'un doute, quoi qu'il lui en coûte. Mais je n'étais pas un héros. J'avais quatorze ans et aucune envie de perdre un ami qui m'avait sauvé la vie.

Je tendis de nouveau la main vers la porte quand Erwan parla :

— Jack, n'ouvre pas cette porte ! Je te l'interdis.

Face tournée vers la porte, je baissai la tête, les larmes coulant sans retenue sur mes joues. J'étais incapable de faire ce qu'il me demandait. Je n'étais qu'un lâche et mon âge n'était pas une excuse.

— Je suis désolé, Erwan. Mais tu ne mourras pas par ma faute.

J'engageai la clef du médaillon dans la minuscule serrure de la porte. Cette fois, je ne ressentis pas les effets de son pouvoir. Sans un grincement, la clef tourna et le passage s'ouvrit lentement, révélant une pièce guère plus grande qu'une chambre.

Un cri de surprise s'échappa de mes lèvres.

En un instant, toutes mes certitudes s'effondrèrent.

Et la légende devint réalité.

11

ILLUMINÉE PAR UN RAYON DE LUMIÈRE, une épée étincelante était enfoncée jusqu'à la garde dans un socle de pierre.

Refusant d'en croire mes yeux, je me tournai vers l'Épervier.

– Cette épée, balbutiai-je, mais c'est... c'est...

Je ne parvenais pas à formuler le nom. La nommer aurait été lui donner une réalité que je n'étais pas prêt à accepter.

– Tu penses à Excalibur, n'est-ce pas? interrogea l'Épervier. Logique mais faux.

– Elle lui ressemble pourtant comme une sœur! s'exclama Erwan. Il y a même une inscription sur la partie de la lame qui ne disparaît pas dans le rocher!

– En effet, expliqua le pirate. Mais son nom n'est pas Excalibur mais Calibur.

Je dus m'asseoir, ou plutôt je me laissai choir sur le sol.

– Excalibur, continua-t-il apparemment ravi de donner ses explications, comme son nom l'indique, provient de Calibur. L'une a engendré l'autre. Les pouvoirs de la légendaire Excalibur sont immenses, ceux de Calibur sont infinis. Les chevaliers qui la découvrirent il y a très longtemps le comprirent et, terrifiés par cette puissance qui les dépassait, décidèrent de s'en débarrasser. Ils s'embarquèrent alors pour tenter d'atteindre les terres les plus éloignées, où l'épée ne serait jamais découverte, ou, s'ils n'en trouvaient pas, l'offrir à la furie de l'océan.

C'est ainsi qu'ils abordèrent cette île de l'autre côté de l'océan. Les chevaliers bâtirent ce temple et cette porte derrière lesquels reposerait l'épée. On n'a plus jamais entendu parler d'eux.

Je ne savais pas où il avait acquis ces connaissances, et pour l'instant ce n'était pas mon principal souci. Je regardais les pirates.

Tous, les uns après les autres, essayèrent d'extraire l'arme de sa gangue de pierre. Rien n'y fit. Même à deux ou trois, l'épée ne bougea pas d'un pouce, plus inaccessible que si elle se trouvait de l'autre côté de la planète. Malgré moi, je souris. Le trésor qu'ils cherchaient depuis tant d'années était là. Ils pouvaient le toucher, mais ils étaient incapables de s'en emparer. C'était risible.

L'Épervier ne parut pas apprécier que je me gausse ainsi de lui. Il raffermit sa prise sur son sabre et siffla entre ses dents serrées :

– À ton tour, Jack.

– Je n'en ai pas la force, protestai-je.

– Il ne s'agit pas de force. Obéis !

Ce disant, le capitaine appuya davantage sur la gorge d'Erwan. Un filet de sang courut le long de la lame tandis que le jeune homme se crispait.

Vaincu, je me relevai avec difficulté et, soutenu par Will, je posai ma main sur la garde de Calibur. À ma grande surprise, elle était chaude, non pas brûlante mais d'une tiédeur chaleureuse. Inspirant profondément, je la saisis et, sans effort, la retirai du rocher. La lame parfaite étincela aux rayons du soleil pour la première fois depuis des siècles.

Et je sentis le pouvoir de l'épée. La chaleur fourmilla dans ma main, remonta le long de mon poignet, investit mon corps entier d'une énergie nouvelle. Dans le même temps, une certitude naquit en moi. J'étais invincible.

Un certain flottement régnait parmi les pirates. L'histoire prenait des tours étranges et inattendus, et qui les laissaient perplexes, voire effrayés. Seul l'Épervier parvenait à garder son sang-froid.

– Magnifique, Jack. Maintenant, sans mouvement brusque, donne-moi cette épée.

– Non, m'écriai-je, et je bondis en avant.

Les pirates ne purent m'intercepter, j'étais trop rapide pour eux. L'épée repoussa le sabre qui se levait et l'envoya à l'autre bout de la salle. Calibur continuait de briller, illuminée de l'intérieur, semblait-il, par une étrange flamme dorée. Je n'eus pas le temps de m'appesantir plus longuement sur cette nouvelle particularité, car les pirates attaquaient.

Outre son pouvoir thaumaturge, Calibur possédait une volonté propre. Ce n'était plus moi qui guidais ma lame mais elle qui guidait mon bras et, infailliblement, elle trouvait la faille dans la garde des pirates, de toute façon trop excités pour songer à leur sécurité. Je ne voulais pas les tuer, néanmoins, me contentant de les désarmer. Ce serait à la justice de Verte Baie de statuer sur leur sort.

À côté de moi, Erwan, qui s'était arraché à l'étreinte du capitaine, ferraillait avec vigueur mais il était évident qu'il n'allait pas tarder à rompre. Les pirates s'acharnaient sur lui, n'osant m'affronter directement. Un premier coup déchira la chemise de mon ami, ouvrit une large estafilade sur son bras. Il ne se déconcentra point, se contentant de passer sa rapière de dextre à senestre.

Je me portai à son secours. Devenu feu follet par le pouvoir de l'épée, les forbans ne pouvaient m'atteindre. J'étais partout et nulle part à la fois, traçant un rempart de fer autour d'Erwan. Celui-ci me soutenait du mieux qu'il pouvait, mais le sang qui ruisselait sur sa chemise l'affaiblissait et s'il tombait, c'en serait fait de lui.

Profitant d'une accalmie passagère, je criai à Erwan :

– Attrape !

Et lui lançai Calibur. Il attrapa l'épée au vol et des couleurs apparurent sur son visage. La plaie de son bras se referma et il reprit le combat. Quant à moi, j'étais à présent désarmé. Et face à une horde de pirates déchaînés, mon espérance de vie venait de se réduire aux prochaines secondes. Je fis un pas en arrière mais le mur m'arrêta. Le Renard leva son sabre, je levai les bras dans un ultime et inutile geste de défense et…

– Au nom de Sa Majesté, baissez vos armes!

Un impressionnant silence succéda au bruit du combat. Nous étions tous figés en pleine action, Erwan tenant trois pirates en respect, moi toujours sous la menace du Renard qui s'empressa d'ailleurs de jeter son arme au sol en voyant le pistolet pointé sur lui.

Les soldats de Sa Majesté étaient enfin arrivés! Je ne m'étais pas trompé, les voiles blanches qui approchaient étaient bien celles des trois vaisseaux qui avaient quitté Verte Baie! Je cherchai Alain des yeux. Il se trouvait juste derrière les soldats, épée à la main, une lueur farouche brillant dans ses yeux.

Il ne m'avait pas encore aperçu, mais déjà son regard faisait le tour de la salle.

– Jack! Tu es vivant!

Son cri rompit le silence qui s'était installé. Il se précipita vers moi, me saisit aux épaules avec un tremblement que je ne compris pas.

– J'avais juré de te sauver, s'écria-t-il d'une voix aiguë tant il était nerveux. Tu vois, je suis revenu, je ne t'ai pas abandonné!

– Je n'ai jamais douté de toi Alain, répondis-je.

Je lui tendis la main et il la serra avec émotion. Ce court échange venait de sceller notre amitié, une amitié qui, je l'espérais, perdurerait.

Pendant ce temps, les soldats n'étaient pas restés inactifs. Ils avaient désarmé les pirates et les entravaient. Ceux-ci n'opposaient aucune résistance, trop hébétés pour suivre les événements.

Erwan reprenait son souffle et Will s'était rapproché de lui. Un soldat s'avança vers eux, des fers à la main. Je m'écriai:

— Non, pas eux, ce sont des amis, non des pirates !

Le soldat se tourna vers son capitaine. Celui-ci hocha la tête :

— Je vois mal ce garçon défendant ses tortionnaires. Mais – il jeta un regard autour de lui – j'aimerais que l'on m'explique quel est ce lieu et pour quelles raisons un équipage de pirates y chercherait refuge.

— Je crois que les explications viendront plus tard, dit Erwan d'une voix douce. Il n'est plus temps de nous attarder ici.

J'approuvai. Soudain la voix de l'Épervier retentit :

— Will, tu étais des nôtres. Pourquoi la justice serait-elle plus clémente envers ce garçon qu'avec moi ?

Le capitaine hésita. Will se recroquevilla dans les bras d'Erwan qui l'enserra d'une étreinte protectrice.

Je m'avançai face au capitaine déchu. Il ne m'impressionnait plus désormais. Par cette dernière phrase, il avait montré combien était grande sa cruauté. Même encadré de soldats, il s'acharnait encore à perdre l'adolescent !

— Vous êtes abject, lâchai-je, furieux. Will était des vôtres, cela est vrai, mais contraint et forcé. Vous l'avez arraché à sa famille, l'avez enrôlé dans votre équipage de démons. Alors, non, ce garçon n'est pas un pirate et je le place sous ma protection. Vous serez seul à tomber, l'Épervier !

Avec un rugissement de colère, ses forces décuplées par la rage, le pirate s'arracha à la poigne des soldats et tira des profondeurs de son manteau un poignard effilé qu'il projeta sur moi. Je n'avais aucun moyen de l'éviter.

— Non !

Alors qu'un coup de feu retentissait, quelqu'un se jeta devant moi. La lame glissa sur lui avant de m'atteindre au flanc, y traçant une ligne brûlante. D'une main, je comprimai la plaie tandis que je tombais à genoux au côté de… Non, c'était impossible… Pas lui… Pas lui…

Erwan.

Le jeune homme gisait sur le sol, plus blanc qu'un linge. Une tache vermillon s'élargissait sur sa chemise blanche, du côté du cœur. Les larmes brouillèrent ma vue. La blessure était trop affreuse pour qu'il ait une chance de s'en sortir à moins que…

— Calibur! m'écriai-je. Où est l'épée?

Will était déjà allé la ramasser. Sans prendre le temps de le remercier, je m'en saisis et la plaçai sur la poitrine d'Erwan. Il ouvrit les yeux:

— Jack, aucune épée au monde ne pourra me secourir cette fois-ci, pas même Calibur.

— C'est faux! Je vais te sauver, il y a forcément un moyen. Tu ne peux pas mourir!

— C'est mon choix, souffla-t-il. Tu ne peux m'interdire de donner ma vie pour un ami. Mon seul regret sera de n'avoir pu rencontrer cette Hélène qui hantait tes rêves.

Il toussa et une écume rosée perla au coin de ses lèvres. Il sourit une dernière fois, puis sa tête roula en arrière.

Il était mort. Par ma faute.

— Non…

Les sanglots secouèrent mes épaules et je restai agenouillé auprès de celui que j'avais si peu connu et qui m'était déjà aussi proche qu'un frère. Insensible à la douleur qui m'irradiait, je pleurai comme je n'avais jamais pleuré jusqu'alors.

Un long moment s'écoula sans que je bouge. Les soldats emmenèrent les pirates prisonniers. Seuls Alain et Will ainsi que le commandant Fowlrid restèrent avec moi.

Quand je trouvai la force de relever la tête, ce fut pour chercher l'auteur de ce crime. Qu'importait la justice, il devait payer. Ce ne fut pas nécessaire.

L'Épervier était étendu sur le sol de tout son long, un trou sanglant entre les deux yeux. Le coup de feu qui avait éclaté au moment où

Erwan se jetait devant moi me revint à l'esprit. Qui avait tiré? Pas Will, qui ne portait qu'un sabre d'abordage. Mes yeux se posèrent sur Alain. Il tenait encore un pistolet à la main et l'horreur était empreinte sur son visage. Ses pupilles écarquillées fixaient le corps de l'homme qu'il avait abattu. Je me redressai péniblement. D'un coup sec, je déchirai ma chemise pour panser sommairement ma blessure. Je posai la main sur l'épaule d'Alain. Il reprit pied dans la réalité.

— Je l'ai, je l'ai…, bafouilla-t-il.

— Oui, et ce n'est pas un mal, répondis-je. Tu as fait ce qu'il fallait. C'est fini à présent, nous allons pouvoir rentrer à Verte Baie.

— Pas tout à fait, coupa Will.

Je me tournai vers lui et il me désigna Calibur qui avait glissé au sol quand Erwan était… nous avait quittés.

— Elle est à toi à présent.

— Je n'en veux pas, murmurai-je. J'ai trop souffert pour elle et à cause d'elle. Ses pouvoirs ne me ramèneront jamais Erwan.

Je m'en emparai. Au passage, je lus l'inscription calligraphiée qui ornait sa lame, juste sous la garde:

À celui pour qui les mots
Honneur, courage et don de soi
Ne seront pas vains, cette épée
Est offerte. Seul un cœur sans failles
Pourra tirer du rocher où elle est
Enchâssée, Calibur, la plus grande
Des armes jamais forgées.

Honneur, don de soi. L'épée aurait dû revenir à Erwan.

Je la plantai de nouveau dans son socle de pierre. Je le fis sans effort mais quiconque aurait voulu s'en emparer aurait échoué.

La porte de la salle se referma derrière nous, scellant définitivement la cache.

ÉPILOGUE

LE RETOUR À VERTE BAIE FUT MOROSE. Je broyais du noir, incapable de dépasser le sentiment de la culpabilité qui m'étreignait chaque fois que je pensais à Erwan. Will et Alain restaient sans cesse à mes côtés, ils semblaient craindre que je ne me porte à quelque extrémité fort regrettable, surtout pour moi. Je ne leur en voulais pas. Mais jamais je ne l'aurais fait. Erwan était mort en me sauvant la vie, à mon tour de vivre pour lui. Et le doux visage d'une jeune fille aux cheveux blonds envahissait peu à peu mes pensées, effaçant les cauchemars comme elle m'avait tiré du puits noir de mes délires. Alain m'approuvait discrètement. Il était devenu mon meilleur ami, et rien ne rappelait l'inimitié d'autrefois. Seul le gouverneur ne m'appréciait guère, mais ce n'était pas une nouveauté et je ne m'en souciais pas. Je crois qu'il me reprochait de n'avoir pas gardé Calibur avec moi et de l'avoir entraîné loin de Verte Baie et de sa quiétude pour une quête impossible.

L'arrivée à Verte Baie fut triomphale. La ville, depuis peu reconstruite, me sembla plus accueillante que jamais, avec ses grandes et blanches habitations, le vert des plantations, l'émeraude et le turquoise de sa baie…

Ma tante m'ouvrit grand les bras et je m'y jetai sans chercher à retenir mes larmes. J'avais tellement eu peur de ne jamais la revoir que je m'étais efforcé de ne pas trop penser à elle, même dans les pires moments. Une larme roula sur sa joue quand je lui racontai toute l'histoire. Elle avait compris avant moi combien ces aventures m'avaient transformé. Le Jack des jours anciens, insouciant et facétieux, laissait place à un Jack plus sérieux et plus mûr.

Hélène perçut également le changement. Après avoir embrassé chaleureusement son frère, elle m'accueillit avec plus d'effusions qu'il n'était permis à une jeune fille de son rang. Sans réfléchir, je la pris dans mes bras et l'embrassai avec fougue. Elle resta un instant interdite puis me rendit mon baiser. Devant tout Verte Baie.

Hélène ne saurait jamais combien elle m'avait soutenu au cours de mes aventures, ni même que je lui devais la vie.

Le gouverneur s'abstint de faire une remarque, ce dont je lui fus reconnaissant. Le brave homme devait être horrifié de ce que sa fille se commette avec quelqu'un comme moi, qui plus est devant toute la ville!

Mais notre bonheur était si visible, si rayonnant, que tous s'émurent.

Hélène et moi, nous nous aimions.

Erwan fut enterré dans le caveau de ma famille, le jeune homme m'ayant confié qu'il n'avait plus de parents. Ma tante adopta le jeune Will à ma plus grande joie. Et la vie reprit son cours dans la plus belle des îles des Caraïbes.

Peut-être, un jour, retournerai-je sur l'île du temple et reprendrai-je Calibur. Alors la légendaire épée sera révélée au reste du monde, pour son plus grand bien. Du moins, c'est mon espérance.

Mais je sais que l'appel de la mer retentira bien avant et que je m'élancerai encore à l'assaut des vagues avec Alain et Will.

La mer est notre royaume, un royaume de liberté et d'aventures qui ne demandent qu'à être vécues.

Ludivine Manric

Parce que c'était toi,
parce que c'était moi

« *Je suis née le 19 juin 1992,*
à Toulouse, enfant unique,
et je vis maintenant à Colomiers.
J'écris et j'invente des histoires
depuis mon plus jeune âge,
mais je me consacre aussi
à mes autres passions, le cinéma
et l'équitation.
Ce fut plutôt par jeu que je décidai
de participer au Prix Clara,
rédigeant une histoire dans laquelle
je m'inspirai librement d'épisodes
de mon passé, notamment
pour les flash-back. Plus tard,
je souhaite travailler dans le monde
du cinéma, en tant que réalisatrice
et scénariste, mais parallèlement
je continuerai à écrire, car
je voudrais aussi devenir écrivain. »
Ludivine Manric

– Et tu promets de ne le raconter à personne ?

– T'inquiète pas ! Je l'emporterai dans la tombe.

– Ce sera le symbole de notre amitié. Ça formera un lien entre nous que rien ne pourra briser.

– J'ai une idée. Tu as un don avec ta plume. Ton avenir est dans l'écriture. Et moi je ne suis douée que pour le dessin, la BD. Cette histoire, aucune de nous ne la publiera par respect pour l'autre. Mais si l'autre n'est plus là ?

– Si l'une de nous meurt, notre amitié disparaîtra. Alors la survivante publiera cette histoire. Moi en BD, toi en roman. Ce sera en mémoire de la défunte.

– Tu veux dire que notre récit remplacera celle qui aura disparu ?

– Oui, en gros c'est ça.

– Mais un livre ne peut remplacer un être cher !

– Cela dépend du contenu. Et cette histoire représente notre amitié, notre lien.

– D'accord !

Sarah me tendit un bout de verre. Elle s'était déjà fait une entaille. Je pris la lame et la pressai contre mon doigt.

– Allez, tends ta main, fit Sarah.

Et nos sangs se mêlèrent, scellant ainsi notre destin.

❧

171

— Sonia, réveille-toi!

J'ouvre lentement les yeux. Mathieu est penché au-dessus de moi.

— Tu vas être en retard à ton rendez-vous.

— Veux pas y aller!

— Debout, marmotte!

Je me lève tant bien que mal et me dirige vers la salle de bains. Mathieu me suit en me racontant sa journée d'hier. Son patron lui a donné une promotion; il est le meilleur journaliste de sa rédaction. Ça m'énerve. Moi, je n'arrive à rien. Toutes les maisons d'édition refusent mes manuscrits. Trop long, trop court, pas assez intéressant. Tous les prétextes sont bons.

— Hé, tu m'écoutes? s'exclame le grand journaliste.

— Oui, oui.

— Tu vas faire quoi après ton rendez-vous?

— Je vais proposer mon roman à différentes maisons d'édition. Puis je vais me faire jeter comme d'habitude et je vais rentrer préparer le repas pour le champion de la maison, celui qui a réussi.

— Jalouse!

— Qui, moi? dis-je innocemment.

— Tes histoires sont très bien et tu seras une grande romancière, affirme Mathieu en me prenant tendrement dans ses bras.

Mais ses câlins ne me consolent pas. Je me délivre de son étreinte et me dirige vers la porte d'entrée.

— Bon, j'y vais. À ce soir.

Dehors, l'air est frais. Je marche tranquillement jusqu'au métro. Paris est bruyant. Trop bruyant. J'aimerais être dans une maison perdue au fin fond de la cambrousse. Je m'échappe dans mon rêve et m'imagine déjà en train de m'occuper des poules et de ramasser les œufs dans ma grande ferme. Une douleur me ramène brutalement à la réalité. Le temps de comprendre ce qui m'arrive et je me retrouve allongée à côté du caniveau. Un homme s'agenouille pour m'aider à me relever et crie à l'adresse d'un autre :

— Vous pourriez faire attention !

La brute ne se retourne pas et ne daigne lui répondre.

— Vous vous êtes fait mal ?

Je souris vaguement et secoue la tête en guise de réponse.

Certaines personnes se sont arrêtées à mon niveau, puis poursuivent leur chemin en riant. Je remercie celui qui m'a aidée, mais il s'éloigne déjà vers une femme qui l'interpelle. Je continue donc ma route sans prêter attention à mes vêtements mouillés et tachés. La journée commence bien.

Je suis enfin devant la maison d'édition. La secrétaire m'accueille avec un sourire de geôlier. Je me présente. Du bout des lèvres, elle m'invite à attendre dans le petit coin aménagé en face d'elle. Je pose mes affaires et demande où sont les toilettes. Sans lever les yeux de son cahier, elle tend le bras et m'indique vaguement un endroit. Un quart d'heure après, je trouve enfin les cabinets tant attendus.

Je me dépêche de retourner en salle d'attente de peur que l'on soit venu me chercher durant mon absence. Mais personne n'est là hormis mon aimable cerbère. Je feuillette les journaux étalés sur la table basse. La pendule résonne dans la pièce. Une heure plus tard, je risque un mouvement pour demander à la secrétaire s'il me reste longtemps à attendre, mais un seul regard d'elle suffit à couper mon élan. Deux heures plus tard, le papier peint n'a plus de mystère pour moi et je me mets à l'étude des portes en bois anciennes finement gravées. Trois heures plus tard, un homme s'approche de moi :

— Mademoiselle Manin ?

— Non. Je suis Mlle Verber. Je viens voir M. Pose pour…

— Je suis désolé, mais M. Pose ne peut malheureusement pas vous recevoir, il n'est pas là. Pouvez-vous passer une autre fois ?

— Oui… Je rappellerai. Parfait. Au revoir.

Je m'éloigne, la mort dans l'âme, déçue. Autant rentrer maintenant. Je n'ai rien d'autre à faire. Je déambule dans les rues et arrive enfin à mon appartement. Ma logeuse me tend mon courrier et me signale que j'ai une petite mine. Arrivée dans la cuisine, j'attrape un briquet et enflamme mon manuscrit. Bizarrement, je ne ressens rien en voyant mon histoire partir en fumée. C'est peut-être moi le problème.

Je me dirige vers la salle de bains et me glisse sous la douche. L'eau chaude me fait du bien. J'entends le téléphone sonner, mais je ne veux pas répondre. La sonnerie se fait insistante. Je coupe l'eau et me dirige vers le salon.

— Allô !

— Mademoiselle Sonia Verber ?

— Oui, c'est moi.

— Ici le commissaire Garsein.

J'aurais dû rester sous la douche.

— Que puis-je pour vous ?

— Je vous appelle pour une regrettable affaire. Il faudrait que vous veniez à la morgue pour identifier le corps d'une personne.

— Pardon ?

— Il s'agit de votre amie Mlle Sarah Delour. Elle a visiblement mis fin à ses jours cette nuit et…

Je raccroche. Je savais bien que je n'aurais pas dû décrocher ce maudit téléphone. Je reste plantée là, debout, sur le parquet. Mes larmes coulent lentement ; l'eau sur mon corps ruisselle maintenant sur le parquet. Je glisse le long du mur et m'accroupis.

❧

Je me redressai. Le professeur venait d'entrer dans la salle. C'était la grande rentrée de sixième. Le temps qu'il fasse l'appel, je pouvais me rendormir.

– Delour Sarah ? demanda le professeur.

– Présente.

Je l'observai. Vu son teint, elle venait d'un pays plus au sud, l'Italie ou l'Espagne. Elle faisait ma taille ; ses cheveux étaient noir corbeau. Elle se trouvait à côté d'une gamine style première de la classe restée fifille.

– Verber Sonia ? Verber Sonia ?

– Euh oui, c'est moi. Présente.

Certains ricanèrent et le professeur poussa un soupir d'exaspération. Je la regardai elle, mais elle discutait avec sa voisine.

Un mois après, Sarah était à côté de moi dans toutes les matières et on ne se séparait plus.

❧

Le bruit d'une clef qui tourne dans la porte.

– Sonia ! Qu'est-ce qui se passe ?

Mathieu court vers moi. Je sens une couverture sur mon corps. Il me prend dans ses bras et me dépose sur le canapé. Je sais qu'il veut comprendre, mais il respecte mon silence et attend. Il me tient et je me blottis contre lui comme une enfant. Peu après, ayant repris mes esprits, je commence à parler :

– Un commissaire m'a appelée tout à l'heure.

Je marque une pause. Comme il ne dit rien, je continue :

– C'est au sujet de Sarah.

Je le regarde et puise dans ses yeux la force nécessaire pour poursuivre :

– Elle est morte cette nuit.

Mathieu me serre un peu plus dans ses bras. Je pose la tête sur son épaule et recommence à pleurer.

– C'est un meurtre ? demande-t-il.

— D'après le commissaire, ce serait un suicide. Mais je ne comprends pas, elle avait tout : l'argent, le succès. Tout le monde était à ses pieds. Ses BD se vendent partout. Alors pourquoi ? Qu'est-ce qui a bien pu se passer ?

Le téléphone se remet à sonner. Mathieu se lève et décroche.

— Oui ?… Non, c'est son fiancé… Attendez, je vais voir.

Il se tourne vers moi et couvre le combiné de sa main.

— C'est le commissaire de police. Il veut te parler au sujet de… Sarah.

Je me lève et me dirige vers lui. Mes pas sont lourds, mes pieds ne veulent pas avancer. Je prends le combiné, le commissaire s'excuse de cette annonce si brutale. Il me demande si je souhaite qu'il appelle quelqu'un d'autre pour identifier le corps. Je lui réponds que je viendrai, il faut juste que je reprenne mes esprits. Il me donne l'adresse de la morgue, il m'y attendra cet après-midi. Il marque une pause puis s'excuse encore avant de raccrocher. Je me tourne vers Mathieu et lui dis que j'ai l'intention d'aller reconnaître le corps de Sarah dans une heure ou deux.

— Je peux t'y amener si tu veux, propose-t-il.

— Si ça ne te dérange pas, je préférerais que tu viennes.

— D'accord. Allez, viens manger un bout avant de te préparer.

Je le suis dans la cuisine.

જી

— T'aurais pas quelque chose à grignoter, s'il te plaît ?

— Si. Viens à la cuisine.

Je suis Sarah dans le couloir. On est parties du collège à midi sur un coup de tête et on a décidé de passer l'après-midi ensemble chez elle.

— Tu as vu la tronche de la pionne quand on a sauté la grille ?

– Oui. On est bien parties pour trois heures de colle ! Tiens, tu as du chocolat et du pain sur la table.

– Merci.

On a goûté en silence, assises face à face. Puis on est allées s'étaler sur le canapé.

Je regarde Sarah et romps le silence.

– Tu sais, j'avais jamais fait une connerie comme ça avant. D'ailleurs, ça me serait même pas venu à l'idée.

– Moi aussi. Faut dire que depuis qu'on est amies, on doit en être à notre centième bêtise, si ce n'est plus !

– Tu crois que c'est pas bien ce qu'on fait ?

– Je sais pas. Après tout, je vois pas pourquoi ce serait grave, on s'amuse, c'est ça l'essentiel.

– Mes parents ne le voient pas du même œil.

– C'est sûr !

Nous nous sommes tues pendant au moins un quart d'heure. Sarah s'est redressée sur son coude et a regardé par la fenêtre.

– Tu regardes quoi ?

– Hier, mon chat était sur le rebord et j'ai vraiment cru qu'il allait tomber. Ça m'a fait peur.

– …

– T'y penses souvent à la mort ?

– Non. Pour l'instant je pense plus à m'amuser mais il m'arrive, quand je suis toute seule, de me demander comment je vais finir ma vie.

– Moi, une chose est sûre, je ne veux pas finir tuée par un chauffard ou par quelqu'un d'autre. Je veux mourir de vieillesse ou alors me donner la mort.

– De toute façon, ça sert à rien d'y penser, Sarah. On verra bien quand on y sera.

– Mais tu voudrais mourir comment, toi ?

— Mourir quand on est vieux dans son sommeil c'est une belle mort, mais si je dois être tuée par quelqu'un, je préférerais que ce soit par une personne de mon entourage plutôt que par un inconnu.

— Et par un ennemi ?

— Peut-être, ou alors par quelqu'un qui m'est cher.

— Donc, si je suis ton raisonnement, ça ne te dérangerait pas que je te tue ?

— Non. Toi, ça ne me dérangerait pas.

— T'es bizarre, mais fais attention que je ne te prenne pas au mot.

— Va falloir que je me méfie maintenant !

Sarah m'a regardée en souriant et a fait semblant de me viser avec un pistolet. On a ri puis on a dévié sur un autre sujet.

❧

Nous entrons dans la morgue. Flanqué de deux policiers, le commissaire nous attend dans le couloir. Maintenant j'ai vraiment peur. Mes jambes tremblent et je n'ose continuer mon chemin. Mathieu glisse sa main dans la mienne et me force doucement à le suivre, ce que je fais à contrecœur. M. Garsein s'approche de moi et me serre la main.

— Je suis désolé de vous faire venir ici. Je sais que ce n'est pas une partie de plaisir, mais c'est la règle ; pour identifier un corps, il faut une personne ayant bien connu la défunte, à différentes époques de sa vie de préférence.

— Je comprends. Où est… Sarah ?

— Suivez-moi, je vous prie.

Nous lui emboîtons le pas. Cet endroit est vraiment horrible. Les murs sont gris, le sol est gris, l'odeur est nauséabonde. Nous prenons un escalier qui s'enfonce dans le noir. Enfin nous arrivons dans une salle remplie de grands tiroirs. Un homme en habit blanc nous attend, appuyé contre le mur.

— Commissaire ?

— Bonjour, monsieur Jasmin. Je viens vous voir pour la jeune fille arrivée cette nuit.

— D'accord, suivez-moi.

Nous traversons rapidement la salle aux tiroirs pour nous diriger vers une porte bleue. Le commissaire discute avec l'homme en blanc. Nous entrons dans une petite salle. Au milieu se trouve un lit en fer recouvert d'un drap blanc. Des étagères remplies d'instruments que je ne voudrais pour rien au monde voir en action sont accrochées au mur. Le médecin se dirige vers le lit et soulève le drap. Par réflexe, Mathieu me tire en arrière. Je pose ma main sur son bras et m'approche du lit.

— C'est bien Sarah Delour.

— Merci, mademoiselle. Docteur, je pense que c'est bon, nous allons partir.

— OK, commissaire. C'est parfait, nous allons pouvoir la caser dans un tiroir… Hum, pardon.

— Bon, allons-y.

Je suis le commissaire en silence, Mathieu sur les talons. Le commissaire me remercie et nous prenons congé de lui.

Quand nous arrivons à la voiture, j'ai toujours à l'esprit le visage de Sarah.

— Sonia, ça va ? Sonia ?

— Hein ? Euh, oui, excuse-moi. Je… Mathieu, tu as vu la tête de Sarah ?

— Oui, vaguement, par-dessus ton épaule. Pourquoi ?

— Je ne sais pas, j'ai une impression bizarre. Il y a quelque chose qui ne va pas. L'air qu'elle a, son visage figé, ce n'est pas normal. Je ne comprends pas, il y a quelque chose qui cloche.

— Enfin, elle s'est suicidée ! Tu penses que son visage devrait être rayonnant de bonheur ?

– Te moque pas. Le commissaire a dit qu'elle s'était empoisonnée, mais les policiers n'ont retrouvé aucun poison chez elle. Ils ont
donc supposé qu'elle revenait d'un squat. Il paraît qu'elle avait plongé
dans la drogue. Mais sur son cou, il y avait une trace de piqûre, je viens
de le voir.

– Et alors ?

– Mais c'est pas normal. Il y a quelque chose qui ne va pas, je te
dis.

– Tu te fais des histoires. C'est le choc.

Je préfère abandonner la partie, je réfléchirai à ça plus tard.

– Mathieu, je viens de penser à quelque chose.

– Qu'est-ce qu'il y a ? Il est deux heures du matin !

– J'ai compris un truc. Cette trace sur son cou, elle ne se l'est
pas faite toute seule. Donc, c'est quelqu'un qui l'a empoisonnée !

– Tu crois qu'elle a été assassinée ?

– Oui, j'en suis sûre ! L'assassin a utilisé une fléchette empoisonnée et l'a piquée dans le cou.

– Tu divagues ! C'est n'importe quoi !

– Mais…

– Rendors-toi, s'il te plaît, j'aimerais dormir !

Je comprends que parler ne sert à rien. Il faut que j'aille voir la police
et que je leur présente ma théorie. Mais est-ce qu'ils m'écouteront ?

– Donc, selon vous, il s'agirait d'un meurtre ?

– Exactement. Sarah n'avait aucune raison de se suicider.

– Mais vous savez qu'elle était tombée dans le piège de la drogue
depuis quelque temps ? N'est-ce pas une raison suffisante pour mourir ?

– Il est vrai que je ne l'avais pas vue depuis un moment, mais
j'ai grandi avec elle, je la connais comme une sœur et je vous assure
qu'elle n'aurait jamais fait ça.

— Mademoiselle, il faut comprendre que ce n'est pas votre seule assurance qui pourra prouver quoi que ce soit. Cette affaire est classée. Il s'agit d'un suicide.

— Bien, je vois que je ne peux pas vous faire changer d'avis. Merci de m'avoir reçue. Au revoir.

Je me lève et me dirige vers la porte, j'entends le commissaire se lever.

— Mademoiselle !

— Oui ?

— Je constate que vous êtes persuadée de votre théorie. Je ne peux vous donner qu'un conseil : ne faites pas de bêtises, laissez la police agir. Vous allez vous attirer des ennuis.

— Eh bien, je suivrai peut-être votre conseil. Merci.

Je lui adresse le sourire le plus glaçant et hypocrite de toute ma vie et tourne les talons. La police ne m'empêchera pas de faire ce que j'ai à faire. Désormais, je prends les choses en main.

❧

— Hum hum hum ! fis-je en me raclant la gorge.

C'était le signal convenu. Sarah me passa son stylo plume avec un grand sourire. Je la remerciai, regardai le professeur en m'excusant et reportai mes yeux sur ma copie. Lentement, la trousse devant moi, je dévissai le stylo. Une boulette de papier roula sur la table ; la réponse à la question trois, le nombre de « hum » indiqué, figurait sur le papier. Je la recopiai discrètement. Devant moi, Sarah tira sa chaise vers son bureau deux fois. Je glissai donc dans le stylo plume un autre papier avec la réponse à la question deux et lui rendis le stylo.

Je ne me souviens pas combien de fois nous avons utilisé ce petit tour elle et moi, mais nous avons réussi un bon nombre de contrôles de cette manière. À l'époque, cela ne nous semblait pas grave et nous amusait plus qu'autre chose. Mais ça n'a pas toujours marché.

— Sarah, vous viendrez me voir à la fin du cours, s'exclama le professeur.

Elle me glissa un petit coup d'œil, je vis qu'elle commençait un peu à paniquer. Je la rassurai d'un sourire, mais je n'étais pas fière et me mis moi aussi à m'inquiéter pour mon amie.

— J'ai remarqué votre petit manège, vous soutirez des réponses à votre camarade. J'ose espérer que vous n'êtes pas fière de vous. Remettez-moi votre cahier de liaison, je vous prie.

Planquée derrière la porte, j'écoutais sa tirade. Je pris mon courage à deux mains et rentrai dans la salle. Le professeur me demanda de sortir, mais je vins me placer à côté de Sarah et posai mon cahier de liaison sur son bureau.

— Que faites-vous Sonia ? Je ne vous ai rien demandé.

— Justement, c'est ça le problème. Je suis aussi fautive que Sarah. Si vous la punissez, alors vous devez faire pareil avec moi.

— …

— Vous n'êtes pas d'accord ?

— Bon, j'en ai assez entendu, tout ceci est ridicule. Reprenez vos cahiers et allez-vous-en. Et que je ne vous y reprenne plus.

— Merci, monsieur. Au revoir.

Nous filâmes dans le couloir. Sarah se tourna vers moi :

— Quel con ! Si tu n'étais pas venue, j'avais au moins deux heures de colle ! Je ne sais pas pourquoi tu lui fais autant d'effet, mais c'est plutôt pratique.

❧

— Sonia, où tu vas ?

— Je sors.

— Pour quoi faire ?

– Euh, juste pour me balader. Attends ! Je viens avec toi.

– Non, c'est bon Mathieu, je vais juste prendre l'air.

– Tu veux pas que je vienne ?

– J'aimerais bien que tu nous prépares un bon plat au canard pour ce soir. T'as qu'à t'y mettre pendant que je me promène.

– Cuisiner à trois heures de l'après-midi ? Ce n'est pas très logique.

– Mais si, t'inquiète.

Et avant qu'il ne réplique, je claque la porte. Heureusement que Sarah m'avait laissé un double des clefs de son appartement. Sitôt montée dans la voiture, je fonce vers le XVIe arrondissement. Ça va me changer, moi qui loge dans le XXe !

J'arrive enfin à son adresse. Je ne me sens pas à ma place dans cette rue avec ma petite 205. Je rentre dans l'immeuble et me planque derrière un gros pot de fleurs. À première vue, personne dans le hall. Le gardien ronfle sur sa chaise. Je me dirige vers l'ascenseur en rasant les murs et monte au quatrième étage. J'étais venue une fois, il y a quelque temps déjà. Sarah venait de s'acheter cet appartement et m'avait invitée. C'est d'ailleurs à partir de ce moment-là qu'on s'est de moins en moins vues. Elle passait ses soirées dans des endroits chic pendant que Mathieu et moi on galérait pour trouver un petit T2 pas cher. Enfin bon, elle avait réussi, c'était tant mieux pour elle. Pourtant ses victoires me laissaient amère, surtout à cause de mes défaites. Et je m'en suis toujours voulu d'éprouver de la jalousie. Mais tout de même, j'avais fait de meilleures études qu'elle !

Mince, quelqu'un approche ! Je me cache dans le placard à balais. Un homme s'arrête juste devant. Il est aussitôt rejoint par une femme. Ils entament une discussion et me bloquent le passage. Leur conversation est tellement mielleuse que je préfère replonger dans mes pensées. Je me souviens de mes vingt ans. À cette époque, je partageais un petit appartement avec Sarah jusqu'à ce que je rencontre Mathieu et finisse par m'installer chez lui. D'ailleurs, c'est à partir de ce moment-là qu'on a commencé à se disputer toutes les deux, sans raison ou par jalousie. Il y a même eu une pause d'un an et demi où le silence s'est installé. Mais pourquoi s'était-on brouillées ? Et puis après on a oublié et on a recommencé à se fréquenter. Qu'est-ce qui s'était passé ? C'est si loin…

&

— Tu le connais à peine et tu vas déjà habiter chez lui ! cria Sarah.

— Ça fait un an que je suis avec lui ! Je vois pas où est le problème !

— Et moi, comme une idiote, je tiens la chandelle pendant une année et maintenant on me jette ! Ça fait plaisir.

— Mais tu crois pas que je vais rester avec toi jusqu'à l'hospice tout de même ? J'ai ma vie aussi.

— Tu m'avais promis que tu resterais toujours avec moi. Que tu serais toujours là !

— Attends, je t'ai dit ça en cinquième, j'avais douze ans ! C'est un truc de gamine. Tu peux pas me faire ça ! T'as pas le droit !

Sarah était en pleurs. Elle tapait partout et commençait à me faire peur. Jusqu'au moment où elle a attrapé un vase et l'a lancé près de moi. Je me suis précipitée sur elle et je l'ai giflée. Elle s'est arrêtée d'un seul coup et s'est effondrée dans mes bras en pleurant.

— Pourquoi tu te mets dans cet état ? Je vais pas loin, je reste dans la même ville.

— Quand tu es partie à la fin de la cinquième, je me suis retrouvée toute seule, et puis t'es revenue trois ans après. Mais le chemin avait été tellement dur. Je ne veux pas que ça recommence, murmura-t-elle.

— On ressemble à un vieux couple qui vient de se disputer. Tout ceci est ridicule, on a vingt et un ans quand même. C'est pas un comportement d'adulte, ça. Je comprends que tu sois triste mais je peux pas rester ici éternellement. En plus, tu t'entends pas bien avec Mathieu, alors il vaut mieux qu'on s'éloigne. Je te demande d'arrêter ce cirque et de me laisser partir maintenant.

Sarah se dégagea de mes bras et se releva, le teint livide. Je murmurai une excuse, mais elle s'éloigna dans la chambre. Je me relevai et la suivis. Elle entra, prit ma valise et me la jeta à la figure.

– Casse-toi, puisque tu le souhaites tant ! Va-t'en ! Mais ne reviens pas chouiner quand tu seras toute seule. Moi, en tout cas, je ne serai plus là !

– C'est bon, calme toi !

– Non ! Va-t'en !

Je me dirigeai vers la porte d'entrée. Elle me suivit en criant. Tout se bousculait dans ma tête. Je ne comprenais pas son attitude ; elle ne se mettait jamais dans ces états-là. Elle passa devant moi, ouvrit la porte et me poussa dehors.

– On ne peut pas discuter raisonnablement ? demandai-je.

– Je n'ai rien à te dire. Fiche le camp maintenant !

– Et qu'est-ce qu'on va faire après ? Tu ne vas plus venir me voir ?

– Je t'avouerais que je n'en ai franchement pas envie. Retourne dans ta merde si c'est ce que tu souhaites.

– ...

– Eh ben ! T'as rien à dire ? C'est fini ?

– Tu es tour à tour violente et méchante. Je me demande si tu n'es pas un peu malade.

Là, je croyais vraiment qu'elle allait me sauter dessus, mais elle ne bougea pas. Pourtant, on pouvait lire sur son visage qu'elle se retenait.

– Je ne veux plus te voir, murmura-t-elle.

Je fis demi-tour et commençai à descendre l'escalier. Je m'arrêtai à mi-chemin ; elle n'avait pas encore claqué la porte.

– Moi, en tout cas, je serai toujours là si tu as besoin d'aide.

Elle me dévisagea et bredouilla quelque chose puis referma la porte.

Après ça, on ne s'est plus revues pendant un an et demi. Je suis revenue à notre ancien appartement une fois, mais elle avait déménagé sans laisser d'adresse. Je l'ai recroisée au cours d'un cocktail de la maison d'édition qui avait publié une de mes nouvelles. Tout a redémarré comme si de rien n'était.

※

Cela me fait bizarre de me souvenir de cette dispute. Mais je dois arrêter le cours de ma pensée. Le couple qui me bloque est en train de s'en aller. Je sors du placard et me dirige vers la porte de l'appartement de Sarah. Les policiers ont mis du gros scotch jaune pour barricader l'entrée et une pancarte marquée «interdit». Je glisse la clef dans la serrure et, au prix d'une figure de contorsionniste particulièrement difficile, je parviens à entrer. Tout est calme. La fenêtre est ouverte, la table mise. Je m'avance jusqu'à sa chaise et m'y installe. C'est donc là qu'elle a été découverte morte. En tournant la tête à gauche, je repère par la fenêtre le toit de l'immeuble d'en face. Vu la hauteur, quelqu'un aurait très bien pu tirer sur Sarah pendant qu'elle mangeait ; ce qui expliquerait la trace de piqûre dans le cou.

Je me lève et me dirige vers un secrétaire. Dans le premier tiroir, je trouve un petit agenda rempli de numéros de téléphone que je glisse dans ma poche. En continuant mon inspection, je me rends compte que le troisième tiroir ne s'ouvre pas entièrement et racle au fond. Ça me fait sourire. Depuis toutes ces années, Sarah n'a vraiment pas changé. Je glisse ma main dans le tiroir et tire vers moi la plaquette qui fait double fond. Derrière, je sens une liasse de feuilles. Je les retire délicatement et regarde de quoi il s'agit. Je crois qu'il vaut mieux que je retourne m'asseoir. Je feuillette le manuscrit. C'est notre histoire, notre lien, notre symbole, notre promesse. Pourquoi l'a-t-elle mis sur papier ? Pourquoi a-t-elle commencé à l'écrire ?

Je sors de l'appartement, descends les escaliers et traverse le hall. Le gardien me regarde passer d'un air surpris et me demande ce que je fais ici. Je n'ai même pas envie de trouver une excuse, je continue mon chemin et retourne dans ma voiture.

Je crois qu'il est temps que je m'en aille.

— Sonia, tu n'as rien mangé !

— Désolée, j'ai pas très faim.

— Tu es allée te promener où cet aprèm ?

— Je suis allée chez Sarah.

— Quoi ??!!

Mathieu s'étouffe à moitié et me regarde d'un air furieux. Je n'ose pas lever les yeux et fixe mon assiette sans bouger.

— J'ai rien fait de mal. Je voulais juste vérifier quelques trucs.

— Mais t'es folle ! Comment tu as fait pour y entrer ?

— J'avais le double des clefs.

— Si les flics l'apprennent, tu vas pas t'en sortir comme ça. C'est interdit ce que tu as fait.

— Je sais, mais ma théorie du meurtre est vérifiée maintenant.

— Vraiment ? Et qu'as-tu trouvé d'intéressant ?

Je lui raconte ma théorie sur un éventuel tireur du toit d'en face. Mais je ne lui parle pas de la découverte du manuscrit. À la fin du dîner, Mathieu semble un peu plus convaincu, mais une question reste en suspens : pourquoi l'a-t-on tuée ?

— Tu ne partiras pas sans moi, c'est impossible ! Tu partiras avec moi, mais pas sans moi !

— Qu'est-ce que t'as dit ?

— Non, c'est rien.

Mathieu se retourne et commence à se rendormir.

C'était donc ça, la phrase que Sarah m'avait dite avant de refermer la porte de son appartement. Pourtant, elle m'avait laissée partir. Qu'est-ce qu'elle avait voulu dire? Ne trouvant pas le sommeil, je me lève et commence à feuilleter son agenda. Différents numéros d'amis y figurent, puis des notes sans importance. Je le repose. Un bout de papier s'en échappe. Je le ramasse et le déplie; un numéro et un mot sont griffonnés dessus. Je déchiffre difficilement; c'est une date: vendredi 5 mai, 8 h 30. Je suis intriguée et je ne tarde pas à faire le rapprochement: il s'agit du soir de la mort de Sarah. Maintenant, je m'en souviens. Il y a un mois, elle m'avait invitée à dîner, mais j'avais décommandé quelques heures avant. J'aurais dû être avec elle ce maudit soir! Quand elle m'avait invitée, sa voix était pressante et je pensais qu'elle voulait me dire quelque chose d'important. Elle voulait sûrement me parler de cette mauvaise période qu'elle traversait, de ses problèmes de drogue. Elle avait besoin de moi et je n'y suis pas allée. Et merde! Si j'avais été là, elle ne serait peut-être pas morte à l'heure qu'il est. Je l'ai abandonnée, j'ai laissé tomber la seule personne qui a vraiment compté dans ma vie. Je lui avais pourtant promis de rester avec elle. Les larmes roulent sur mes joues. Tu vois, Sarah, tu te trompais. Je suis partie sans toi et du coup tu t'es enfuie de ton côté, toute seule. Tout est de ma faute! Je ne suis pas restée près de toi.

On marchait côte à côte en silence. Au croisement de deux rues, Sarah s'arrêta.

— Bon ben, je vais à l'arrêt de bus.

— Moi, je rentre à la maison. On part jeudi, alors faut finir les cartons.

On n'osait pas se regarder. Je sentais que Sarah n'allait pas tarder à craquer et moi aussi. Quand je vis ses larmes couler, je la pris dans mes bras et la serrai contre moi sans rien dire. Nous restâmes enlacées pendant quelques minutes, puis elle se retourna et s'en alla. Maintenant, je pouvais moi aussi pleurer.

Le lendemain, Alice, une autre camarade de classe, me proposa de passer une dernière fois chez elle dans l'après-midi. J'arrivai vers deux heures environ et sonnai à la porte. Alice vint m'ouvrir et me dit d'aller m'installer sur le canapé. J'entendis des murmures venant de la cuisine et réussis à reconnaître les voix. Mais je ne dis rien, je ne voulais pas gâcher leur surprise. À peine étais-je installée que Sarah, Chloé et Léa – d'autres camarades – surgirent de la cuisine avec un gâteau et un paquet cadeau. Cet après-midi-là, je ne risquais pas de l'oublier.

C'était la première fois que je voyais Sarah si triste.

ॐ

Maintenant, je ne sais plus quoi faire. La thèse du suicide est sûrement bonne, mais je préfère tout de même appeler ce numéro mystérieux. Mathieu vient de partir à son travail, j'ai la journée devant moi. Je prends le papier, respire un bon coup et compose le numéro. Première sonnerie, qu'est-ce que je vais pouvoir dire ? Troisième sonnerie, « Bonjour vous connaissez Sarah ? ». Cinquième sonnerie, non c'est un peu brusque comme entrée. « Bonjour ! Vous êtes bien chez M. Ruffin. Je ne suis pas là pour le moment, veuillez laisser un message. » Je raccroche, laisser un message ne servirait à rien. Ce n'est pas grave, j'ai retenu le nom. Deux minutes plus tard, mon écran d'ordinateur affiche l'adresse de ce monsieur. Il n'habite pas très loin, je vais me déplacer chez lui.

J'arrive dans une petite cour, une vieille dame balaye les feuilles mortes. J'avance vers la porte d'entrée et observe tous les noms. Je sonne à l'interphone. La vieille dame s'approche et me demande qui je cherche.

– M. Ruffin.

— Il n'est pas là.

— Bon, ben c'est pas grave.

— Vous avez un message à lui transmettre?

— Je voulais lui demander quelque chose à propos de quelqu'un. Mais tant pis, je reviendrai.

Je commence à m'éloigner quand la vieille dame me rattrape.

— Il fallait le dire tout de suite que c'était pour ce boulot-là. Tenez, allez à cette adresse, c'est là qu'il travaille.

— Merci.

— Et entre nous, c'est pour qui que vous venez le voir?

— Euh.

— Ha ha! Faut pas être timide! C'est votre mari qui vous trompe? Moi vous savez, c'est pour ça que j'ai rencontré M. Ruffin. Et ça fait vraiment du bien d'être débarrassé de ces problèmes. Enfin bon, je parle mais je vous retarde, allez-y!

Je m'éloigne presque en courant. Cette vieille a quelque chose d'effrayant! Je regarde le papier qu'elle m'a donné et commence à me diriger vers l'adresse indiquée.

Je me retrouve devant un cabinet d'assurance-vie. Je pousse la porte et entre. L'endroit est clair et bleu. Un jeune homme est assis derrière un bureau et me regarde en souriant.

— Que puis-je pour vous, madame?

— Je viens voir M. Ruffin.

— Il n'est pas là aujourd'hui. Je suis seule au bureau. C'était pour une affaire urgente?

— Non, enfin si. Je voulais le voir pour…

Je commence à comprendre ce que voulait dire la vieille dame.

— Pour lui confier un travail.

— Oh, je comprends. Je peux toujours lui transmettre vos coordonnées si vous le souhaitez?

– Vous lui direz plutôt de me rejoindre au bar La Loupiotte, demain soir vers huit heures.

– Très bien, madame. Je le préviendrai.

– Merci beaucoup et au revoir.

– Attendez! Êtes-vous sûre de ce que vous faites? Il ne faut pas que vous en veniez à le regretter! Réfléchissez à deux fois.

– Je vous remercie, mais je suis sûre de moi.

Je sors du local et m'enfonce dans la rue grouillante avec une boule au ventre. Je viens de donner rendez-vous à un tueur à gages. Sûrement celui qui a tué Sarah. J'espère que je n'ai pas fait une bêtise.

Mathieu s'approche de moi et m'embrasse tendrement. Je n'ai pas dormi de la nuit et je dois en être à mon quatrième café.

– Bon, j'y vais, murmure Mathieu.

Je me lève, le serre dans mes bras de toutes mes forces.

– Je te trouve bien câline depuis hier. Tout va bien?

– Oui, oui. Ne t'inquiète pas.

– Tiens, j'ai une idée, que dirais-tu d'aller au resto ce soir?

– J'aimerais bien, mais ce soir je dois aller voir une amie. Je suis vraiment désolée.

– C'est pas grave, on ira demain soir. Bisous!

Je n'ai pas envie qu'il s'en aille. Je veux qu'il reste près de moi et je lui raconterai tout. Je n'irai pas au rendez-vous de ce soir et j'oublierai tout ce qui s'est passé. Mais je dois penser à Sarah. J'ai été trop égoïste. Je lui en ai trop fait.

La journée passe à une vitesse folle et l'heure de partir approche. J'ai pris avec moi le canif de Mathieu; on ne sait jamais ce qui peut arriver. Je lui laisse un petit mot gentil sur la table en lui expliquant tout et en lui rappelant de ne pas s'inquiéter: je sais ce que je fais. Même si ça, j'en suis moins sûre. Je marche dans la rue. Sans me préoccuper de ce qui se passe autour de moi. J'ai peur, vraiment peur.

Je suis enfin installée à une table à La Loupiotte. Ce bar est sombre, juste éclairé par des bougies. Un homme rentre et parcourt la salle du regard. Puis il s'approche de moi.

— C'est vous qui m'avez donné rendez-vous ?

Je le regarde de la tête aux pieds. Il porte un grand manteau à col remonté jusqu'au menton et un vieux feutre à la Humphrey Bogart. Il a des lunettes de soleil sur le nez et une moustache qui ressemble à un accessoire de théâtre. Je lui fais signe de la tête pour qu'il vienne s'asseoir. Il s'installe tranquillement. Après avoir commandé un verre d'alcool, il me regarde et me demande ce que je veux.

— Je voudrais que vous éliminiez une personne qui me gêne. Mais pour cela, je voudrais connaître vos méthodes. Comment tuez-vous vos victimes ?

— Je peux étrangler, noyer, tirer une balle en plein cœur, selon la demande du client. Mais je n'égorge pas, je n'ai aucunement envie de me tacher.

— Pouvez-vous tuer à l'aide de poison ou de drogue ?

— Oui, pour les drogués une overdose peut faire l'affaire.

— Si vous n'entrez pas en contact direct avec la victime, pouvez-vous tuer à distance ?

— Bien sûr, avec une fléchette. Qui dois-je tuer ?

— Mlle Sarah Delour.

J'observe attentivement ses réactions. Il se met à sourire.

— Vous êtes Sonia Verber ?

— Oui. Comment le savez-vous ?

— Vous voulez venger votre amie.

— Je veux surtout comprendre pourquoi elle a été tuée.

— Si je puis me permettre, comment êtes-vous remontée jusqu'à moi ?

— J'ai trouvé dans son agenda un papier avec votre numéro de téléphone et la date du soir où elle est morte.

— …

— Pourquoi l'avoir tuée ?

— J'ai reçu l'ordre de tirer à un endroit précis ; elle s'y trouvait et je l'ai tuée.

— Mais qui voulait sa mort ?

— Ce n'était pas elle qui était visée. Quelqu'un d'autre aurait dû se trouver là, à sa place. Mon client m'avait laissé un message pour annuler ce meurtre, mais je ne l'ai pas reçu à temps.

— Pour annuler ?

— Oui, puisque la victime ne venait pas.

— Attendez, vous voulez dire que…

— C'était vous qui étiez à abattre ce soir-là.

— Mais qui voulait me tuer ? Pourquoi ?

— Votre amie m'avait payé pour ça.

« Si l'une de nous deux meurt, la survivante publiera notre histoire. »

PAOLA TERMINE

PLEURE PAS TROP FORT

« *Je m'appelle Paola Termine,*
j'ai 14 ans, je suis née
le 9 avril 1993 à Paris et je passe
en troisième. Mon père est graphiste
et ma mère est musicienne.
J'ai participé au Prix Clara,
parce que j'avais une histoire
en cours, qui me paraissait
plutôt bien. J'écris régulièrement,
mais ce n'est pas ce que je fais
le plus dans mon temps libre.
Plus tard, je ne compte pas
me consacrer à l'écriture,
peut-être au cinéma, je ne sais pas
trop encore. »
Paola Termine

Pourquoi est-ce que j'existe ? C'est la question que tout le monde s'est
posée au moins une fois dans sa vie. Non ? Moi oui, et plus d'une fois.

Je m'appelle Eva, j'ai treize ans, j'habite à Paris et je vais au collège.
Pour l'instant, tout est normal. J'ai des amis, un père, une mère
et même un frère. Il s'appelle Lucas, il a sept ans. Il va à l'école,
il a des amis. Normal. Bref, nous avons une vie normale.

Mais que ressentez-vous quand vous lisez ce texte ? Croyez-vous
que c'est une histoire rigolote ? Sûrement pas. Une histoire vraie ?
C'est possible, mais ça, vous ne le saurez jamais. Vous ne savez pas
ce que c'est que cette histoire ? Moi, je vais vous le dire. C'est ma vie.
Oui, je sais, comme ça vous avez envie de refermer le livre en vous
disant : « On s'en fout de ta vie ! » Bien, c'est votre choix.
Mais à votre avis, si j'écris ça, c'est pour quelque chose ! Sinon je me
la serais fermée. Peut-être qu'à la fin de la nouvelle, vous vous direz :
« Elle aurait mieux fait de la fermer. » Mais c'est vous qui l'aurez lue.

D'accord, j'arrête de jouer à ce jeu. Je pense quand même que
vous voulez savoir ce qu'est-ce que j'ai de si particulier, n'est-ce pas ?

Vous ne le saurez pas. Du moins pas pour l'instant.

1

18 H 30, C'EST CE QU'INDIQUE LE RÉVEIL SUR MON BUREAU. Nous sommes mercredi, je n'ai pas fait mes devoirs. Je ne compte pas les faire. Qu'est-ce que font la plupart des jeunes quand ils n'ont rien à faire ? Ils regardent la télé, ou ils jouent à l'ordi, les plus intellos lisent. Moi, je déteste lire. Je ne regarde pas la télé non plus. Je suis une fille, mais je ne passe pas des heures au téléphone. Le matin, je m'habille avec le premier jeans et le premier T-shirt de mon placard. Je mange un bol de céréales et je vais en cours quand j'en ai le courage. Je ne suis pas « fashion » ni « gothique ». Je suis tout simplement moi. Mais bon, passons à autre chose avant que ça ne devienne saoulant.

Je vais dans la cuisine prendre un morceau de chocolat. Il y a Lucas qui regarde la télé dans le salon et ma mère est au travail. Vous voulez savoir où est mon père ? Même si vous ne voulez pas le savoir, je vais vous le dire. Il est en prison. Pour trafic de drogue. Il s'en prend pour sept ans. Ma mère ne veut plus entendre parler de lui. Moi non plus. Lucas le connaît à peine. Il a foutu la merde dans toute la famille. Pourquoi il a fait ça ? Bonne question ! Je ne sais pas et je ne veux pas le savoir. Vous commencez un peu à me connaître. À être intrigué par cette histoire. Ou peut-être pas. Bref, je continue. Je suis donc dans la cuisine à manger mon chocolat. J'ai déjà pris le courrier et jeté les lettres de l'école. Il faut que Lucas prenne sa douche. Je m'approche de la télé et je l'éteins.

— Va prendre ta douche.

— Quoi ?

— T'as pas entendu ? Il faut te nettoyer les oreilles des fois. J'ai dit : Va prendre ta douche, c'est pas clair ?

— Et si j'ai pas envie ?

— Tant pis pour toi, crasseux.

— Pff ! Si tu crois que ça m'fait quelque chose.

— Quoi ? Tu crois que ça va me tuer si tu prends pas ta douche ? Tu pues tellement que maman va s'en apercevoir et moi je ne t'aurai pas attendu, alors c'est avec de l'eau froide que tu vas la prendre, ta douche.

— Bah, va la prendre ta douche ! Qu'est-ce que j'en ai à foutre de la prendre froide. J'ai l'habitude.

— OK, mais va pas dire que c'est moi qui t'ai dit de ne pas la prendre.

— Tu crois que j'ai que ça à faire ou quoi ? Bon, maintenant tu veux bien rallumer la télé ?

— Bouge de ton vieux fauteuil pourri. T'es même pas allé à l'école aujourd'hui.

— Et toi ! Toi, t'y es allée au collège ?

— Moi c'est pas pareil ! Je sais déjà lire et écrire !

— Et bah moi aussi, tu crois quoi !

— Je crois rien du tout. Je suis sûre que tu dois aller à l'école, c'est tout. Demain t'y vas !

— Non !

— Oh que si, tu vas y aller ! Et maintenant t'arrêtes de me répondre ! Tu m'obéis, c'est tout !

— T'es pas ma mère !

— Non, mais ça n'empêche, tu m'écoutes, point. Tu vas prendre ta douche tout de suite, sinon tu t'en prends une.

— M'en fous, j'irai pas à l'école ! C'est nul et c'est chiant !

— Tu t'y feras, va !

Je sais, je suis dure avec lui. Peut-être trop, mais tant pis. Je suis très triste en ce moment. Je n'ai pas vu ma mère depuis une semaine et je gère la maison toute seule avec en plus mon frère sur les bras. Pas de temps pour moi, et pour les cours encore moins. Une envie me brûle depuis quelque temps. Une envie de partir pour de bon. Pour ne plus jamais revenir. Fuir mes problèmes, fuir la vie, fuir les gens qui m'entourent, me faire entendre et comprendre par une personne qui sera là pour moi. Une personne à qui parler, raconter ma vie, mes problèmes et mes chagrins d'amour. Une personne en qui j'ai vraiment confiance et une personne qui m'attendra.

Car j'ai appris il y a sept jours la mort de ma meilleure amie. Elle s'appelait Emma et elle avait tout pour être heureuse : des amies, un petit copain, une sœur, de l'argent et des parents. Elle était super sympa et extrêmement sensible. Mais mardi dernier, comme à son habitude, sa mère la conduisait au collège et, sur la petite route juste avant le bâtiment, une voiture roulait vite, beaucoup trop vite, et les deux voitures se sont percutées. Emma était à l'avant et la ceinture n'a pas fonctionné. Sa tête a heurté brutalement le tableau de bord qui n'avait pas d'airbags. Sa mère est encore en vie, mais dans le coma. J'essaye de la voir le plus souvent possible. Je ne sais pas si sans Emma, je pourrai continuer à vivre. Une partie de moi m'a quittée et ne reviendra pas.

Je tremble, je n'en peux plus. J'ai froid, j'ai peur et je ne suis que tristesse. Je me dirige vers la cuisine et ouvre le premier tiroir. J'en sors un gros couteau pointu et, avec, j'écris sur mon bras *the end*. Ça saigne, ça me fait mal. Je souffre et j'ai peur. Je nettoie vite le couteau, le sèche et le remets dans le tiroir. Mon cœur bat de plus en plus vite. Je file dans ma chambre et je m'enferme. Puis je fonds en larmes sur mon oreiller. Sur mon bureau, une photo d'Emma et de moi à la fête foraine. On avait des barbes à papa dans la main. Elle sourit. J'aurais dû mourir à sa place. Je n'ai rien, elle avait tout. Ma vie est finie. Un père en taule, une mère jamais là, pas de mec et plus de meilleure amie. Dans le cœur, de la haine, mêlée à de la tristesse. Je n'en peux plus.

J'entends l'eau de la douche s'arrêter de couler. J'attends quelques minutes, puis je me dirige vers la salle de bains. Je prends un rasoir qui traîne sur le lavabo, je pose la lame en fer froide sur mon poignet et j'appuie de plus en plus fort. Je me regarde dans la glace, puis je recommence. Mon cœur bat et voilà que mes veines se mettent à saigner. Partout. J'ai mal, mais c'est ce que je voulais. Je regarde le miroir… pour apercevoir le reflet de la porte entrouverte et la petite tête de mon frère qui regarde la scène. Une larme coule sur ma joue pour tomber sur mon bras et se mélanger à mon sang. Le rasoir tombe de mes mains. Je mets ma main sur mon poignet en sang et m'approche de mon frère. Je m'accroupis et lui dis : « Ne parle pas de ça à maman, d'accord ? » Il bouge la tête, je le fixe, lui aussi. Dans ses yeux, la tristesse, l'incompréhension et l'admiration dominent et effacent complètement son sourire rayonnant. Je le serre dans mes bras et lui dis à l'oreille : « Je suis vraiment désolée. » Je regrette. Non pas ce que j'ai fait mais ce que je n'ai pas fait : vérifier que la porte soit bien fermée, et que mon frère n'assiste pas à ça. Je vais dans ma chambre. Je m'assieds une seconde sur mon lit, puis sans réfléchir je prends mon compas qui est dans ma trousse. Et j'écris sur mon bras gauche : *I want to kill myself but I can't do tha…* Le compas tombe et moi aussi, effondrée dans ma chambre. Je ne suis plus là.

Deux jours plus tard, je me réveille. Je ne sais pas où je suis jusqu'à ce que j'aperçoive une dame habillée tout en blanc. Je regarde autour de moi et je prends des repères. Je suis à l'hôpital. L'infirmière me regarde et dit : « Tu es vivante, à l'hôpital, saine et sauve. » Je tourne la tête et je vois ma mère et mon frère à la porte d'entrée. L'infirmière me dit : « C'est ce petit bonhomme qui t'a sauvé la vie. » Je veux dire : « Il ne fallait pas », mais de ma bouche sort un « merci ».

— Veux-tu parler à ta maman ? à ton frère ? ou aux deux ? me demande l'infirmière.

Je ne réponds pas. Elle comprend que mon silence veut dire : Je m'en fous, moi j'ai rien demandé.

— Et vous ? continue-t-elle en s'adressant à ma mère et à Lucas.

Lucas s'approche doucement. Je le regarde un peu surprise et je dis :

— Est-ce que je peux rester seule avec lui ?

L'infirmière me sourit derrière son masque blanc qui recouvre toute sa bouche jusqu'à son nez.

— Je reviens dans cinq minutes, conclut-elle.

Puis elle sort de la pièce avec ma mère pour me laisser seule avec Lucas. Je ne dis pas un mot, lui non plus. Je ne bouge pas, lui non plus.

— Est-ce que c'est ça qu'il fallait faire ? me demande-t-il avec une petite voix.

– Est-ce que tu crois que c'est ça qu'il fallait faire ? lui réponds-je d'une voix protectrice.

– Oui, dit-il à peine.

– Alors c'est ce qu'il fallait faire.

Je souris. Mais pas lui.

Je suis désolée, mais je ne regrette rien. Je veux en finir avec la vie. Ne plus parler, ne plus agir, ne plus bosser, ne plus faire du mal. Ne rien faire. Je veux tout simplement mourir. Une vision de la vie bien négative, surtout pour une fille de treize ans. Mais c'est comme ça. Je n'ai pas de destin, car après tout, notre destin fait que nous allons mourir un jour ou l'autre. Alors pour moi, plus vite ça sera fait, mieux ça sera. Pour tout le monde.

Lucas sort de la pièce et l'infirmière rentre à nouveau. J'en ai marre, je veux être seule. Partir de cet hôpital, me balader sans rien dire, juste penser. Je veux être dans mon coin, dans mon univers, mais pour l'instant, c'est impossible. Je demande à l'infirmière :

– C'est quand que je rentre chez moi ?

– Tu as perdu beaucoup de sang. Tu vas devoir rester te reposer ici pendant quelques jours et, quand ça ira mieux, tu verras une psychologue et tu pourras rentrer chez toi. La psychologue va sûrement te suivre pendant un moment.

– Et si j'ai pas envie ?

– Écoute Eva. Je comprends que…

– Non, tu comprends rien. Tu n'es pas dans ma tête, tu sais pas pourquoi j'ai fait ça. Tu ne connais rien de ma vie alors tu peux pas dire que tu comprends quelque chose.

– Eva, écoute-moi au moins. Je comprends que tu n'aies pas spécialement envie, même pas du tout envie de voir une psychologue. Mais c'est pour ton bien.

– Justement. Je ne veux pas aller bien. Je veux mourir. C'est tout.

– Eva, sois raisonnable !

– Je suis réaliste, c'est tout. Vos traitements à la con, ça servira à rien. Perdez pas votre temps à vous occuper de moi, ça servira à rien. Moi, c'est pas important.

– Tout le monde est important. Car tout le monde a la chance de vivre et chaque être humain a sa place sur cette terre.

Je me calme. Je comprends que cette personne veut s'occuper de moi.

– Tu t'appelles comment ?

– Magali. Je serai ton infirmière tant que tu resteras à l'hôpital.

– OK. Est-ce que je peux sortir de ma chambre, aller dehors ?

– Pas pour l'instant. Il faut vraiment que tu te reposes. Mais demain si tu vas mieux, tu pourras déjà sortir de ta chambre.

– OK.

– Alors je te laisse te reposer, d'accord ?

Je n'ai plus envie de rester seule. Elle est sympa avec moi, Magali. Je voudrais rester dans cet hôpital toute ma vie, avec elle.

– Bon d'accord. Mais j'ai faim.

– Ah, je m'en doutais. Je vais te chercher un plat. Steak et haricots verts, ça te va ?

– Ouais, mais je peux avoir un dessert aussi ?

– Bien sûr. Tu préfères un yaourt nature ou à la vanille ?

– Au chocolat !

– Y'en a pas, désolée.

– Alors vanille.

– Parfait. J'arrive dans cinq minutes.

Elle part et referme la porte derrière elle. Je suis enfin seule. J'ai envie de pleurer et de rire en même temps.

C'est bizarre. Une impression que je n'avais jamais ressentie avant. L'impression qu'on s'occupe de moi. Que quelqu'un me remarque et voit que je ne suis pas bien. Cette impression étrange est à la fois agréable et stressante. Tu ne sais pas ce qui t'arrivera demain, mais tu aimes cette attente qu'il y a pour une fois dans ta vie. À côté de mon lit, une table de nuit avec une lampe et un livre. En dessous, des petits tiroirs vides et, devant la table de nuit, collé à mon lit, un sac noir avec des affaires à moi dedans. Je le saisis, remonte ma tête sur le lit et prends le sac sur mes jambes. Je l'ouvre pour voir ce qu'il y a dedans : quelques vêtements, un nounours qu'Emma m'avait offert et mon journal intime. Je le prends avec un stylo qui traîne sur la table de chevet. Puis je commence à écrire :

Cher journal,

Je suis actuellement à l'hôpital. J'ai fait une connerie il y a deux jours je crois. Oui, c'est ça, il y a deux jours. J'ai pris un rasoir dans la salle de bains et je me suis taillladé les veines. Avant, j'avais écrit sur mon bras « the end » avec un couteau que j'avais pris dans la cuisine. Lucas a vu toute la scène et je m'en voulais énormément. Après, je suis allée dans ma chambre et j'ai recommencé. Avec mon compas cette fois, et j'ai marqué sur mon autre bras « I want to kill myself but I can't do tha... ». Je n'ai pas pu finir ma phrase que j'étais déjà écroulée par terre dans ma chambre. Et voilà que deux jours plus tard, je me réveille à l'hôpital. C'est mon frère qui m'a sauvée (apparemment). J'ai fait la connaissance d'une infir- mière, elle s'appelle Magali (j'aimerais bien l'appeler Mag ça fait plus... grand). Elle est super sympa avec moi. Elle s'occupe de moi et là, elle est partie me chercher à manger. Finalement, l'hôpital c'est la belle vie! Pas de cours (même si je n'y allais déjà pas avant), pas d'occupations, pas de stress. Tu n'as rien à faire de particulier si ce n'est dormir, manger et ne pas faire de bêtises. Le rêve, quoi! Moi, je veux y rester tout le temps à l'hôpital.

Je referme le journal avec le petit cadenas qui est tout cassé. Je vois arriver Mag avec un plateau à la main. Elle frappe à la porte avant d'entrer. Waouh! J'ai même le droit au respect ici!

— Voilà, madame. J'ai même réussi à avoir un yaourt au chocolat.

— Oh… Merci Mag!

Oups, le Mag m'a échappé! Je rougis. Elle me regarde, étonnée, et rigole.

— Je peux t'appeler Mag? continue-je pour me rattraper.

— Mais oui, bien sûr, si tu veux.

— Merci! dis-je en souriant.

— Ben, écoute, je vois que tu vas mieux.

— Oui, beaucoup mieux. Je ne me sens même pas fatiguée!

— Je vois ça.

— Dis-moi, ça te dirait, après manger, de faire une petite balade dans l'hôpital histoire de prendre un peu l'air et de le visiter?

— Ouais! Carrément!

— Ah, je m'en doutais! Alors tu manges d'abord et après, visite de l'hôpital.

— Cool! Mais tu restes dans ma chambre pendant que je mange, hein?

— Bien sûr. Je dois préparer tes médicaments pour ce soir.

— Des médicaments? Oh nan!

— T'inquiète pas, va. Y'en a pas des masses. Je te ferai juste une piqûre et tu as des cachets à avaler. Même pas de sirop.

— C'est pour quoi la piqûre et le cachet?

— Alors la piqûre c'est pour le sang, car tu en as perdu beaucoup. Et le cachet, c'est pour te redonner un peu d'appétit. Tu dois t'alimenter pour retrouver de l'énergie. D'ailleurs, tu peux oublier les frites, pizza et tout ce qui suit. Ici, surtout pour toi, c'est cinq fruits et cinq ou sept légumes par jour. D'accord?

— Pff, OK.

— Allez, fais pas cette tête-là! Dans un quart d'heure, tu vas quitter ta chambre.

— Mag?

– Oui ?

– Je peux te parler ?

– Bien sûr. De quoi veux-tu me parler ?

– De tout. De ma connerie, de ton travail, de la vie en général.

– Je peux te poser une question ?

– Pourquoi j'ai fait ça ? C'est ça, ta question ?

– Affirmatif.

– Ben, parce que j'en ai marre de la vie. Ce n'est pas suite à une dispute ou à un chagrin d'amour. Non, c'est que personne n'est là pour s'occuper de moi. Alors je pensais qu'en faisant ça, je manquerais à personne.

– Mais ta mère, elle est là pour toi.

– Non, elle travaille tout le temps et c'est moi qui m'occupe de mon frère.

– Et ton père ?

– En taule.

– Pourquoi ?

– Trafic de drogue. Il s'en est pris pour sept ans. Plus que trois maintenant.

– Je vois. Et tu n'as pas des amis à qui…

– Ma meilleure amie est morte il y a neuf jours.

– Elle s'appelait comment ?

– Emma. Elle est morte dans un accident de voiture en allant au collège.

– Et tu n'as pas d'autres amies ?

– Pff, si. Mais c'est pas pareil. Personne ne pourra la remplacer.

– Oui, je sais. Tu te sens seule ?

– Avant oui, mais plus maintenant. Je peux rester à l'hôpital toute ma vie ?

– Il y a quelques heures tu voulais à tout prix partir et maintenant tu me demandes de rester là toute ta vie. Tu sais, ce n'est pas possible. Il faut de la place pour les autres enfants malades. Et puis, tu as encore toute une vie devant toi.

— Ouais, hélas.

— Pourquoi hélas ? Tu n'en es même pas à la moitié de ta vie. Tu ne sais pas tout ce qui t'attend. Avoir un copain. Tu as un copain au collège ?

— Même pas.

— Allez, ça viendra. Quand tu auras un mari, des enfants, une maison, que tu seras indépendante, tu verras, tu ne regretteras pas d'être restée sur cette terre. T'imagines tout ce que tu raterais si ta vie se finissait maintenant ? Regarde déjà. Imagine que tu sois morte il y a deux jours, tu ne m'aurais pas connue.

— Ça aurait été dommage.

— Tu vois. Alors, tu ne regrettes pas d'être encore en vie ?

— Non, du tout.

— Tout finit bien, alors.

— Non, parce que quand je sortirai de cet hôpital, tous mes problèmes reviendront.

— Ça t'aiderait si tu ne t'occupais plus de ton frère ?

— Oui, beaucoup, mais ne me l'enlevez pas.

— Non, ne t'inquiète pas. Si on l'enlève, on t'enlève aussi. On ne vous séparera pas.

— Promis ?

— Promis.

Je souris. J'ai fini de manger, mais je suis quand même fatiguée. Il est 20 h 42.

— Je me sens un peu fatiguée. Je pourrai sortir demain ?

— Bien sûr. Allez, je te fais ta piqûre, tu prends ton cachet et ensuite dodo.

— Tu seras où pendant la nuit ?

— Je serai chez moi. Il faut bien que je me repose quand même !

– Et qui va s'occuper de moi?

– C'est Stéphane. Il va venir dans cinq minutes et tu feras sa connaissance.

– Je pourrai l'appeler Steph?

Elle rigole.

– Oui, je sais. J'aime bien donner des surnoms aux gens. D'ailleurs, Emma, je l'appelais Manu ou Em.

– Ah ça! Il faudra lui demander, continue-t-elle. Allez, viens faire ta piqûre.

– Aïe aïe aïe, j'aime pas les piqûres.

– Oh, allez! Une piqûre de rien du tout! Ça ne se sent même pas!

– Ouais. C'est ce que tous les médecins disent.

– J'ai l'air d'une menteuse?

– Non.

– Alors si je te dis que ça fait pas mal, crois-moi!

– Bon d'accord.

– Voilà. C'est fait. T'as senti quelque chose?

– Même pas! Waouh! Elles sont trop bien, tes piqûres! dis-je en rigolant.

Quelqu'un frappe à la porte.

– Oui, répond Mag.

C'est un homme. Il doit avoir dans les trente ans. Il a l'air plutôt sympa.

– Salut, toi! Eva, c'est ça?

– Ouais. Et toi c'est Steph, euh, Stéphane.

– Yep. Tu m'as déjà trouvé un surnom?

– Non, pas un surnom, un diminutif.

– Tu as raison. Alors comment elle va cette jeune demoiselle? dit-il en s'adressant à Mag.

— Bah écoute, très bien. Je lui ai fait sa piqûre, elle a bien mangé et elle commence à peine à être fatiguée.

— C'est cool ça! Alors t'as fait quoi, toi?

— Moi? Je me suis tailladé les veines.

— Et pourquoi ça?

— Ben… Parce que j'ai fait une bêtise. J'en ai déjà parlé avec Mag.

— Mag? Héhé, je vois que tu aimes bien donner des surnoms aux gens, toi!

— Ouais.

— Bon, allez, je te laisse Eva, dit Mag.

— Déjà?

— Faut bien que je rentre chez moi! Je suis là demain à 8 heures. Ça va?

— Ouais.

— Allez, ciao tout le monde.

— Salut Mag! dit Steph.

— À demain.

— Alors toi, il faut que tu prennes ton cachet et après, au dodo. Bonne nuit, petite.

— Eva? Eva?

Je me réveille doucement. J'ai complètement oublié que je suis à l'hôpital.

— Eva?

C'est Mag qui m'appelle. Je gémis et me tourne dans mon lit. Je suis bien, là! Pourquoi quand je suis bien il faut qu'on me réveille ou qu'on m'appelle ou…

— Eva? Réveille-toi! Il est midi.

— Mmmmmmmmmmmm.

— Eva, il faut vraiment que tu te réveilles, dit-elle en prenant un ton sérieux.

J'ouvre les yeux et me retourne vers elle.

— Ah bah quand même! dit-elle en riant.

— Je peux prendre un petit déj? J'ai faim, dis-je en râlant à moitié, déçue qu'on m'ait réveillée.

— Non, tu vas déjeuner dans une demi-heure. Il faut que tu prennes tes médicaments.

— J'ai pas envie.

— Il faut pourtant. Allez, viens.

— Je peux pas rester dans mon lit?

— Bon, si tu veux.

Elle remonte mon oreiller et je l'aide en soulevant ma tête. Putain, ce que je suis fatiguée!

— J'suis fatiguée, je peux pas dormir encore un peu?

— Non, désolée. Il faut vraiment que tu prennes tes médicaments maintenant et tu ne dois pas dormir après.

— Et je peux manger quand même?

— Oui, oui, ne t'inquiète pas.

— Nan, j'm'inquiète pas.

— Tiens, avale ça.

— Beurk, c'est dégueulasse! dis-je une fois avalé le sirop immonde qu'elle m'a tendu.

— Oh, allez! C'est pas si terrible que ça!

En fait, je me sens bien. Ça peut paraître bizarre, mais j'aime bien qu'on s'intéresse à moi, même si c'est pour me donner des médocs dégueu qui puent le poisson.

— Je pourrai sortir après manger?

— Oui, bien sûr. Tu veux déjeuner maintenant?

— Ouais! dis-je toute contente.

J'ai la dalle, c'est grave!

— D'accord. Alors j'arrive?

— Ouais.

211

Quand Mag n'est pas là, j'en profite pour écrire dans mon journal. Je sais, on dirait comme ça que j'ai fait ça toute ma vie!

Cher journal

C'est mon deuxième jour d'hosto. Hier soir, j'ai rencontré un autre gars, un infirmier, il s'appelle Steph... Stéphane. Il est sympa. Du moins il en a l'air. Parce que je n'ai pas beaucoup parlé avec lui. Sinon, aujourd'hui je vais sortir de ma chambre. Peut-être de l'hôpital, je ne sais pas, mais je vais sortir de mon lit, c'est déjà ça. Il est 12 h 12, Mag est allée me chercher à manger, et ensuite je sortirai! Putain, c'que j'suis fatiguée! C'est trop bizarre. Sinon, rien de nouveau.

Je referme le journal et attends mon déjeuner. J'allume la télé pour patienter. Je change de chaîne toutes les trois secondes parce qu'il y a que dalle. Cinq minutes plus tard, peut-être un peu plus, Mag arrive avec un plateau. Il y a derrière elle un gars d'à peu près mon âge, qui a le crâne totalement rasé.

— Voilà! Je te présente Tomy. Il a treize ans et il est à l'hôpital depuis à peu près deux ans.

— Tomy, voilà Eva. Elle est arrivée hier. Elle a treize ans, elle aussi. Je vous laisse faire connaissance, vous deux. Je reviens dans un petit quart d'heure?

— OK! dis-je.

Puis Mag sort de la pièce. Je commence à manger et en même temps je demande à Tomy:

— Ça va?

— Ouais. Et toi?

— Ouais. Pourquoi t'es à l'hosto?

— J'ai un cancer.

— Un cancer? De quoi?

— Du foie.

— Ah…

— Et toi?

Tout à coup, je suis super gênée. Répondre que je suis là parce que j'ai déconné, c'est pas juste. Lui, il a pas eu le choix. Il est malade, et moi qui peux être en bonne santé, bah j'fous n'importe quoi!

— Euh… J'ai fait une bêtise.

— Une bêtise? T'as fait quoi?

— J'ai… Je… Je me…

— Tu?

— Je me suis tailladé les veines.

— Pourquoi?

— Parce que ça allait pas. Ma meilleure amie est morte il y a dix jours, et mon père est en taule. Ma mère bosse toute la journée et je dois m'occuper de mon petit frère qui a sept ans.

— Ah! Pas chouette.

— Et toi?

— Et moi quoi?

— Bah, je sais pas. Raconte-moi ta vie!

— Moi je suis à l'hôpital depuis presque deux ans. J'ai une petite sœur qui s'appelle Clara. Elle a quatre ans et elle est malade aussi. Elle est autiste. Alors c'est dur pour mes parents. Mon papa est orphelin. On ne l'a pas adopté. Il a vécu à la DDASS jusqu'à vingt-deux ans. Ensuite, il s'est trouvé un travail et il s'en est très bien sorti. J'ai aussi une grande sœur. Elle s'appelle Miriam. Elle a seize ans. Elle n'est pas malade, elle.

— Oh! Encore moins chouette. Pourquoi t'as le crâne rasé?

— C'est à cause des traitements qu'on me fait. Chimio… Ça me fait perdre mes cheveux, mes sourcils et tout.

— Et ça t'arrive de sortir de l'hôpital?

— Ouais, mais pas souvent. Je vais au collège des fois. Mais j'ai redoublé. Je suis en cinquième.

– Ah! Et tes parents, ils viennent tous les jours?

– Ouais. Sauf quand ils ont trop de travail, mais c'est rare.

– Et tu partages ta chambre?

– Nan, pas pour le moment. La dernière personne est morte. Il s'appelait Jimmy. Il avait quatorze ans, il était super sympa. On s'entendait vachement bien. Il était atteint d'une leucémie. Et il est mort il y a un mois. C'est triste quand même.

– Clair! Tu voudrais pas venir dans ma chambre, toi?

– Je sais pas.

– Pourquoi?

– Parce que quand tu vas partir, ça me fera beaucoup de peine.

– Mais pour l'instant je ne suis pas encore partie. Et peut-être que tu vas guérir avant moi. Là, t'as l'air en pleine forme!

– Ouais, mais ça peut redescendre à tout moment, tu sais.

– S'il te plaît!

– Je sais pas, et puis on se connaît à peine.

– Je sais, mais… J'ai confiance en toi. Je sais pas pourquoi.

Il sourit et moi aussi. Suis-je amoureuse?

– Coucou les deux!

C'est Mag qui est revenue.

– Alors, vous êtes prêts pour une petite visite?

– Ouais! crie-je à moitié, cachant complètement mes sentiments.

– Ouais.

– Ça te dit, Tomy, de lui faire la visite?

– À fond!

Il sourit toujours. Je sais pas comment il fait pour avoir le sourire comme ça. C'est bizarre. Avant je m'étais jamais rendu compte qu'il y avait des gens comme lui.

– Alors je vous laisse y aller! conclut Mag.

– À tout'! répond-il. Tu viens?

– Ouais.

Il s'appelle Tomy. Il a treize ans. Il est craquant, sympa, marrant, et on dirait qu'il est toujours de bonne humeur. Putain, mais qu'est-ce qu'il est canon! On sort tous les deux dans le couloir, puis il me dit:

— Viens par là... Ici c'est la salle de jeux pour les petits. Là, tu vois, il y a Maxime, il a six ans et il s'est fait greffer un rein. Il va bientôt partir. Le petit à côté de lui, c'est Amadou. Il est trop mignon! Il a un problème à la jambe, je sais pas trop quoi. Au fond, il y a Zoé et Susie; elles ont quatre et sept ans.

— Tu les connais tous?

— Pas tous, mais dans les petits presque tous. Tu viens, on avance?

— Ouais.

— Alors là, c'est la chambre d'un petit qui s'appelle Maurice. À côté, c'est celle de Katie et Solène, puis celle de Zoé qu'on a vue et Nina. Là, après, c'est la sortie de l'hôpital pour enfants. Mais on peut accéder à celui des adultes par un petit pont. Je vais te montrer.

— Il est cool cet hôpital!

— Trop! Donc là, c'est tous les bureaux des docteurs et tout. Là-bas, y'a des cuisines et par là c'est l'hôpital des adultes. Viens.

Je le suis. J'adore faire cette visite. C'est incroyable! Il connaît l'hôpital comme s'il avait toujours habité là.

— Voilà. T'as vu? Elle est belle la vue du pont!

— Carrément! Ça c'est le jardin? Oh, y'a même une piscine, des balançoires, un terrain de basket!

— Et derrière, un de foot, de tennis et de badminton. Des tobog-gans, des parcours et tout.

— C'est trop classe!

— Ouais. Tu viens?

— Sans problème!

— Voilà l'hosto des adultes. Alors la chambre de Valérie à côté, celle de Luc et puis de l'autre côté, celle de Marc. Lui, là-bas, je le connais pas.

— Waouh...

– Qu'est ce qu'il y a ?

– Je sais pas.

– Bon, tu veux aller voir quoi ? Au deuxième étage, c'est pareil et au troisième aussi. Si on continue là-bas, il y a la maternité et après, les salles opératoires.

– Pff, j'en sais rien.

Tout à coup, j'en ai marre. Je ne sais pas pourquoi. J'aime bien faire cette visite. Mais il me manque quelque chose. Je sais pas, c'est bizarre ce que je ressens.

– Qu'est-ce qu'il y a ?

– J'en sais rien.

– T'en as marre de la visite ?

– Nan.

– Tu veux que je te laisse ?

– Nan ! Surtout pas.

Il sourit. Je crois qu'il a compris que je l'aime.

– Moi je crois savoir ce qui ne va pas.

– Nan.

– Si ! dit-il toujours en souriant.

– Mais nooon !

– Bon, comme tu veux.

– Oui, bon, d'accord. Il se pourrait peut- être que je ressente un petit quelque chose pour toi, ça te va ?

– Moi j'ai rien demandé !

– Comment ça, tu n'as rien demandé ? Tu rigoles ou quoi ? Tu étais en train de…

Il a sa bouche collée contre la mienne. On est en train de… s'embrasser !

– De m'embrasser.

On rigole tous les deux et on avance dans les couloirs. Visite de la maternité puis des salles d'opération. Ensuite on descend tous les deux main dans la main dans les escaliers pour aller dehors. L'hosto, c'est la belle vie.

Je suis enfin heureuse, mais pas tout à fait. Je pense. À elle. Et j'ai peur. Peur d'oublier sa voix, son regard, ses cris, ses pleurs, son rire et son sourire. Peur d'oublier la douceur de ses mains. Sa gentillesse admirable. Peur de tout. De ne plus jamais la revoir. Et maintenant, en étant avec Tomy, je comprends que rien ne vaincra cette peur. Même pas l'amour. Alors je vivrai dans le noir comme ça toute ma vie?

Il me regarde, pas moi. J'ai les larmes aux yeux. Puis je le regarde et dis:

— Et quand je vais partir?

— Mais… Tu n'es pas encore partie! me répond-il en souriant.

Et là, je me mets à pleurer. Pourquoi? Je n'en sais rien. J'étais si heureuse il y a quelques minutes! Ou peut-être était-ce juste ce que je voulais faire croire. Cela n'empêche que je pleure, pleure, pleure comme une fontaine, et que je ne peux plus m'arrêter. Mes yeux brillent comme le soleil mais mon cœur ne leur ressemble pas.

— Qu'est-ce qui t'arrive?

— Rien. Je vais rentrer et aller dans ma chambre et…

— Tu veux que je t'accompagne?

— Non, laisse-moi, s'il te plaît.

— Bon, très bien. Alors salut!

Puis il part. Je me retrouve là, toute seule sous le soleil, ne cessant de pleurer, ne pouvant m'arrêter de penser. Penser à l'avenir, penser à elle. Elle, Emma.

— Emma, tu me manques tellement, si tu savais…

Tu étais là, avec moi, mangeant ta barbe à papa le sourire jusqu'aux oreilles. Tes petites joues étaient rosées à cause du froid. Les manèges tournaient à côté de nous. On entendait les enfants hurler de peur et de bonheur. Tes cheveux volaient au vent…

— Eva… Eva, réveille-toi. Dis donc, tu es flemmarde toi!

— Emma… Emma.

— Eva ?

— Emma.

— Non Eva, c'est Mag, l'infirmière qui s'occupe de toi.

— Emm…

Non ce n'était pas Emma. Ce n'était qu'un rêve.

— Bonjour Eva. Ça va ?

— Pourquoi ça irait mieux qu'hier ?

— Je sais pas. À toi de me le dire. Tu veux manger ?

— Non, merci.

— Pourtant il faudrait. Il faut que tu prennes des forces, tu sais.

— Oui, mais j'ai pas faim, dis-je en m'énervant.

— Qu'est-ce qui ne va pas ? Tu as rêvé d'Emma cette nuit ?

— T'occupe, c'est bon, ça va.

— Bon, à part ça, tu as de la visite.

— J'veux voir personne.

— Même pas ton frère et ta mère ?

— Non, personne.

— Même pas Tomy ?

— Non, personne j'ai dit.

— Comme tu veux. Je leur dis quoi alors ?

— Que tout va bien, que je suis juste pas d'humeur à les voir, c'est tout.

— Bon. Très bien, je reviens.

J'ai envie de voir personne. Même pas Tomy. Juste d'être toute seule. De pouvoir faire ce que je veux. Je veux qu'on me laisse, c'est tout.

Je regarde ma montre. Il est exactement 10 h 40. Il est tôt pour moi. Je veux dormir, dormir et encore dormir, et ne pas manger. Ne pas manger, c'est ma façon à moi de décompresser. Même si on me force, je revomirai tout après. À cet instant précis, j'ai envie de gueuler : MAIS LAISSEZ MOI, BORDEL ! Mais non. Mag entre. Elle me dit :

— Ta maman a laissé ça pour toi.

Je prends le paquet et l'ouvre. Il y a dedans un livre, un jeu de cartes, un pull vert immonde que je ne mets jamais, des posters et un paquet de gâteaux. À quoi ça peut me servir ? Un pull, j'en ai déjà ; un livre, j'aime pas lire ; un jeu de cartes, je déteste ; des posters, si j'ai que ça à faire de les accrocher ; et un paquet de gâteaux, comme si je suis une goinfre qui mange tout le temps.

— Merci. Bon, je peux regarder la télé maintenant ?

— Tu es sûre que tu ne veux pas manger ?

— Oui.

— Je te préviens, ce midi tu mangeras.

— Nan.

— Si, Eva. Tu dois manger.

— Justement.

— Quoi justement ?

— Justement, je *dois* manger. C'est pour ça que je ne mange pas.

Un long silence suit ma phrase.

— Qu'est-ce qu'il y a ?

— Je sais pas.

Elle s'assied sur mon lit.

— Est-ce que tu veux me parler ? Ou à quelqu'un d'autre ?

— Je sais pas.

— Il faut savoir.

— Oui, mais je ne fais pas tout ce qu'il faut. Toi-même tu sais.

— Oui, je sais. Pourquoi tu ne veux pas voir ton frère et ta mère ?

— Je ne sais pas. Je sais que si je vois ma mère elle va me demander : « Pourquoi tu as fait ça ? », puis elle va dire : « Je suis désolée, tout est de ma faute », et patati et après elle va pleurer en me serrant dans ses bras, tout ce dont je ne veux pas.

— Mais tu sais, elle s'inquiète pour toi.

— Oui, je sais.

— Et ton frère ?

— Ben, j'ai rien à lui dire. Il va bien ?

— Tu vois que t'as des trucs à lui dire !

— Oui, mais je sais pas. Il va bien ?

— Oui.

— Il est où ?

— Il est chez toi, une dame s'occupe de lui.

— Il peut venir à l'hôpital lui aussi ?

— Non, il est bien là.

— Comment tu sais, d'abord ? C'est la dame qui te l'a dit, c'est ça ? Mais qu'est-ce qu'elle en sait, elle ? Un sourire, ça veut rien dire !

— Calme-toi, Eva. Tu veux le voir ?

— Nan !

— Pourquoi ?

— Parce que ! Je ne veux voir personne, parler à personne, regarder personne, d'accord ? Maintenant, laisse-moi ! Laisse-moi !

— Calme-toi, calme-toi !

Je commence à pleurer, ne pouvant plus m'arrêter. Elle me serre dans ses bras puis… Je m'endors tout à coup. Ou plutôt je m'évanouis. Mes pleurs s'arrêtent. Je respire doucement, de plus en plus doucement, presque trop et… J'entends à peine des voix qui crient. Je ne sais pas ce qu'ils disent. Ça bouge dans tous les sens. Je reconnais la voix de Mag, mais il y a d'autres personnes… Il me fait un massage cardiaque et j'entends Mag dire : «… t'en prie, encore … effort.» Je ne comprends pas ce qui m'arrive. C'est tellement bizarre, j'entends des voix, et quand je veux bouger… Je ne peux pas ! Il se passe plein de trucs autour de moi sans que je puisse savoir quoi…

Ça y est, c'est fini, j'entends parfaitement.

— Elle n'avait pas assez de forces. Elle a mangé ?

— Non. Elle ne voulait pas !

— Mais il fallait la forcer !

— Elle l'aurait vomi ! Je le sais, je la connais.

– Magali, il fallait lui faire une injection ou quelque chose ! Pourquoi tu ne lui as pas donné à manger !

– Je… Elle ne voulait pas.

– Tu es fatiguée, Magali. Tu devrais rentrer chez toi pour te reposer.

– Nan… Nan, tu peux pas me faire ça !

– Écoute…

– Elle a besoin de moi cette petite !

– Mais…

– Il est hors de question que je rentre chez moi, je dois m'occuper d'elle, c'est mon travail.

– Tu vas prendre quelques jours de congé.

– Nan, je ne peux pas ! Elle a besoin de moi, je te dis ! Elle, elle me parle à moi ! Ce n'est pas à toi de décider !

– Je prendrai rendez-vous avec le directeur si c'est nécessaire !

– Non, s'il te plaît ! Désolée, je sais que je n'aurais pas dû faire ça. Désolée, désolée !

– Rentre chez toi, repose-toi un peu et…

– Non, s'il te plaît !

– Écoute, ici c'est un hôpital. On n'est pas dans « Les Feux de l'amour ». Alors moi ça m'est égal vos histoires. Tu es trop fatiguée et tu ne fais plus bien ton travail !

– Mais si, ça va, je te dis !

– Repose-toi, c'est tout ce que je te demande ! Rentre chez toi et tu reviendras demain, ça ira mieux.

– Je ne peux pas la laisser !

– Demain. Demain, tu la verras.

– D'accord…

– Si c'est pas maintenant, ça sera pire…

– Dites-lui que je reviens demain, d'accord ? Que je ne l'ai pas laissée, d'accord ?

– Oui, t'inquiète pas. Je gère tout. T'inquiète pas.

– Non, je ne m'inquiète pas.

– Allez, rentre chez toi.

Tu m'as vue pour la première fois
Je ne te connaissais pas
Mais tout de suite j'ai eu confiance en toi
Je t'ai tout dit
Je me suis confiée à toi
Et toi, tu m'écoutais
Vraiment
Maintenant je m'en aperçois
J'ai l'impression de te connaître depuis toujours
Magali est vite devenue Mag
Sans toi je ne serais plus là
Je t'en remercie du fond du cœur
Et je tiens à toi
Si je pars tu me manqueras
Deux mots pour dire tout ça
Je t'aime

Je referme le journal et le remets dans mon sac. J'allume la télé. Un peu plus tard, Mag arrive avec un plateau à la main.

– Tiens, Eva.

Je lui dis merci dans mon langage des signes. Depuis ce matin, je ne parle plus.

– Parle, s'il te plaît.

Je fais non de la tête.

– Pourquoi ?

Je hausse les épaules. Je n'en sais rien.

– Tu as de la visite. Ta mère. Tu sais, elle veut vraiment te voir…

«Fais-la entrer», lui dis-je toujours dans mon langage des signes que d'ailleurs elle seule peut comprendre.

– Je reviens.

«Préviens-la que je ne veux pas parler.»

Elle me fait un petit sourire avant de partir.

Un peu plus tard, ma mère entre. Elle dit à Mag :

– Pouvez-vous sortir, s'il vous plaît ?

Magali s'apprête à sortir quand je la tire par la chemise et lui fais non de la tête. Ma mère se tourne vers moi et me demande :

– Pourquoi tu ne parles pas ?

Elle a les larmes aux yeux.

Encore une fois, je hausse les épaules.

– Je t'en prie, parle-moi ! Parle à ta mère !

Elle commence à pleurer, comme je l'avais prévu.

Les «je suis désolée, tout est de ma faute» suivent, se répétant plus que je ne le pensais. Je n'ai rien à dire. Elle voulait me voir, elle a ce qu'elle voulait. Au bout d'un petit moment, elle se calme. Elle me dit :

– J'ai quelque chose pour toi.

Elle sort une lettre de son sac. Je la prends et l'ouvre :

Bonjour grande seur

C'est ton petit frére Lucas. Je voulais te dir ke je vais bien et ke tu me manke bocou une dame s'ocupe de moi. Elle et trés gentille elle s'apel Laure. J'éspére ke toi ossi sa va et ke on se verra bientot. Je te fait de gros bisous.

Lucas

Je lis et relis ces mots. Je ne sais que dire ni que faire. Je lève mes yeux vers ma mère et lui fais des signes qu'elle ne comprend pas.

– Elle demande si elle peut le voir, intervient Mag.

– Oui, mais là, il est à l'école. Moi je ne suis pas là ce soir. La dame viendra.

Puis elle se remet a pleurer, je ne sais pas trop pourquoi. Je fais «OK» de la tête. Elle part sans me dire au revoir.

3

LES JOURS QUI SUIVENT SONT TRISTES. Je ne veux voir personne. Obligée, je mange. J'en connais les conséquences. Je ne vois personne à part Magali. Cela fait une semaine maintenant que je suis à l'hôpital. Lucas ne m'a pas rendu visite mais, à mon avis, ça ne va pas tarder, car on est vendredi et le week-end approche. Je ne parle toujours qu'en «faux» langage des signes et seule Mag, et un peu Steph, me comprennent. Mag entre dans ma chambre.

— Écoute, Eva, j'ai parlé à la psy et elle va venir te voir demain.

« Pourquoi ? »

— Parce que physiquement tu vas mieux. Tu serais en état de rentrer chez toi. Mais psychologiquement...

« Je ne suis pas folle. »

— Je sais, ce n'est pas ce que je dis. Est-ce que tu te sens bien ? Est-ce que ça va ?

« Non. »

— Voilà pourquoi tu dois voir une psy.

« Je t'ai déjà dit que je ne voulais pas voir de psy. »

— Je sais, mais c'est comme ça. Tu sais, ça peut te faire du bien. Et si tu ne veux pas lui parler, tu ne lui parles pas, tu n'es pas obligée de lui parler. Mais il faut que tu y ailles.

« Mais demain c'est samedi. Peut-être que Lucas va venir me rendre visite. »

— Ton rendez-vous est le matin. Je ne pense pas qu'il va venir le matin.

« Le matin, je dors. »

— Bref, demain à 10 h 30 tu dois être prête pour aller voir la psy. Sinon tu ne veux toujours pas sortir ?

« Non. »

— Lève-toi alors. Ne reste pas allongée toute la journée dans ton lit.

Je me lève et vais vers la fenêtre. Je l'ouvre et me penche un peu. Je ferme les yeux. Je sens le vent frais de l'hiver se frotter contre mes joues qui deviennent sûrement roses. Je ne sais plus ce que je veux. Si je veux rester ici ou partir. Si je veux parler, sortir... Voir mon frère est la seule chose à laquelle je tiens vraiment. S'il ne vient pas ce week-end, je ne sais pas ce que je vais faire. Je rentrerai sûrement chez moi pour le voir. Il me manque. M'occuper de lui me manque. Lui crier après, l'embêter... Tout ça, c'est du passé. Même si je rentre à la maison un jour, ce qui est sûrement le cas, rien ne sera comme avant. Je n'aurai plus d'autorité sur lui. Je ne pourrai pas. Et puis le collège. Revenir au collège sera très dur pour moi. Voir les autres chuchoter des trucs à leurs camarades à mon passage... J'imagine déjà les rumeurs qui courent à mon sujet. Et puis mes amis... Que vont-ils dire ? Ils m'ont peut-être déjà oubliée. Peut-être est-ce mieux sans moi. À vrai dire, je n'en sais rien. Je ne sais plus quoi penser. Je suis perdue.

— J'ai besoin de toi, Emma !

— Quoi ? Tu as parlé !

Je fonds en larmes sur mon oreiller. Je ne compte plus les jours qui passent sans elle. Pourquoi ? Pourquoi ? POURQUOI BORDEL !

— Pourquoi... Pourquoi ! crie-je en pleurant.

— Chut... Calme-toi, Eva. Pourquoi quoi ?

Je pleure encore et encore sans pouvoir m'arrêter.

— Elle est morte ! Je ne la reverrai jamais ! Pourquoi ?

— Parce que c'est la vie, Eva.

– Voilà pourquoi je ne veux pas vivre !

Je pleure encore et encore.

– Mais il n'y a pas que ça dans la vie, Eva ! Il y a aussi plein de belles choses !

– Oui, mais quand ça arrive, les belles choses, tu les vois plus ! Les belles choses, t'en as rien à foutre !

– Elles existent pourtant.

Je n'en peux plus. J'ai du mal à parler. Ma tête est enfoncée dans mon oreiller.

– Eva, c'est moi, la psychologue. On a entendu tes pleurs et on m'a appelée. Je m'appelle Delphine.

– J'en ai rien à foutre de ton prénom ! Qu'est-ce que je me tape de ta vie ! Pourquoi t'es là toi ! J'm'occupe de ta vie peut-être ? Nan, alors t'occupe de la mienne. Ton aide, j'en veux pas ! De toute façon, qu'est-ce que tu vas faire, tu vas me parler, c'est ça ? J'm'en fous moi, de tes conseils pourris ! T'as des gens qui sont morts dans ta famille ? dans tes amies ? T'as quelqu'un de proche qui est en taule ? J'en sais rien et j'm'en fous, tu vois ! Emma, tu la connaissais pas ! Tu peux pas savoir tout ce qu'elle a fait pour moi ! T'en sais rien ! Que dalle ! Et c'est pas en une heure que je vais pouvoir te raconter toute ma vie de merde ! Laissez-moi, bordel ! Vous voyez pas que j'ai besoin d'être seule, d'être tranquille ! J'me casse ! Me suivez pas ! ME SUIVEZ PAS !

Je pleure encore, je descends les escaliers et j'arrive en bas. Et je me mets à courir. À courir le plus vite possible. Je ne m'arrête pas. Je pars loin, c'est immense.

Je ne sais pas où je vais. Je cours sans m'arrêter dans l'herbe fraîche qui me donne encore plus envie de pleurer. Je m'épuise. J'ai un point de côté, mais je ne m'arrête pas. Je cours de moins en moins vite, jusqu'à m'écrouler sur l'herbe. Je n'ai pas cessé de pleurer. Ça doit faire un quart d'heure que je pleure. Magali me rejoint sans la psy. Elle s'assied à côté de moi. Ne parlant pas. Ne me regardant pas. Au bout d'une dizaine de minutes, je me calme. Magali ne dit toujours rien. Je sèche mes larmes avec mes poignets. Elle me dit enfin :

— Il y a quelqu'un qui va venir dans ta chambre. Une fille, elle arrive demain.

— Pourquoi dans ma chambre ?

— Parce que.

— Qu'est-ce qu'elle a ?

— Rien de grave. Elle doit subir une opération. Elle va rester une semaine maximum si tout se passe bien. Je pense que vous partirez à peu près en même temps.

— D'accord. Elle s'appelle comment ?

— Inès.

— Elle a quel âge ?

— Je ne sais pas.

— OK.

Silence. Je ne sais pas trop si elle est en colère ou pas. Une seule façon de le savoir :

— T'es en colère après moi ?

— Non. Pourquoi je serais en colère ?

— Parce que j'ai pété un câble, que j'ai mal parlé à la psy et que je me suis barrée de la chambre.

— Ça arrive à tout le monde de péter un câble. Tu t'es barrée de la chambre, ça va, vu que je t'ai retrouvée. En revanche, pour la psy, c'est avec elle que tu dois régler ça, pas avec moi.

— J'dois m'excuser ?

— Ça sert à rien de te forcer. Je sais que tu n'en as pas envie.

Elle me connaît bien.

— Alors bon, qu'est-ce qui se passe ? Qu'est-ce qu'on fait ?

— Comme tu veux. C'est à toi de voir.

— À moi de voir ? Mais c'est vous qui vous occupez de moi ! J'en sais rien, moi !

— Écoute, Eva. Je ne vais pas t'obliger à remonter dans ta chambre pour le plaisir de le faire. Si je t'oblige à manger, c'est parce que tu en as besoin. Si je t'oblige à quelque chose, c'est pour toi. Pour ton bien. Ça ne m'amuse pas! Ce n'est pas un jeu.

— Qu'est-ce que tu veux dire? Je comprends pas.

— Si je ne te dis pas que tu dois remonter dans ta chambre, alors tu fais ce que tu veux. Mais si je te dis qu'il faut que tu voies une psy, alors tu le fais parce que c'est mon travail de te soigner et de faire en sorte que tu rentres au plus vite chez toi.

— Je pensais que…

— Que quoi?

— Rien. Je me suis trompée.

— Dis-moi, tu pensais que quoi?

— Je pensais que t'occuper de moi n'était pas que ton travail. Je pensais que tu tenais à moi. Mais je me suis trompée.

Je pars. N'ayant pas envie de remonter dans ma chambre, je me dirige vers les balançoires. Naturellement, elle me suit.

— Est-ce que, à un moment, j'ai dit que je ne tenais pas à toi?

— Excuse-moi, mais quand on me dit: « Bon, je m'occupe de toi parce que je fais mon boulot », pour moi ça veut dire: « Je suis obligée de m'occuper de toi » donc: « Si je pouvais, je ne m'occuperais pas de toi ». C'est tout, Magali.

Je remonte dans ma chambre. Elle ne me suit pas. Le reste de la soirée, je le passe dans mon lit sans pleurer, juste en regardant la télé.

— Il est 10 h 30, la psy ne va pas tarder à arriver.

— OK.

Les rapports entre Magali et moi se limitent à parler quand on y est obligées.

Plus de sourires quand on se voit. Plus de réveil doux. Elle se contente d'ouvrir les rideaux à 10 heures, parfois plus tard.

Deux minutes après, la psy arrive.

– Euh... Bonjour, commence-t-elle.

– Bonjour.

– Je suis Delphine, la psychologue qui vient pour vous parler et pour vous écouter. Si ça ne te dérange pas, je vais te tutoyer. Je pense que tu n'as pas envie de me parler. Si tu veux, ne me parle pas, tu n'y es pas obligée. Je dois juste t'examiner. Donc voilà, je t'écoute.

Je ne parle pas. Je n'y suis pas obligée et je n'ai rien à raconter. Si, ma vie. Elle veut m'examiner ? Après tout, c'est son job, alors je lui déballe ma vie et voilà.

– Je m'appelle Eva. J'ai treize ans et j'habite à Paris avec mon frère et ma mère. Mon père est en taule pour trafic de dope. Ma mère travaille tout le temps. C'est moi qui m'occupe du morveux, surnom que je lui ai donné. Ma meilleure amie est morte il y a une quinzaine de jours, dans un accident de bagnole. Sa mère est à l'hosto, mais pas celui-là.

– Okééééèè.

Je ne parle plus. Je regarde la pendule et les minutes s'écouler lentement.

– Vous n'avez rien à me dire ?

– Euh... Qu'est-ce que tu veux que je te dise ?

– Bah, j'sais pas, un truc que personne comprend, genre une bête de longue phrase avec plein de mots compliqués qui sont même pas dans le dico.

– Tu ne m'as pas l'air traumatisée.

– Nan, sans déc ? Comme si j'le savais pas. Si j'étais traumat, j'aurais pas fait ça ! 'fin j'veux dire quand t'es traumat, t'es genre perturbée dans le sens où... Tu trembles et tout. Nan, moi c'est pas ça.

– Ouais, ouais, je vois ça.

– J'ai quoi alors ?

– T'es juste... triste.

– Mais bien sûr que je suis triste. Mon reup est en taule et ma reum s'occupe même pas de moi ! Ma meilleure pote est dead ! Dis-moi qui serait pas triste à ma place ? Je suis sûre que les trois quarts de la population française tiendraient pas une journée dans ma tête. Déjà y'a tous mes potes qui me gonflent grave avec leurs « désolé », « oh je suis trop désolé, je savais pas », « excuse-moi ». On dirait que c'est leur faute.

– Je vois.

– Bon, vous voulez m'aider ? Alors parlez-moi de vous.

– Pourquoi ?

– Pour voir si vous pouvez comprendre ce que je ressens.

– D'accord. Ma mère est morte, j'avais onze ans. Mon père s'est remarié avec une fille que je n'aimais pas et qui ne m'aimait pas. Alors à quinze ans, je suis partie de chez moi. J'ai loué une chambre de bonne. Un an plus tard, mon père s'est fait assassiner par ma belle-mère. Elle voulait notre héritage. Elle est allée en prison, et c'est moi qui ai hérité de tout l'argent. À dix-huit ans, après mon bac, j'ai commencé des études pour faire psy. À dix-neuf ans, j'ai rencontré un gars et j'ai eu un enfant. Il ne voulait pas assumer son rôle de père alors je l'ai élevé toute seule. Après mes études, j'ai commencé mon travail. J'avais déjà déménagé. Un an plus tard, on m'a annoncé que ma belle-mère était morte en prison, alors j'ai organisé une grande fête. Après, j'ai rencontré une autre personne. Deux ans plus tard, je me suis mariée et on a eu un autre enfant. Voilà.

– Ah ouais… Tu peux me comprendre.

La séance est terminée. Je m'apprête à regarder la télé, mais, au même moment, Magali me présente la fille avec qui je vais partager ma chambre.

– Voici la fille dont je te parlais et qui va venir avec toi dans ta chambre. Bon, je vous laisse faire connaissance.

– Salut, dit-elle.

– Salut. Tu t'appelles comment déjà?

– Inès. Mais je déteste ce nom, alors on m'appelle Lennie. Même ma mère, des fois.

– OK, enchantée Lennie.

– Et toi?

– Eva. T'as quel âge?

– Dix ans.

– Oh, petite!

– Et toi?

– Treize.

– Bah... Pas beaucoup plus grande!

– Ouais, c'est vrai. Pourquoi t'es à l'hosto?

– Oh, rien de grave, juste une opération. Et toi?

– Je me suis tailladé les veines.

– Wouah...

– Désolée si ça te choque ou te perturbe ou un truc comme ça.

– Nan... Nan, ça va.

– OK. Tant mieux, alors. Raconte ta vie.

– Bah... Rien. Ma vie elle est normale. Mes parents habitent dans le XVIe, j'ai un grand frère qui s'appelle Jérôme, et voilà. Et toi?

– Moi... Mon père est en taule. Je m'occupe de mon frère parce que ma mère travaille tout le temps et ma meilleure amie Emma est morte il y a une quinzaine de jours.

– Oh! Tu sais, si ta copine elle est morte, c'est Dieu qui avait besoin d'elle, alors il l'a prise.

– Dieu... C'est pas bête ce que tu dis.

– Je sais.

– T'es forte en classe?

– Oui, très. En fait, je suis en sixième. J'ai sauté une classe.

– Laquelle? La maternelle, un truc comme ça!

– Nan, le CE2.

— Oh... J'ai galéré moi, pour cette classe-là.

— Et toi, t'es forte?

— Je dirais pas ça..

— T'es nulle alors.

— Je dirais pas ça non plus.

— Tu ne vas pas à l'école?

— Bah... Normalement ouais, mais plus trop en fait.

— Ah, OK.

On parle de tout et de rien. Des garçons, de la vie. Sa vision de la vie est différente. Elle est belle. Elle voit toujours les choses du bon côté. Peut-être est-ce tout simplement l'innocence, l'inconscience. À vrai dire, je n'en sais rien, mais parler avec elle me fait du bien.

— Mais pourquoi tu ne veux pas le voir? me demande-t-elle en parlant de Tomy.

— Je sais pas. J'ai pas envie. C'est bizarre. Je ne sais pas de quoi j'ai envie. Je suis un peu perdue.

— Peut-être parce que tu veux être perdue.

— Quoi?

— C'est simple. Pour une raison quelconque tu veux être perdue.

— Je comprends pas.

— Pour rester à l'hôpital, par exemple.

— Quoi? N'importe quoi! Tu délires, ma pauvre.

— Mais si! Tu veux rester à l'hôpital. Et si tout va bien, tu ne peux pas. Alors tu fais croire que t'es perdue, tu veux être perdue jusqu'à te le faire croire à toi-même!

— Là je crois pas que j'aurais besoin de faire croire quelque chose, parce que tu vas me faire mal à la tête avec tes histoires biscornues qui ne veulent rien dire.

— Pff, n'importe quoi.

— Et qu'est-ce que tu connais de la vie, toi? Quelqu'un est mort dans tes proches?

– Non.

– Alors. Une des grosses épreuves de la vie, c'est la mort. Si tu ne l'as pas vécue... Tant mieux d'un côté, mais de l'autre, n'espère pas faire psy et ne dis jamais, au grand jamais, « je comprends » quand quelqu'un t'en parle, OK ?

– Et toi ? À part « la mort », t'y connais quoi à la vie ? On n'a que trois ans de différence, j'te signale.

– Il peut se passer beaucoup de choses en trois ans.

– OK, mais dis pas que tu connais la vie parce que tu connais la mort.

– Mais la mort, c'est la vie. Ça fait partie de la vie.

– La mort c'est la vie. N'importe quoi ! Autant mourir direct alors.

– Bah oui, tu crois que c'est pourquoi que j'suis là ?

Silence. Grand silence. Nan, c'est pas vraiment ça. Je n'ai pas fait une tentative de suicide.

– Je voulais juste déstresser ! dis-je en pleurant.

Je cache ma tête dans l'oreiller pour ne pas qu'on me voie. Mes pleurs sont légers. Ils ne s'entendent presque pas.

– Pourquoi tu pleures ?

Je ne réponds pas.

– Oh ! Tu passes ta vie à pleurer toi !

– T'as des raisons de pleurer toi ?

– Crois pas que t'es la seule malheureuse sur terre. Tout le monde a des problèmes. Alors c'est pas parce que je n'ai pas connu la mort que je ne vais pas pleurer. Y'a pas que la mort qui est triste, j'te signale.

– Mais c'est le plus triste.

– J'en sais rien, je l'ai pas connue et j'ai encore le temps. Qu'est-ce que c'est chiant d'être avec une déprimée de la vie !

– Chuis pas déprimée !

– Ah bon...

— Ta gueule, tu m'saoules.

— C'est pas parce que j'suis plus p'tite que...

Je dégage ma tête de sous les oreillers et me tourne vers elle.

— Mais j'm'en fous de ton âge! T'as un complexe d'infériorité ou j'sais pas quoi, toi!

— T'as les yeux tout rouges!

— C'est normal, j'ai pleuré gogol. T'as jamais pleuré ou quoi?

— Mais si!

— Bon bah alors!

Elle ne parle plus et moi non plus. J'allume la télé et quelques minutes après, Magali rentre dans la chambre.

— Voilà vos plateaux-repas.

— Merci Magali! dit Lennie avec un immense sourire.

— Merci, marmonné-je à mon tour.

Je commence à manger doucement. Je n'ai pas faim.

— Tu manges pas? me demande Lennie.

— Si mais... J'ai pas très faim.

— Tu as de la visite, Eva, dit Magali.

— Mais pourquoi tu me l'as pas dit avant!

Je me précipite vers la porte d'entrée et je me retrouve nez à nez avec... Tomy! C'est donc lui ma visite!

— Salut, me fait-il avec un petit sourire.

— Salut.

— Pourquoi tu voulais pas me voir avant?

(Je veux toujours pas te voir...)

— Je sais pas. J'avais envie de voir personne.

— Oh... Je suis content que ça te soit passé.

(Ça m'est vachement passé!)

— Ouais.

— On va dehors?

— Euh... Je sais pas si... 'fin, j'ai pas très... LUCAS!

Il était là dans le couloir, son petit sac sur le dos et, derrière, une dame. Sûrement celle qui s'occupe de lui. Je me précipite vers lui. Il a un grand sourire. Je lui fais un groooos câlin.

– Comment ça va p'tit morveux ?

Il rigole.

– Ça va. T'as reçu ma lettre ?

– Ouais. Elle m'a fait troooop plaisir ! Viens.

– Il est grand l'hôpital !

Je rigole aussi.

– Ouais. Regarde, là c'est ma chambre.

– C'est qui elle ?

– Qui ?

– Elle.

Il montre Lennie du doigt.

– Elle, c'est Lennie. On partage la même chambre.

– Ah.

– Alors qu'est-ce que tu racontes ? Ça se passe bien l'école ?

– Oui. J'y suis y'allé tous les jours.

– On dit, j'y suis allé.

– Oui.

Il sourit, n'écoutant que la moitié de ce que je dis. La dame rentre dans la chambre et elle parle avec l'infirmière. Nous, nous restons dans le couloir.

– Eh, tu sais, mon copain, eh ben, il m'a donné des cartes !

– Des cartes ?

– Oui. Et regarde !

Il ouvre le feutre qu'il a dans la main et commence à écrire « but » sur le mur du couloir.

– Nan nan nan. Faut pas écrire là !

Je lui prends la main. Je rigole encore. Puis je me retourne. Tomy ! Je l'avais oublié !

– Bon bah... Je vais te laisser, dit-il déçu.

Il part. Je rentre dans la chambre avec Lucas à la main.

– But! But! But! But! crie-t-il.

Je mets ma main sur sa bouche et lui dis en chuchotant:

– Chuuuut! On est dans un hôpital ici, on crie pas!

Il continue. Le bruit est étouffé par ma main. Il se dégage d'un coup de tête.

– Hé, regarde.

Il sort de son sac la photo d'un chat.

– Et alors?

– C'est mon chat!

– Quoi?

– Oui, maman elle a dit qu'elle voulait bien!

– Nan! Quelle horreur, un chat! Je déteste les chats! Morveux, tu le sais très bien que j'aime pas ça!

Il rigole, moi un peu moins. Mais ça me fait tellement du bien de le revoir! On sort. Il veut faire de la balançoire, je le pousse. Il reste jusqu'à 18 heures et repart avec Mme Jine, celle qui s'occupe de lui.

– Je pense que tu peux rentrer chez toi maintenant, me dit Magali le soir venu.

– Je sais pas. Moi, je n'en suis pas sûre.

– Si tu veux, tu peux rester encore quelques jours, mais pas plus d'une semaine.

– Ouais. J'en sais rien. Je peux pas décider. J'ai pas envie.

– Je sais, mais il faut pourtant.

– Ouais, ouais.

Est-ce que je veux rester? Je n'en sais rien. D'un côté oui, parce qu'ici c'est cool, y a rien à faire. Mais chez moi, c'est mieux. Et puis mes amies, peut-être ne m'ont-elles pas totalement oubliée...

– Magali?

– Oui?

– Je voulais te dire que... je... je suis... désolée.

– De quoi?

– Je suis désolée d'avoir fait mon caprice.

– Allez va, c'est déjà oublié!

– Alors je peux t'appeler Mag?

– Bien sûr!

Elle sourit. Mon visage affiche aussi un léger sourire.

– Oh, et tu sais? me demande-t-elle.

– Quoi?

– Tu devrais aller voir Tomy.

– Ouais, je crois que t'as raison... Tu m'accompagnes?

– Tu devrais plutôt y aller seule.

– Bon. À tout à l'heure alors.

Je vais dans sa chambre. Il regarde la télé.

– Euh... Je peux entrer?

– Si tu veux, me répond-il d'un ton nonchalant.

– Je crois que je devrais te présenter des excuses à toi aussi...

J'attends un petit moment, mais il ne répond pas.

– Euh... Je suis désolée pour tout à l'heure. Pardon, c'est juste que je voulais voir mon frère et... et voilà. Maintenant, si tu veux plus me voir, tant mieux, parce que je rentre bientôt.

– Tu rentres bientôt?

– Ouais. Je suis guérie. Je n'ai plus de raison d'être là.

– Oh, quand exactement?

– Je ne sais pas. Je pense après-demain.

– D'accord.

– Bon. Je... on se voit demain?

– Si tu veux.

– Ben oui, moi je veux bien.

Il ne répond pas. Il regarde la télé. Moi je pars. Qu'est-ce que je peux faire d'autre de toute façon ? Je retourne dans ma chambre pour retrouver Lennie.

— Tiens, tiens, me dit-elle en me voyant arriver.

Je m'assieds sur mon lit. Allume la télé.

— Je lis, là, me dit-elle en me criant a moitié dessus.

Je soupire.

— Oh, ça te gêne ? fais-je ironiquement, prolongeant bien le « ê ».

Elle me lance un regard noir.

— Pfffff, je soupire encore une fois.

J'éteins la télé. Je croise les bras et puis voilà. J'attends. J'attends. D'un seul coup, elle referme le livre, me regarde droit dans les yeux et me dit :

— Qu'est-ce qu'il y a encore ?

— Rien, tu vois pas que tout va bien ?

— Ça va, je voulais juste t'aider.

— Désolée. Tu rentres quand chez toi ?

— Demain je me fais opérer. Donc sûrement après-demain.

— Comme moi.

Mag rentre dans la chambre.

— Coucou vous deux !

— Coucou, répond-on toutes les deux.

— Tenez, voici vos plateaux-repas.

— Merci, dis-je juste après Lennie.

— Bien, Lennie, il faut que tu te couches tôt, car tu as besoin de repos avant l'opération. Alors Eva, s'il te plaît, fais attention à ne pas la réveiller ou l'empêcher de dormir, OK ?

— Ouais, ouais, t'inquiète.

— Bien, merci. À tout' les filles, conclut-elle avant de s'éclipser.

J'allume la télé. Je zappe toutes les deux minutes. Il n'y a rien d'intéressant.

– Dis-moi, commence-t-elle. Toi et Tomy, vous, vous...

– On est ensemble, oui.

– Pourquoi vous ne vous voyez presque jamais alors?

– C'est compliqué...

– Allez! Raconte!

– Bon... En fait, avant que tu arrives, j'allais pas super bien... Et je voulais voir personne jusqu'à ce que je reçoive la lettre de mon petit frère. Alors je me suis mise à attendre sa visite avec impatience. Et tout à l'heure, quand Mag m'a dit qu'il y avait quelqu'un, j'ai pensé que c'était Lucas. Mais en fait, c'était Tomy et je l'ai à moitié viré. Pas qu'à moitié d'ailleurs! Après, Lucas est arrivé et j'ai passé le reste de l'après-midi avec lui. J'ai un peu oublié Tomy... Tout à l'heure, je suis allée m'excuser, mais je crois pas qu'il m'ait pardonné. Voilà.

– Oh, je vois.

– Et toi, tes amours, comment ça se passe?

– Ben... Il y a un gars qui s'appelle Jérémy, on va peut-être sortir ensemble.

– Qui a demandé à qui?

– En fait on s'aimait tous les deux, mais on se le disait pas et ma meilleure amie est allée parler à son meilleur ami.

– Ah, OK.

Il est 21 heures quand Mag rentre pour dire à Lennie d'aller se coucher et me donne par la même occasion mes derniers médicaments.

4

— J'aime pas les petits déj ici ! râle Lennie tout en essayant de manger ce qu'elle a sur son plateau.

— Bah, tant mieux, tu pars demain ! je lui réponds simplement.

— Je suis trop en stress !

— Pourquoi ?

— À cause de mon opération !

— Allez, c'est rien !

— Pour toi !

— Qu'est-ce que tu veux que je te dise ? « Ouais, j'avoue, moi aussi à ta place je serais trop en stress ! » C'est ça ?

— Non...

— Bon bah alors.

Je regarde les dessins animés, il est à peine 9 h 30. Mag rentre dans la chambre.

— Eva, Tomy ne va pas bien du tout ! commence-t-elle. Viens vite, je pense qu'il veut te voir. Lennie, si tu veux bien rester ici, ton opération attendra quelque temps. Il faut absolument que je m'occupe de Tomy.

Je suis déjà sortie de la chambre. Quelques secondes plus tard, je suis dans sa chambre. Steph et deux autres infirmiers sont là. Ils disent des choses dans tous les sens. Je ne comprends rien.

— Tomy, c'est Eva ! lui dis-je. Tiens le coup Tomy, il le faut !

Des larmes coulent sur mes petites joues roses. Je le regarde fixement. On me pousse. On me dit : « Si tu veux rester dans la chambre, écarte-toi, tu nous gênes. » Je suis déstabilisée, complètement perdue. Je ne comprends pas ce qui se passe. Je commence à prier. Ma première prière. « S'il te plaît, Toi, là-haut, aide-le à survivre ! Je ne veux pas qu'il meure ! » On ne peut pas savoir ce qui va se passer. Mag est là aussi. Mais personne ne fait attention à moi. À l'écran, je vois son électrocardiogramme. La courbe est irrégulière. C'est très mauvais signe. Je suis là, à côté de la porte d'entrée. Je ne comprends qu'à moitié ce qui se passe. Je ferme les yeux pendant un petit moment et je reconnais la voix de Steph : « On l'a perdu. » Je m'écroule sur le sol, mi-consciente. Mag me porte et me ramène dans ma chambre.

— Qu'est-ce qu'elle a ? demande Lennie. Silence avant que Mag réponde :

— Il est... décédé.

Je me mets à pleurer. Je ne sais pas si on m'entend. À vrai dire, je ne sais plus rien. Mes pleurs sont différents des autres. Différents des crises d'avant, semblables à ceux que j'avais versés pour la mort d'Emma. Je repense tout à coup à Emma. Tout se mélange dans ma tête. La fête foraine avec nos barbes à papa, le baiser échangé avec Tomy, nos engueulades avec Emma, le regard de Tomy, le rire d'Emma, ses pleurs, son souvenir, son enterrement, puis maintenant. Quand j'apprends la mort de Tomy Balavard, mon petit copain rencontré à l'hôpital le 19 mai 2006, décédé le 23 mai 2006 au même endroit. Personne ne peut me comprendre. La vie est tellement injuste. Pourquoi ? Pourquoi mon père est-il en prison ? Pourquoi ma meilleure amie est-elle morte ? Pourquoi est-ce que je me suis tailladé les veines ? Pourquoi est-ce que j'ai aimé Tomy ? Pourquoi est-il mort ? Pourquoi suis-je toujours en vie ? À ces questions, jamais je n'aurai une vraie réponse. Jamais je ne comprendrai pourquoi, jamais je ne saurai exprimer ce que je ressens. Jamais ma vie ne changera, toujours elle empirera. Mais je surmonterai toujours les épreuves que je dois surmonter.

Magali s'approche de moi tout doucement. Elle me caresse le front, s'accroupit et me dit :

— Est-ce que... est-ce que ça va ?

— Je... je ne sais pas.

Elle ferme doucement les yeux puis me dit :

— Tu sais, ça fait plus de deux ans que je m'occupe de lui, j'ai fait tout mon possible pour qu'il reste en vie. Le voir mourir aujourd'hui a été une épreuve très dure pour moi, comme pour toi. Sache que je suis très triste pour tout ça, même si je ne le montre pas. Je ne sais pas trop quoi te dire. Si tu veux rester encore quelques jours ici, tu peux.

— Merci beaucoup Magali. Mais je crois que je vais rentrer m'occuper de mon frère, revoir mes amis, retourner au collège, avancer dans ma vie.

— C'est une bonne décision.

Elle me sourit, puis se relève.

— Il faut que j'y aille maintenant, conclut-elle avant de partir.

Lennie me regarde. Je ne sais pas trop ce qu'elle pense. Je crois qu'elle essaie de comprendre.

— Je suis... désolée, finit-elle par dire.

Je tourne la tête vers elle, je lui souris. Mes yeux sont sûrement tout rouges et ils doivent briller.

— Il n'y a pas de quoi, je réponds.

Mag rentre à nouveau. Elle a les larmes aux yeux.

— Lennie, tu viens en salle d'opération ? dit-elle avec une petite voix.

— J'arrive ! répond celle-ci.

Quelques minutes plus tard, je me retrouve seule.

Cher journal,

Aujourd'hui, 23 mai 2006, est décédé Tomy Balavard entre 9 h 30 et 9 h 40 à treize ans et des poussières. Ce garçon, je l'aimais et il me manquera beaucoup beaucoup beaucoup beaucoup. Je suis contente de lui avoir présenté mes excuses avant. Rien d'autre à dire. Je l'aimais... Vraiment. Mais hélas, il n'est plus de ce monde maintenant. Lennie, la nouvelle qui partage la chambre, est partie dans le bloc opératoire... Nous quittons l'hôpital toutes les deux demain.

Je ne sais plus quoi penser. Tout ça est si... cauchemardesque que je ne peux pas m'imaginer que tout est vrai. Pourquoi est-ce que les personnes que j'aime meurent ? Une envie soudaine me vient à l'esprit, je veux voir mon père ! Cela fait trois ans que je ne l'ai pas vu, trois ans qu'il est sorti de ma vie, trois ans qu'il ne me borde plus dans mon lit, trois ans que je n'y pense qu'à peine. Et là, je veux le voir, lui qui m'a pourri la vie. Pourquoi ? Je n'en sais rien. C'est si bizarre... Je me sens si bizarre... Je vais dans la salle de bains me passer un coup d'eau froide sur le visage. Je me regarde dans le miroir qui est juste au-dessus du lavabo et je me rappelle... Je me regarde encore une fois dans le miroir, puis je me lance. Mon cœur bat et voilà que mes veines commencent à couler. Mes mains tremblent, mon cœur bat, j'ai une intuition... Comme si je devais le refaire, là, ici, maintenant. Mes dents claquent, j'ai peur comme ce jour où j'ai failli mourir. Me revoilà au point de départ. Je regarde autour de moi, je vois la petite commode où Mag range les médicaments. Je l'ouvre et prends la première boîte que je vois. Je ne lis rien. J'en fourre une dizaine d'un coup dans ma bouche. Je déglutis, je m'étouffe presque et j'avale de l'eau. Ma tête tourne, je sors de la salle de bains pour m'allonger sur mon lit. Je commence à pleurer et, doucement, je m'endors.

— Un et deux et... Allez, encore un effort, elle est consciente. Elle nous entend. C'est parti, on recommence. Allez Eva, un effort.

Stéphane, tu continues le massage cardiaque, on va la rattraper, on la réanime peu à peu.

— Ça ne sert plus à rien. Ça fait au moins trois heures qu'on essaye. Si ça continue on va la perdre.

— On y arrive Stéphane! On y arrive! Puisque je te dis qu'elle est consciente! On va la sauver! Un peu de patience! Si tu arrêtes maintenant, tout ce que tu auras fait n'aura servi à rien...

Oui, je suis consciente, j'entends, mais je ne peux rien faire. J'essaie de toutes mes forces de bouger ne serait-ce qu'un petit doigt. Mais non, impossible, quelque chose m'en empêche. Je veux pleurer, mais je n'y arrive pas, je veux crier mais toujours pareil, sans résultat. Peu à peu, ça va mieux. Il faut que je me calme. Je ne me souviens pas de grand-chose. J'essaie pourtant, mais je n'y arrive pas.

— C'est bon, on y est presque! Eva, je sais que tu m'entends, fais quelque chose, parle, bouge, je sais pas, mais fais quelque chose!

J'essaie encore de bouger et puis je sens, je sens que je vais y arriver.

— Ça y est! Elle a pressé ma main!

Peu a peu j'ouvre mes yeux... Magali est là, à côté de moi. Elle me regarde, puis elle me dit:

— Qu'est-ce que tu as fait, là?

— Je ne sais pas, je ne sais plus.

— Tu as pris des médicaments qui étaient dans le placard. Heureusement que tu n'en as pas pris plus. C'étaient des somnifères. Ça aurait pu te tuer! Tu te rends compte? Tu ne crois pas que c'est assez difficile pour moi de supporter la mort de Tomy? Pourquoi as-tu fait ça? Tu voulais rester plus longtemps à l'hôpital, c'est ça?

— Non. Je veux partir. Vite.

— Pourquoi as-tu fait ça?

— Je... je ne sais pas.

— Raconte-moi ce dont tu te souviens.

— Juste que j'étais devant la glace et puis...

La mémoire me revient peu à peu.

— Je repensais à tout ça. Au jour où je me suis mutilée. Je repensais à tous ces moments, comme si je devais le refaire. C'était... mon destin. C'était plus fort que moi. Je ne pleurais pas. Juste... Je ne sais pas trop. Je me rappelle être allée ensuite dans la salle de bains vers la petite commode où tu ranges les médicaments. Et puis j'en ai pris un, au hasard et j'en ai pris je ne sais plus combien. C'est tout.

— Je ne peux pas te laisser rentrer chez toi...

— S'il te plaît! je crie à moitié en lui coupant la parole.

— La dame qui s'occupe de ton frère s'occupera aussi de toi.

— Alors je rentre chez moi?

— Ça se pourrait bien, mais pas aujourd'hui.

— Pourquoi?

— Il faut que tu te reposes, Eva. On ne sait pas ce qui pourrait t'arriver. Tu pourrais t'évanouir à tout moment. Si tu rentres chez toi, tu n'iras pas à l'école. Du moins pas tout de suite.

— Mais je veux y aller!

C'est bien la première (et dernière fois) que je dis ça. Il y a une semaine, je n'y allais même plus et maintenant je veux absolument y retourner. L'école me manque...

— Je ne sais pas, Eva.

— Je veux aussi quelque chose d'autre.

— Quoi?

— Je veux aller voir mon père.

Elle se tait un instant.

— Ton père mais... il.. tu... Je ne comprends pas.

— J'ai besoin de le voir. Je croyais ne pas avoir besoin de lui, mais en fait... Tout le monde a besoin d'un père. Ça fait plus de trois ans que je ne l'ai pas vu. Je ne sais pas ce qui va se passer mais...

— Mais tout à coup comme ça, ça te prend.

— Oui. Je sais, c'est bizarre...

– Je vais voir ce que je peux faire.

Elle me fait un mini sourire.

Je ne sais pas trop ce qu'elle ressent. Et même je ne sais pas du tout. Elle continue à faire tout ce qu'elle peut pour moi. Mag est vraiment formidable.

5

Cher journal

Je suis sortie de l'hôpital hier, et aujourd'hui je vais voir mon père. Ma mère a pris une journée de congé, car elle tient à m'y emmener. Il est 14 heures et je vais bientôt partir. Sinon, rien de nouveau. Ça va mieux... Ma mère m'appelle, on y va!

— Tu es prête? me demande-t-elle.

— Oui.

— OK, on est parti.

On prend un taxi pendant au moins trois quarts d'heure. Arrivées là-bas, on attend quelques minutes, puis ma mère me dit:

— Je vais te laisser seule maintenant.

Un homme s'approche, il me sourit. C'est lui, mon père. Je m'assieds et décroche le téléphone. Lui aussi.

— Salut, toi! commence-t-il.

— Bonjour.

Je ne sais pas trop comment parler...

— Ça va? continue-t-il.

— Maintenant oui. Je tenais beaucoup à venir ici, à te parler, je lui explique en essayant d'être le plus détendue possible.

— J'ai tant de questions à te poser que je ne sais même plus par où commencer! Tu as grandi!

– Et toi, ça va ?

– Ça peut aller. Je ne sais pas si tu vas me croire mais... je pense à vous tous les jours.

– Ah bon. C'est sûr que c'est difficile à croire.

– Je sais. Depuis quand tu veux me voir ? Et les notes, ça va ? Tu travailles bien ? Que se passe-t-il dans ta vie ?

– Ça fait pas longtemps que je veux te voir. Depuis que je suis à l'hôpital...

– À l'hôpital ? Pourquoi ?

– Oui... Je me suis mutilée.

– Mutilée !

Après ça, il reste sans voix.

– Ma fille ... se mutiler ... je... mais ... pourquoi ? À cause de moi ?

– Parce que... Tu ne dois sûrement pas être au courant de la mort d'Emma.

– Emma est morte ? Emma ta copine ?

– Oui...

– Depuis quand ?

– Pas longtemps, ça doit faire deux semaines maintenant.

– Oh, ma chérie... Je ne savais pas ! Il s'est passé tant de choses ! Ça fait si longtemps que je ne vous ai pas vus ! Tous les jours j'attendais votre visite, mais il n'y avait rien, personne... Et là, aujourd'hui je te vois, toi ma fille, et tu m'annonces que tu es allée à l'hôpital, que ton amie est décédée et que tu t'es mutilée... Je, je ne sais même plus quoi penser de tout ça.

– Ne t'inquiète, pas papa. Maintenant je vais bien.

– Mais pourquoi voulais-tu me voir ? Je pensais que tu t'en fichais de moi !

– Avant, oui... Mais j'ai compris que j'avais besoin de toi...

Je crois qu'il va pleurer en entendant mes paroles.

– Je suis tellement désolé, si tu savais ! me dit-il.

– Moi aussi, papa…

– Ma chérie.

Il met sa main sur la vitre qui nous sépare. Et je suis son geste. Cela me fait tant de bien de le voir. Un gardien nous dit que la visite est terminée… Il est déjà temps de partir.

– Je t'aime papa…, lui dis-je.

– Moi aussi, ma puce.

– Je reviendrai bientôt, d'accord ?

– Bien sûr, ma chérie. Et ton frère va bien ?

– Oui, très bien… Maman aussi. Elle travaille beaucoup.

– Passe-leur le bonjour.

– Oui. Je demanderai à Lucas s'il veut venir la prochaine fois.

– Oui. J'aimerais beaucoup le revoir. Si tu savais comme vous m'avez manqué pendant tout ce temps !

– J'y vais.

– Bisous ma petite fille chérie. Prends soin de toi.

– Ouais.

– Reviens vite.

– Promis.

– Ciao.

– Ciao.

Je raccroche le téléphone. Et je sors…

Après ça, ma vie a repris son cours normal. Je suis retournée à l'école et, tous les samedis, je suis allée voir mon père, parfois seule, parfois avec Lucas et quelques fois avec ma mère.

J'ai revu Mag et Lennie à l'enterrement de Tomy. Et j'ai gardé contact avec Lennie et rendu visite à Steph et Mag…

Cette expérience, j'y pense encore souvent. Je ne l'oublierai jamais, car grâce à elle, j'ai retrouvé mon père.

Cette histoire n'est pas vraie. Bien heureusement.

*Merci à tous ceux qui m'ont soutenue
pendant l'écriture de ce texte.*

J'espère qu'il vous a plu...

Remerciements

Nombreux sont ceux qui ont mis leurs compétences,
leur énergie et leurs moyens au service du Prix et du livre.
Nous exprimons notre reconnaissance aux entreprises
et aux institutions suivantes :

Play Bac Presse, Éditis, l'imprimerie Floch, engagés à nos côtés
dès l'origine.

Le conseil général des Hauts-de-Seine pour sa contribution.

L'Étudiant, le salon Planète Mots, la mairie de Paris, Metrobus
et Orange pour leur aide.

La Fondation d'entreprise La Poste pour son soutien à l'édition.

Accor, Lagardère Publicité et Veolia Environnement, sponsors
de la cérémonie de remise du Prix.

Toute notre gratitude aux médias qui nous ont gracieusement offert
des encarts publicitaires. Nous remercions tous ceux qui,
au sein de ces entreprises et institutions, se sont personnellement
impliqués en faveur du Prix Clara.

Merci tout particulièrement à Anne-Marie Bourgeois,
François Floch, Alain Kouck et Philippe Langenieux-Villard.

Enfin cette liste ne serait pas complète si nous ne mentionnions les équipes de commerciaux et les libraires qui ont accueilli et défendu ce Prix avec générosité et conviction.

Comme dans chaque liste de remerciements, il y aura des oubliés. Par avance nous demandons à ceux-ci leur indulgence. Cette aventure étant collective, nous sommes certains que l'anonymat ne leur pèsera pas.

Le jury du Prix Clara,
présidé par Erik Orsenna et composé de Camilla Antonini, Gilles Cohen-Solal, François Dufour, Isabelle Lebret, Bernard Lehut, Florence Malraux, Annick Meignen, Héloïse d'Ormesson, Jorge Semprun, Bernard Spitz, Alexandre Wickham, et de quatre adolescents, Émilie Hannezo, Nathan Lombard, Caleb Novatt et Margaux Solinas

et les Éditions Héloïse d'Ormesson

Comment participer au Prix Clara 2008

Pour concourir à la prochaine édition du Prix Clara, il faut être âgé de moins de dix-sept ans au 28 septembre 2008 et soumettre une nouvelle de cinq à soixante-dix pages (7 500 à 105 000 signes).

Votre texte, en langue française, doit être envoyé avant le 6 mai 2008 par voie postale ou par courriel avec une attestation sur l'honneur de l'avoir rédigé sans l'aide d'une tierce personne.

Le Prix Clara sera décerné au cours de l'automne 2008.

Le ou les lauréats verront leur œuvre publiée par les Éditions Héloïse d'Ormesson.

Le volume étant à vocation caritative, les bénéfices de sa vente seront versés à l'Association pour la recherche en cardiologie du fœtus à l'adulte de l'hôpital Necker-Enfants malades (ARCFA).

Pour participer, envoyez votre texte, accompagné de l'attestation sur l'honneur, par courrier à :
Play Bac Presse, Prix Clara, 14 bis rue des Minimes, 75003 Paris, ou par e-mail :
prixclara@playbac.fr

Pour faire vos dons

Clara souffrait d'une malformation cardiaque de naissance.
Les jeunes qui en sont atteints vivent rarement plus de vingt ans.
Il est possible de dépister cette malformation. Cependant, aucun
élément ne permet d'être alerté, car l'enfant ne manifeste
aucun signe annonciateur. Les médecins ne savent ni pourquoi,
ni comment, ce type de malformation cardiaque, grave, se développe.

Deux mois avant la mort de Clara, un professeur de cardiologie
pédiatrique de l'hôpital Necker-Enfants malades avait créé
l'ARCFA : l'Association pour la recherche en cardiologie
du fœtus à l'adulte.

Vous aussi, aidez-nous à soutenir ces recherches pour qu'un
jour, des outils de diagnostic puissent exister et que ces enfants
soient soignés.

Vous trouverez des informations sur les progrès du programme
de recherche de l'association sur le site du Prix Clara :
www.prixclara.fr

Vos dons, déductibles fiscalement, doivent être envoyés par chèque
à l'ordre de l'ARCFA à l'adresse suivante :
Madame Descamps « Prix Clara »
ARCFA - Service de cardiologie pédiatrique
Hôpital Necker-Enfants malades
149, rue de Sèvres, 75743 Paris Cedex 15

Achevé d'imprimer
sur Roto-Page
par l'Imprimerie Floch
à Mayenne, en septembre 2007.
Dépôt légal : octobre 2007.
Numéro d'imprimeur : 69327.

Imprimé en France.